安藤信廣著

聖武天皇宸翰『雑集』「周趙王集」研究

汲古書院

目次

目次

聖武天皇宸翰『雜集』

「周趙王集」研究

はじめに——聖武天皇宸翰『雑集』と「周趙王集」伝存の意義

一

聖武天皇宸翰『雑集《ざっしゅう》』一巻は、仏教に関する中国六朝・唐代の詩文を聖武天皇がみずから書き写したものである。収められている詩文の数は百四十五篇、総字数は一万八千四百二十六字にのぼる。巻末に「天平三年九月八日写了」とあることによって、天平三年（七三一）、天皇三十一歳のときに筆写されたことが分かる。

聖武天皇は天平勝宝三年（七五六）に崩御したが、『雑集』は同年の四十九日御忌（六月二十一日）に、献物の一つとして、光明皇太后によって東大寺に施入された。献物目録の「国家珍宝帳」には「平城宮御宇後太上天皇御書」と明記されていて、聖武天皇の真筆であることが確実である。このとき施入された数々の宝物は、正倉院の御物として今に伝わっているが、その中で格別に重要だったのは、この『雑集』に他ならない。

『雑集』は、聖武天皇その人の筆跡を伝えるものとして重んじられている。謹厳で端正な書体は、初唐の風格を伝えているとされる。その芸術的価値は明らかだろうが、ここに書き記された文章群の文学的、思想的価値は、まだまだ明らかにされていないと思われる。

『雑集』がどのようにして編集されたのか、明確には分からない。聖武天皇の命を受けて、周辺の僧侶や知識人が編集の実務に当たったと考えるのが、恐らく最も妥当な考えだろう。編集の目的についても、定説はない。先に亡くなった皇子の追善のため、仏教の儀式次第を学ぶため、個人としての内面的救済のため等、様々に推測され、現在まで一つに確定されていない。だが重要なことは、『雑集』が聖武天皇その人の問題関心によって編集されているという事実そのものである。仮に、中国本土で既にこの書が編集されていて、それが日本にもたらされたのだとしても、それが聖武天皇の特別な注意を引き筆写されるに至ったことが重要だと言えよう。

聖武天皇の筆跡は様々に残されていて決して少ないとは言えない。だがその中で『雑集』が格別に重要なのは、それが聖武天皇にとって切実な問題意識や、時に卑近な関心に即して集められた文章類の集成だからである。『雑集』は一見したところ、雑然と編集されている。だからこそ、その編集目的について様々な見方が出された。だが、その雑然と見える中身が、聖武天皇にとって必要なものだったこと、必要なものとして集められたことが重要なのであろう。『雑集』の意義は、聖武天皇の三十一歳時点での問題関心の全体像を示しているという点にある。だからこそ、光明皇太后は『雑集』を格別に大切にし、「国家珍宝帳」の中でもそれが分かるように、天武天皇以来伝えられてきた厨子に納めた重宝類の第一に記したのだろう。

二

聖武天皇は、『雑集』書写より約二十年後に東大寺大仏を建立する。それは、日本仏教にとって重要な意味を持つ事業だった。その理由と経緯は複雑だが、その原点には、仏教を崇敬する帝王とはどのような存在であり、どのように行動すべきかという認識があっただろう。それを物語る経典もあり、聖武天皇はその影響を受けたと言えるが、それ以上に影響の大きかったのは『雑集』中の文章ではなかっただろうか。たとえば、『雑集』に収められた「周趙王集」中の一篇「道会寺碑文」には、仏教を崇敬する中国「皇帝」の事跡が具体的に記されている。そうした文章を三十一歳の時点で読み筆写したことが、大仏建立に至る聖武天皇の思想的原点になったことは想像に難くない。これは一例に過ぎないが、宸翰『雑集』が伝存している意義は、聖武天皇のこのような内面的体験に関わった文献を通して、日本仏教の源流の一つを見ることができる点にある。

三

本書は、聖武天皇宸翰『雑集』に収められている「周趙王集《しゅうちょうおうしゅう》」の注釈と全訳を行ったものである。右に触れた通り、「周趙王集」中の「道会寺碑文」は、聖武天皇の東大寺大仏建立の思想的原点の一つとなったものと見ることができ、日本仏教史において見直されてよい文献である。また、同じく「周趙王集」中の「平常貴勝唱礼文」なども、個人としての救済と利他行との関わりを一皇族として、為政者として内省した文章で、やはり聖武天皇の信仰の質や、ひいては奈良朝以来の日本仏教を考えるうえで参照すべき資料となるだろう。

だが、「周趙王集」の価値はそこにとどまらない。この文献の持つ意義は、中国本土の仏教史、思想史、文学史においても、一層重要である。内藤湖南は『雑集』の資料的価値について、論文「聖武天皇宸翰雑集」(『支那学』第二巻・第三号、一九二一年十一月)において、次のように述べている。

此の巻中に収められたる詩文は、いづれも今は支那にも佚せる者のみにて、明《みん》の馮惟訥《ふういとつ》が『詩紀』、清《しん》・嘉慶《かけい》勅編の『全唐文』、厳可均《げんかきん》の『全宋文』、『全後周文』、『全隋文』等を補ふに足る。

『雑集』が、中国では既に失われてしまった多数の文献を保存していることを指摘したものである。その中で、『全後周文』を補うことができるとしているのが、「周趙王集」に他ならない。

「周趙王集」は、北周の皇族だった趙王宇文招《うぶんしょう》（字《あざな》、豆盧突《とうろとつ》。五四五？――五八〇）の文集の抜き書きである。「周趙王集」には七篇（うち一篇は事実上四篇から成っているので、全体を十篇と数えることができる）の文章が収められている。これは、短詩一首（楽府《がふ》「従軍行」）をのぞいて中国では完全に亡失した趙王の文章を伝える、唯一の資料である。

趙王宇文招は、北周の事実上の創業者宇文泰《うぶんたい》（文帝）の第七子で、華北の再統一を為しとげた武帝（宇文邕《うぶんよう》）の弟である。北周の建徳五年（五七六）には兄の武帝に従って北斉を討ち、翌六年（五七七）、北斉を滅して華北統一が成ったとき、功によって上柱国となった。

しかし翌宣政元年（五七八）、武帝が急逝し、その子宣帝（宇文贇《うぶんいん》）が即位すると、宣帝は叔父や功臣たちを排除するようになった。かわって権力の中枢に登場してきたのは、宣帝の楊皇后の父、楊堅《ようけん》（後の隋・文帝）である。宣帝が荒淫のために大象二年（五八〇）に急逝し、その幼子静帝（宇文衍《うぶんえん》）が皇位を継承すると、楊堅が政治の実権を握り、帝位をうかがうようになってきた。そのため趙王宇文招は、楊堅暗殺をくわだてるが失敗し、同年七月、一族もろともに誅殺された。

内藤湖南が周趙王を紹介した文章は、次の通りである。

北周書巻第三十三、北史巻第五十八に並びに伝あり。名は招、字を豆盧突《とうろとつ》といひ、文帝の子なり。幼より聡穎にして、博く群書に渉り、好んで文を属《しよく》し、庾信《ゆしん》が体を学び、詞に軽艶多しといえり。武成の初め（五五九―）趙国公に封せられ、建徳三年（五七四）、爵を進めて王と為る。大象二年の頃、隋の文帝は周の帝位を奪はんとするの企てありけるが、趙王は密かに之を除かんと図りたれども成らず、反つて隋文帝に謀反を以て陥いれられて殺されたり。文集十巻あることは本伝に見えたるも、隋書経籍志には止だ八巻と著録したり。日本見在書目には後周趙王集十巻とありて、本伝と同じ。新唐書芸文志には後周趙王集十巻を録せり。……然るに趙王の文辞としては、北周詩紀に従軍行一首を文苑英華より採録したるのみにて、文は全く佚したり。この雑集に載せたる道会寺碑文、平常貴勝唱礼文の如き、皆義旨といひ、辞章といひ、誠に堂々たる雄篇にて、其余の諸序も、駢体の妙を極めたり。北周にては趙王は滕聞《とうぶん》王と共に宗室中の能文家として聞えたるが、滕王は庾子山集《ゆしざんしゆう》の序今に伝はりて、其偉大なる文采を認めしむるも、趙王の文はこの雑集に出でたる者によりて、僅かに其の風流を窺ふことを得るのみ。

趙王は若年のころから庾信《ゆしん》（字、子山《しざん》。五一三―五八一）について詩文を学び、その強い影響を受けてきた。その文集は「十巻」だった（『周書』本伝）というが、中国では亡失してしまった。その「十巻」の一部が、聖武天皇宸翰『雑集』中に生き残っていたのであり、本書はそれに訳注を施し、研究を行ったものである。

四

「周趙王集」が特別の意味を持つのは、三つの理由による。まず何よりも、趙王宇文招は篤く仏教を信仰していたが、趙王の兄武帝は徹底した仏教弾圧を行ったことで有名だからである。武帝の廃仏は、仏教者の側から「三武一宗《さんぶいっそう》の法難」（北魏・太武帝《たいぶてい》、北周・武帝、唐・武宗、五代後周・世宗《せいそう》による仏教禁圧）と呼ばれる大弾圧の中でも、ことに徹底したものだった。実の兄であり、主君であり、全権力を握る帝王である武帝の廃仏の前後に、趙王宇文招がどのような信仰を持ったのか——武帝の近親者の信仰を知るには、「周趙王集」だけが唯一の資料なのである。

次に、武帝の死後に仏教の復興が図られるが、「周趙王集」、ことに「道会寺碑文」によれば、その動きは趙王宇文招自身によって荷われていたことが分かる。一般に隋の高祖・文帝によって仏教復興が為されたと認識されているが、それよりも前に、武帝の弟である趙王らによって仏教復興が進められていたことを、「周趙王集」によって知ることができる。武帝の廃仏の後に末法思想が広まり、その状況に対峙する中で中国独自の仏教思想が生まれたとされている。そうであればなおさら、趙王宇文招らによる仏教復興の動きを示す「周趙王集」の意義は大きいと言わなくてはならない。

さらに「周趙王集」は、南北朝時代（六朝時代）の終焉を目前にした時点の文学・思想の状況、ことに南北知識人の出会いと交流を示す貴重な資料でもある。『周書』趙王伝にも記され、内藤湖南も指摘している通り、趙王は、庾信の教えを受け、庾信から深い影響を受けた。庾信は、南朝の梁から北朝の西魏・北周に入った流寓の詩人である。南朝を代表するこの詩人から趙王が影響を受けたこと、その実態を示す資料は、これもまた「周趙王集」だけである。

「周趙王集」を検討することによってはじめて、南朝の詩人から北朝の皇族が何を受けとめたのか――文学・思想の両面にわたる南北知識人の交流の実態と成果が見えてくるのである。

五

以上の問題認識をふまえて、本書は、聖武天皇宸翰『雑集』に収められている「周趙王集」の注釈と全訳を行い、その研究を行ったものである。

本論に先立ってまず述べておかなくてはならないのは、すでに小野勝年「『宸翰雑集』所収「周趙王集」釈義（一）（二）」（『南都仏教』四一・四二号、一九七八・一九七九年。以下「小野注」と略称）の労作が存在していることである。これは同集の全体に注釈を施し、訓読を付したものであるが、訳文は付されていない。本書は、この労作に多くを負っている。しかし、句読の切り方の提案、語義の訂正、出典の発見などを独自に行い、全面的な現代語訳を加えた点に新たな意味があると考える。特に、語彙の注釈において先人の誤認を多く正し、それによって文意の全面的な訂正を行ったものである。もとよりそれも、小野注の驥尾に付して可能となったのであり、その学恩に深く感謝したい。

本書の内容を、以下に簡単に記す。

第Ⅰ部においては、聖武天皇宸翰『雑集』「周趙王集」に注釈を付し、その全訳を行った。注釈は簡潔を旨とし、訳文は現代日本語として理解しやすいものとなるよう努めた。なお、第Ⅰ部末尾に、趙王宇文招の楽府詩作品として伝存している「従軍行」一首の注訳を付した。

第Ⅱ部においては、趙王宇文招の伝記を、『周書』趙王伝を中心に記した。あわせて他の文献に見える記事にも触れた。

第Ⅲ部においては、聖武天皇宸翰『雑集』「周趙王集」を資料とした現段階の研究を示した。第一章では、「道会寺碑文」を主な資料として、隋による仏教復興よりも前、北周末期の段階で、北周王族自らによって仏教復興の本格的な動きが進められていたことを論証した。第二章では、趙王宇文招自身の仏教思想と文学の特徴を、「平常貴勝唱礼文」などに基づいて究明した。第三章では、南朝を代表した詩人庾信の影響を趙王宇文招が具体的にどのように受けたのか、進んで、庾信の残した思想的課題を趙王がどう継承したのかを、「道会寺碑文」をはじめとする「周趙王集」によって明らかにした。第四章では、聖武天皇が、自ら書写した『雑集』を通じて、どのような思索を展開したのか、『雑集』全体に基づき検討した。

Ⅰ

聖武天皇宸翰『雑集』「周趙王集」訳注

凡　例

一　『雑集』「周趙王集」の本文は、正倉院事務所編『正倉院宝物』三（毎日新聞社、一九九五年）所収の影印を用いた。

一　合田時江編『聖武天皇『雑集』漢字総索引』（清文堂、一九九三年）を参照した。

一　本文は、「道会寺碑文」のみは長大であるため、一行十八字、八十五行の原文のまま表記した。それ以外のものは、毎句改行し、各句に番号を付した。

一　句読点の切り方については、合田時江前掲書と小野勝年「『宸翰雑集』所収「周趙王集」釈義（一）（二）」を参照したが、最終的には筆者自身の判断に従った。なお、両書に触れる場合、前者は『合田索引』、後者は小野注と略称した。

一　語釈については、「道会寺碑文」では、書き下し文に番号を付し、語釈欄で解説した。それ以外のものは、各句番号によって語釈欄で解説した。小野注の見解と大きく違うなど問題のある箇所については、注の中でそのつど触れた。

一　原文の文字は原則として常用漢字を用いることとした。問題があれば、注の中で触れた。

一　「周趙王集」の作品の順序が本来どのようなものだったか不明であるが、『雑集』所収の順序に従って以下の通り配列した。（　）内の数字は、『合田索引』に付された『雑集』全体の作品番号である。

1（一一一）　道会寺碑文

一　付録として楽府「従軍行」一首を付載した。

一　語釈の項等の引用文も常用漢字を原則とした。

一　訓読は現代仮名づかいに拠った。

一　本文（原文）に欠字がある場合、及び脱字があると判断された部分は□で示し、補える場合は、その下の（　）内に文言を記した。訓読は、補った文言によって行った。文字を補い得ない場合は□で示した。

一　本文表記に誤記、極端な異体字等がある場合には、その文字の右に＊を付し、その下の〔　〕内に正しいと思われる文言を入れた。訓読は訂正された文言で行い、更に語釈の項で解説をした。

一　敦煌文献の引用に際しては、『敦煌願文集』（黄徴・呉偉校注、岳麓書社、一九九五年）に拠った。

1（一一一）道会寺碑文

《原文》

道会寺碑文

若夫九成図*〔円〕蓋、則康陽垂日、四柱方輿、則凝陰戴升。而君称龍首、既泣*〔治〕暦於九宮、帝曰蛇身、遂亥爻於六位。是知鬼神無所逃形、天地之情尽矣。豈似真如寂絶、非千尺之可求、実相冥言、非一音之可証。毛滞*〔滴〕海水、竿*〔算〕数之理無方。塵折須弥、測量之情逾遠。昔者吾*〔五〕百羅漢、同来舎衛之城、十千天子、共詣迦陵之国。乃見安居鹿苑、説法鶏園。満面含光、通身微咲。自月落金棺、萎香炭、双林変色、四馬生風。若使図*〔円〕光不写、則度敬靡託、方墳莫樹、則栖庇焉奉。是以商人採宝、則龍宮自開、梵志求香、則海潮仍落。波斯壇越、図紺髪而昇天、須達長者、布黄金而満地。卅二相、伝妙質而無窮、八斛四升、散全身而不滅。漢皇宵夢、啓正教於山東、呉宮夜明、悟斜心於江左。皇帝沈璧握図、懐珠受暦。幽房貫月、華渚落星。都平陽而受禅、坐玄扈而披図。長嬴炎景、服絺葛而継百王、月紀玄英、衣鹿裘而朝万国。蓬萊羽客、棄神仙□（而）戻止、渭浜隠士、捨垂釣而来王。至如玉盤銀甕之祥、赤獣白禽之瑞、双苗三脊、以表至孝之徴、神雀霊烏、乃応大*〔太〕平之兆。丹□（穴）両鳳、夜宿華山之桐、河漢双龍、朝遊葛陂之水。接礼慈愛之文、叡徳戢兵之武。安上治民之礼、移風易俗之楽。若乃金縄玉字之書、石架銀函之部。黄封万巻之言、青首五車之冊。占月司星之術、観風候気之儀。中臂*〔贄〕礙柱之精、驚猨落鴈*〔雁〕之巧。縁情則飛雲玉髄、落紙則垂露銀鉤。白石紫芝、懸諳薬姓*〔性〕、四童九転、遥識方名。投壺則仙女含咲、弾碁則玉女度河。可謂唯聖唯神、多才多芸。

上林秋蒐、書而莫尽、睢陽竹簡、載而弗窮。雖復迹住有為、而心存遺相。達五家非已、識三相莫停。汲亥群迷、紹隆釈典。豈止駆之仁寿、方且帰諸家*〔寂〕滅。乃逮斯刹、厥名天会。其寺蓋昔某官姓名所興也。観其揆日面方、崇基架宇。外諠王舎、内□（閑）祇園。但以春灰数動、秋火屢移、台毀花萎、蓋彫香滅。蕭々虚牖、或似相如之台、寂々疎扉、乍同揚子之宅。乃於旧所、経始荘厳。荊山春嶺之珍、合浦朱提之宝、並充随喜、尽用行檀。転埴陶人、揮斤好匠。莫不椒泥桂柱、彩壁梅梁。綺井舒荷、雕楹散藻。三処紅蓮之殿、五時白鶴之官*〔宮〕。月映瑠璃、帯春風而不堕。雲連馬脳、似秋雨而将垂。摩竭国中、翻慙浄土、毘耶城裏、到愧伽藍。天楽恒調、不待周瑜之顧。空香自吐、無労荀彧之衣。桂影澄淵、即是沈河之璧、楡□（莢）落水、然□（而）投渭之銭。吉士詵々、捧乳糜而競入、名僧済々、抱応器而知帰。是知縁覚争飛、終留世界、声聞聴響、遂至他方。法雨纔沾、枯苗即潤、慧灯暫照、暗空方明。現五縛於離車、伏双魔於道樹。鴿憑威而向影、大楽法而昇階。寺主比丘某甲、僧徒英儁、法侶高明。心伏慳貪、身行忍辱。若夫酒泉開士、唯学禅友、鉅鹿沙門、止通経論。未有守護雕龕、堅持宝刹。

皇帝輟万機之務、隆四海之尊、輦詣花園、輿廻香苑。六龍厳設、四校広陳。懸豹尾於属車、望霊鳥於大史。鹿盧之剣、本帯龍文。宛転之弓、旧合蛇影。於是頂戴天人、帰依正遍。然後登宝座、撫金机、潜名教、闡大乗。法勝毘日雲**〔曇〕、義均廃疾、呵梨成実、事等□（金）膏。広説涅盤*〔槃〕、迦葉起問、高談般若、善吉先知。遺有為住無為、滅執相存忘相。練石鉱於貢金、変醍醐於乳酪。法華窮子、始悟慈顔、火宅童児、方知離苦。足使提舎恥其頭燃、納衣慙其断見。尓其処也、国称四塞、地曰一金。一鳥朝翔、周王杖鉞。五星夜聚、漢帝治兵。緑蔓蒲陶、斜懸別館。青苗目蓿、遥映離宮。都尉誠*〔試〕船、独有昆明之水。将軍置陣、唯余細柳之営。南望上林、想仙童之来晩、西瞻青綺、思召子之苽甜。正対旗亭、則五層迢遰。傍臨峻堞、則百雉逶迤。欲令勝葉恒伝、福田永播。而霊光之殿、古字難存。羽陵之山、新書易蠹。唯当一刊玄碣、万古常観。豈使襄陽水中、独有鎮南之頌、燕然山上、唯勒車騎之碑。舞蹈希有、乃為銘曰。

百非体妙、万徳凝神。空因相顕、理寄言申。赴機曰応、反寂称真。法身豈滅、世眼時淪。倶迷苦海、熟暁良津。我皇御宇、超茲文武。迹染俗塵、心標浄土。道牙広潤、勝幢高豎。静監有空、縁思愛取。是曰人王、兼称法王。惟天降祉、□（惟）地呈祥。苗垂三穂、蓮開両房。鄮戸赤雀、殿庭白狼。璧連朝影、蓂瞻夜光。儒童剪髪、難提承露。水浄洛*〔珞〕池、花然宝樹。偈説多羅、経文妬路。甘泉北接、細柳南隣。河橋鉄鎖、灞岸銅人。雲低宝蓋、花大車輪。天晴霧解、景落霞新。糸縷共纏、灯光相続。水激珠泉、沙流銀粟。慢*〔幔〕□（飾）黄金、床雕青玉。鳳皇之閣、芙蓉之宮。雕欒婉転、鏤檻玲籠。窓疎受電、檐迴来風。瀾生葉紫、蓮吐花紅。園成樹満、渠開水通。禅永定智炬方融、道成果々累尽空。

《訓読》

〈第一段〉（1行「若夫」～6行「逾遠」）

若《も》し夫れ九成〈1〉の円蓋《えんがい》は、則ち康陽　日を垂れ、四柱〈2〉の方輿《ほうよ》は、則ち凝陰《ぎよういん》　戴升《たいしよう》す。而して君は龍首〈3〉と称して、既に暦〈4〉を九宮に治め、帝〈5〉は蛇身《だしん》と曰いて、遂に爻《こう》〈6〉を六位《りくい》に亥《そな》う。是《ここ》に知る　鬼神〈7〉も形を逃るる所無く、天地の情　尽《つ》くと。豈《あ》〈8〉に真如《しんによ》〈9〉の寂絶《じやくぜつ》の、千尺の求むべきに非ず、実相〈10〉の冥言の、一音の証すべきに非ざるに似んや。毛〈11〉もて海水を滴《したた》らすは、算数の理　方《くら》ぶる無し、塵〈12〉もて須弥《しゆみ》を折《せつ》するは、測量の情　愈々遠し。

〈第二段〉（6行「昔者」～14行「江左」）

昔者《むかし》　五百《ごひやく》の羅漢は、同《とも》に舎衛《しやえい》〈13〉の城に来り、十千《じゆつせん》〈14〉の天子は、共に迦陵《かりよう》〈15〉の国に詣《いた》れり。乃ち鹿苑《ろくおん》〈16〉に安居《あんご》〈17〉

し、鶏園《けいえん》〈18〉に説法するを見る。満面に光を含み、通身《つうしん》に微咲《みしょう》す。月の金棺《きんかん》〈19〉に落ち、香炭《こうたん》〈20〉の萎《しな》えてより、双〈21〉林色を変じ、四馬風を生ず。若し円光〈22〉をして写さざらしめば、則ち度敬《たくけい》〈23〉託する靡《な》く、方墳〈24〉をして樹《う》うること莫《な》からしめば、則ち栖庇《せいひ》〈25〉　焉《いずく》んぞ奉ぜん。是《ここ》を以《もっ》て商人〈26〉　宝を採らんとすれば、則ち龍宮自《おの》ずから開き、梵志《ぼんし》〈27〉　香を求むれば、則ち海潮仍《よ》りて落つ。波斯《はし》〈28〉の壇越《だんおつ》は、紺髪《こんぱつ》を図《えが》きて天に昇り、須達《すだつ》〈29〉の長者は、黄金を布《し》きて地に満たしむ。卅二相《さんじゅうにそう》〈30〉、妙質を伝えて窮《きわま》り無く、八斛四升《はっこくししょう》〈31〉、全身を散じて滅びず。漢皇〈32〉の宵の夢、正教を山東に啓《ひら》き、呉宮〈33〉の夜の明り、斜心《しゃしん》を江左に悟《さと》らしむ。

〈第三段〉（15行「皇帝」～32行「家*〔寂〕滅」）

皇帝〈34〉　璧《へき》を沈めて図《と》を握り、珠を懐《いだ》きて暦〈35〉を受く。幽房〈36〉　月を貫き、華渚〈37〉　星落つ。平陽《へいよう》〈38〉に都《みやこ》して禅《ゆず》りを受け、玄扈《げんこ》〈39〉に坐して図を被《ひら》く。長嬴《ちょうえい》〈40〉の炎景《えんえい》に、稀葛《ちかつ》〈41〉を服して百王を継ぎ、月紀〈42〉の玄英に、鹿裘《ろくきゅう》〈43〉を衣《き》て万国を朝せしむ。蓬莱〈44〉の羽客は、神仙を棄てて戻止《れいし》〈45〉し、渭浜《いひん》〈46〉の隠士は、垂釣《すいちょう》を捨てて来王《らいおう》〈47〉す。玉盤〈48〉・銀甕《ぎんおう》の祥、赤獣・白禽《はくきん》の瑞の如きに至りては、双苗《そうびょう》〈49〉・三脊《さんせき》、以て至孝の徴《きざし》を表わし、神雀・霊鳥、乃ち太平《たいへい》の兆《きざし》に応ず。丹穴〈50〉の両鳳、夜　華山の桐に宿り、河漢〈51〉の双龍、朝に葛陂《かっひ》の水に遊ぶ。接礼慈愛の文あり、叡徳〈52〉　戢兵《しゅうへい》の武あり。上を安んじ民を治むるの礼あり、風を移し俗を易《か》うるの楽《がく》あり。若《も》しくは乃ち金縄《きんじょう》〈53〉　玉字の書あり、石架銀函《せきかぎんかん》〈54〉の部あり。黄封《こうふう》万巻の言あり、青首〈55〉五車の冊《さく》あり。月を占い星を司るの術あり、風を観《み》　気を候《うかが》うの儀あり。贄《し》〈56〉に中《あ》て柱を礙《へだつ》るの精あり、猨《さる》〈57〉を驚かし雁を落とすの巧あり。

〈58〉情に縁《よ》りては則ち飛雲玉髄のごとく、〈59〉紙に落つれば則ち垂露銀鉤《すいろぎんこう》のごとし。〈60〉白石・紫《し》芝《し》、懸《はる》かに薬性を諳《そら》んじ、〈61〉四《し》童《どう》九転、遥かに方名《ほうめい》を識《し》る。〈62〉壺に投ずれば則ち仙女　咲《え》みを含み、碁《き》を弾ずれば則ち玉女　河《か》を度《わた》る。唯《こ》れ聖　唯れ神、多才にして多芸と謂うべし。〈63〉上林の秋蒐《しゅうしゅう》、書けども尽くる莫く、〈64〉睢陽《すいよう》の竹簡、載《の》すれども窮まらず。復た迹を有為《うい》に住《とど》むと雖も、而も心を〈65〉遺相《けんそう》に存《そん》す。〈66〉五家に達するも已《や》むこと非ず、〈67〉三相を識るも停まる莫し。群迷《ぐんめい》を〈68〉汲亥《きゅうがい》し、釈典を紹隆《しょうりゅう》す。豈に止《た》だに之を仁寿《じんじゅ》に駆《か》るのみならんや、方《まさ》に且《まさ》に諸《これ》を〈69〉寂滅《じゃくめつ》に帰《き》せしめんとす。

〈第四段〉（32行「乃逮」～52行「宝刹」）

〈70〉乃ち斯《こ》の刹《てら》に逮《およ》ぶに、厥《そ》の名は〈71〉天会《てんかい》なりき。其の寺は蓋し昔　某官姓名の興す所なり。其の〈72〉日に揆《はか》り方に面し、基を崇《たか》くし宇を架くるを観る。外は王舎より諠《かまび》すしきも、〈73〉内は祇園《ぎおん》よりも　閑《しず》かなり。但だ

〈74〉春灰の数々《しばしば》動き、秋火の屢々《しばしば》移るを以て、台毀《こぼ》たれ花萎《しお》れ、蓋彫《やねいた》み香滅ぶ。蕭々たる虚牖《きよよう》は、或《あるい》は〈75〉相如《しょうじょ》の台に似、寂々《せきせき》たる疎扉《そひ》は、乍《たちま》ち〈76〉揚子《ようし》の宅に同じ。乃ち〈77〉旧所に於いて、経始《けいし》し荘厳《しょうごん》す。〈78〉荊山春嶺の珍、〈79〉合浦《がっほ》朱堤《しゅてい》の宝、並びて〈80〉随喜《ずいき》に充《あ》て、尽く〈81〉行檀《こうだん》に用う。埴を転ずる陶人あり、斤を揮《ふる》う好匠あり。〈82〉綺井《きせい》に荷舒《はすほころ》び、雕楹《ちょうえい》に藻《も》を散らす。〈83〉三処《さんしょ》椒の泥　桂《かつら》の柱、彩《いろど》れる壁　梅《うめ》えがける梁《はり》ならざる莫し。

紅蓮の殿、〈84〉五時　白鶴《はっかく》の宮《きゅう》。月は瑠璃《るり》に映じ、春風を帯《お》びて堕《お》ちず。雲は瑪瑙《めのう》に連《つら》なり、秋雨に似て将に垂れんとす。〈85〉摩竭国中《まかつこくちゅう》、翻《かえ》って浄土に慚じ、〈86〉毘耶城裏《びやじょうり》、伽藍を愧ずるに到る。天楽《てんがく》　恒に調せら

れ、〈87〉周瑜の顧りみを待たず。空香　自ずから吐き、〈88〉荀彧《じゅんいく》の衣を労する無し。桂影は淵に澄み、即ち是れ河に沈む璧のごとく、〈89〉楡莢《ゆきょう》は水に落ち、然り而《しこ》うして渭に投ぜらるる銭のごとし。〈90〉吉士《きつし》は詵々《せんせん》として、〈91〉乳糜《にゅうび》を捧げて競って入り、名僧は済々《さいさい》として、〈92〉応器《おうき》を抱きて帰るを知る。是《ここ》に知る〈93〉縁覚《えんがく》争って飛び、終《つい》に世界に留まるを、〈94〉声聞《しょうもん》　響きを聴き、遂に他方に至るを。法雨纔かに沾《うるお》して、枯苗《こびょう》即ち潤い、慧《え》灯《とう》暫く照らして、暗空方《あんくうまさ》に明らかなり。〈95〉五縛《ごばく》を離車《りしゃ》に現じ、〈96〉双魔を道樹に伏す。鴿《はと》は威に憑《よ》りて〈97〉影に向かい、大いに法を楽しんで階を昇る。寺主　比丘某甲《びくぼうこう》は、僧徒の英儁《えいしゅん》にして、法侶の高明なり。心に慳《けん》貪《どん》を伏し、身に〈98〉忍辱《にんにょく》を行う。若し夫れ〈99〉酒泉の開士は、唯だ禅友を学ぶのみ、〈100〉鉅鹿《きょろく》の沙門は、止だ経論に通ずるのみ。未だ雕龕《ちょうがん》を守護し、宝刹を堅持すること有らず。

〈第五段〉（53行「皇帝」～62行「断見」）

〈101〉皇帝　万機《ばんき》の務めを輟《てつ》し、四海の尊きを隆《たか》くし、輦《れん》もて花園に詣《いた》り、輿《よ》もて香苑を廻る。六龍《りくりゅう》　厳そかに設けられ、四校　広く陳《つら》なる。豹尾《ひょうび》を属車に懸け、霊鳥を大史《たいし》に望ましむ。鹿盧《ろくろ》の剣は、本《もと》　龍文を帯び、宛転の弓は、旧《もと》　蛇影に合す。是に於いて〈102〉天人を頂戴《ちょうだい》し、〈103〉正遍《せいへん》に帰依《きえ》す。然る後に宝座《ほうざ》に登り、金机《きんき》を撫《ぶ》し、〈104〉名教を潜《ひそ》め、大乗を闡《せん》す。〈105〉法勝《ほうしょう》の〈106〉毘曇《びどん》は、義　廃疾《はいしつ》に均《ひと》しく、〈107〉呵梨《かり》の成実《じょうじつ》は、事　〈108〉金膏《きんこう》に等し。広く涅槃《ねはん》を説けば、〈109〉迦葉《かしょう》　起ちて問い、高く般若《はんにゃ》を談ずれば、〈110〉善吉《ぜんきつ》　先んじて知る。有為《うい》をして無為《むい》に住《とど》めしめ、〈111〉執相《しゅうそう》を滅して忘相《ぼうそう》を存せしむ。石鉱を貢金《こうきん》に練《ね》り、〈112〉醍醐《だいご》を乳酪《にゅうらく》より変ず。〈113〉法華《ほっけ》の窮《きゅう》子《し》は、始めて慈顔に悟り、火宅《かたく》[114]の童児《どうじ》は、方《まさ》に離苦《りく》を知る。提舎《だいしゃ》[115]をして其の頭[116]を燃やすを恥じしめ、納《のう》[117]衣《え》をして其の断見[118]を慙《は》じしむるに足る。

〈第六段〉（62行「尓其」～71行「銘曰」）

尓《しか》して其の処《ところ》たるや、国は四塞《しそく》[119]と称し、地は一金《いっきん》と曰う。一鳥　朝に翔り、周王　鉞《えつ》を杖つく。五星[120]夜に聚い、漢帝　兵を治む。緑蔓《りょくまん》の蒲陶《ほとう》は、斜めに別館に懸かり、青苗《せいびょう》の目蓿《もくしゅく》は、遥かに離宮に映ず。都尉《とい》[121]　船を試《こころ》みて、独り昆明の水有り。将軍　陣を置きて、唯だ細柳[122]の営を余す。南のかた上林を望みては、仙童[123]の来たること晩《おそ》きを想い、西のかた青綺《せいき》[124]を瞻《み》ては、召子[125]の苽《うり》の甜《あま》きを思う。正しく旗亭に対しては、則ち五層迢遰《ちょうてい》たり。傍《かたわ》ら峻堞《しゅんちょう》[126]に臨みては、則ち百雉《ひゃくち》[127]逶迤《いい》たり。勝葉《しょうよう》[128]をして恒に伝えしめ、福田[129]をして永《とこし》えに播《ま》かしめんと欲す。而れども霊光[130]の殿は、古字《こじ》　存し難く、羽陵《うりょう》[131]の山は、新書　蠹《むしく》い易し。唯だ当に一刊の玄碣《げんけつ》[132]のみ、万古　常に観るべし。豈に襄陽の水中をして、独り鎮南[133]の頌を有らしめ、燕然《えんぜん》の山上をして、唯だ車騎[134]の碑を勒《ろく》せしむるのみならんや。希有《けう》に舞蹈《ぶとう》し、乃ち銘を為《つく》りて曰う。

〈銘文〉（72行「百非」～85行「尽空」）（『広韻』によって押韻を示した。）

百非《ひゃくひ》[135]　妙《みょう》を体し、万徳　神《しん》に凝《こ》る。空《くう》[136]は相《そう》に因《よ》りて顕《あき》らかに、理は言に寄りて申《の》ぶ。機[137]に赴くを応と曰い、寂《じゃく》に反るを真と称す。法身《ほっしん》　豈に滅びんや、世眼《せいがん》　時に淪《しず》むのみ。倶《とも》に苦海[138]に迷い、熟《よ》く良津を暁《さと》らん。（真韻・諄韻通用）』我が皇　宇を御し、茲《こ》の文武〈139〉を超ゆ。迹《あと》を俗塵に染め、心を浄土に標《しめ》す。道《どう》牙《が》広く潤《うるお》い、勝幢《しょうとう》高く竪《た》つ。静かに有空〈140〉に監み、縁《よ》りて愛取《あいしゅ》〈141〉を思う。（麌韻・姥韻通用）』是れ〈142〉を人王と曰い、兼ねて法王と称す。惟《こ》れ天　祉《し》を隆《たか》くし、惟《こ》〈143〉れ地　祥《しょう》を呈す。苗《びょう》は三穂《さんすい》を垂れ、蓮《はす》は両房を開く。鄷戸《ほうこ》に赤雀《せきじゃく》あり、殿庭に白狼《はくろう》あり。璧は朝影《ちょうえい》を連ね、蓂《めい》〈144〉は夜光《やこう》を瞻《み》る。（陽韻・唐韻通用）』儒《じゅ》童《どう》　髪を剪《き》り、難提《なんてい》　露を承《う》く。水は洛池《らくち》に浄《きよ》らかに、花は宝樹に然《も》ゆ。偈《げ》は多羅《たら》〈145〉を説き、経《けい》は妬路《とろ》〈146〉を文《あや》にす。（暮韻・遇韻通用）』甘泉〈147〉　北に接《つらな》り、細柳《さいりゅう》　南に隣《とな》りす。河橋に鉄鎖あり、灞岸《はがん》〈148〉に銅人《どうじん》あり。雲は宝蓋を低《た》れ、花は車輪より大いなり。天晴れ　霧解け、景落ち　霞新たなり。（真韻・諄韻通用）』糸《し》縷《る》　共に纏《まと》い、灯光　相い続く。水は珠泉に激し、沙は銀粟《ぎんぞく》を流す。幔《とばり》〈149〉には黄金を飾り、床には青玉を雕《きざ》む。（燭韻）』鳳皇の閣、芙蓉の宮。雕欒《ちょうらん》　婉転《えんてん》たり、鏤檻《ろうかん》　玲籠《れいろう》たり。窓〈150〉は疎《とお》りて電を受け、檐《のき》は迥《はる》かにして風を来たす。瀾《さざなみ》は葉の紫なるを生じ、蓮は花の紅なるを吐く。園成りて樹は満ち、渠《きょ》開きて水は通ず。禅は永く定まり智炬《ちきょ》〈151〉は方に融《とお》らん、道は果を成《じょう》じ果《か》累《かさ》なりて空〈152〉を尽《きわ》めん。（東韻）』

《通釈》

〈第一段〉（1行「若夫」～6行「逾遠」）

そもそも（宇宙開闢のはじめには）九重にかさなった円天井のごとき天においては、陽の気が太陽を中空にかがやかせ、四本の柱を持つ四角い乗りものののごとき大地においては、凝集した陰の気が万物を載せるようになりました。

やがて龍の頭を持つと称される君主（黄帝）があらわれ、九つの星を見て暦をととのえ、蛇の体を持つといわれる天子（伏犠氏《ふくぎし》）があらわれて、易の爻《こう》を六つの位置に定めました。こうして（暦や易ができたために世界の秩序は全て明らかになったので）人々は知ったのです、（目に見えるものはもちろん）目に見えない鬼神さえも形を逃れ（て見えないままでい）ることはできず、天地万物の実情は完全に明らかになった、と。しかし、（そのようにみごとな中国の暦法や易占も）仏教の真如《しんにょ》の絶対的静寂の深さが、千尺のものさしによってもはかることができず、世界の真実の相を示す奥ふかい（仏の）言葉が、世俗の音声によって証明することができないほど深遠であるのに比較できるでしょうか（いや比較することなどできません。それほど仏教の真理の方が深遠なのです）。一本の毛先の一滴の水の中に全ての海水が含まれているという（仏法の超越的）真理に対しては、普通の算術の原理などくらべることさえできません。一つの塵の中に須弥山《しゅみせん》が絶ちきられ入れられるとする（仏法の）真理は、物の分量をはかる日常の方法などからははるかに遠く離れているのです。（普通の認識では、仏法の超越的真理をおしはかることはできないのです。）

〈第二段〉（6行「昔者」～14行「江左」）

　昔（インドにおいて）五百人の僧侶たちが、ともに舎衛城に来たり、一万人の信徒たちが、ともに迦陵国を訪れて、仏陀の説法を聞こうとしました。かくして彼らは鹿野園《ろくやおん》に安居《あんご》する仏陀、鶏園精舎に法を説く仏陀を見ることができました。そのときの仏陀のすがたは満面ひかりかがやき、体全体に喜びの笑みをたたえていたのでした。（しかし）月のごとき仏陀が黄金の棺に沈んで（亡くなり）、仏陀を荼毘《だび》に付した香りよい炭が灰となってから、沙羅双樹の林の花は色を変えて散ってしまい、四頭立ての馬車が風を切って走るように時はたちまち過ぎ去りました。もし仏陀のまどかな光のような姿を描き写さなければ、（後代の人々は）仏の姿をおしはかり敬おうとしてもその思いを寄せるよすがが無く、仏の四角い墳墓に樹木が植えられなければ、どうして（仏の遺骨を）かばい守ることができるでしょうか。そのようなわけで、かの商人が宝を取ろうとしたとき、龍宮は自然に開いて宝を現し、かのバラモンが香料をさがし求めたとき、海の潮が引いたのでした。（このように求法の意志によって優れた教えが残されたのです。）波斯《はし》匿《のく》王は施主となって、紺琉瑠色の頭髪の仏陀を描かせるために画工を天に昇らせ、須達《すだつ》長者は祇園精舎を仏陀に寄進して、黄金を地面に敷きつめたのでした。（このように人々が仏像を制作し寺院を建立したために）仏陀の三十二種の相貌は、その優れた内面を永遠に伝えられることとなり、釈迦が八斛四升の粳《うるち》米を無限に増やして大衆に与えたという奇跡の如く、仏陀の舎利（遺骨）は全身の骨を各地に散らしたにもかかわらず（塔に安置されて）滅びなかったのです。かくして後漢の明帝は夜の夢に仏を見て、仏の正しい教えを山東（華山の東の中原）の地に開くこととなり、三国呉の宮殿に仏舎利が降って夜を明るく照らしたために、邪な心の人々をも江南の地において悟らせたのです。

〈第三段〉（15行「皇帝」～32行「家*〔寂〕滅」）

（さてわが北周の）皇帝は璧を黄河に沈め河図《かと》を手にとり、珠玉を懐き宝暦を受け（全天下を治めるという天命を受け）た方であります。母后は奥深い房室で星が月を貫き華渚に落ちるという有様を見て皇帝をお生みになりました。皇帝陛下は堯帝のごとく平陽の地に都を定めて先帝よりの禅りを受け、黄帝のごとく玄扈《げんこ》の地に坐して河図を開き即位されたのでした。夏の炎のような日射しには、葛布《くずぬの》の薄いかたびらをまとい百代の聖王を継承して政治にはげみ、冬の玄黒の気のみちるころには、鹿の皮ごろもを着て万国の王侯たちを朝参させるのです。東海の蓬萊山に住んでいた仙人も、神仙の道を棄てて君前に至り、渭水のほとりで魚を釣っていた隠者も、釣り竿を捨てて君王のもとに馳せ参じています。（かくして）玉盤や銀甕《ぎんおう》が現れる瑞祥、赤獣や白禽が現れる瑞祥の類について言うなら、穀物の苗は二すじとなり茅《かや》は三すじとなる奇蹟がおきて、天子が至孝である徴を表わし、神雀や霊鳥があらわれて、太平の兆《きざし》に応じました。丹穴の二羽の鳳凰は、夜に華山の桐にやどり、天の川の二頭の龍は、朝に葛陂《かつひ》の水に遊び、瑞祥を地上にもたらしています。（皇帝には）人をもてなす礼と人をいつくしむ文の力があり、英知の徳と武器を蔵におさめて用いない（真の）武の才があります。上の人々を安んじ民衆を治める礼を持ち、人々の風俗を良きものに変える音楽の能力を持っておられます。さらには（皇帝のもとには）金糸でつづった木簡に玉で字を記した祭祀の書があり、石で作った書架の上に銀の箱におさめた仏典が収められています。黄色の封紙の万巻の儒書があり、青紙に標題を記した五台の車に積むほどの諸家の書があります。（皇帝は）月によって占い星の運行を見る術、風を見て気をうかがう方法を身につけています。（弓射においては）獲物の鳥を射あてたり柱をへだてて獲物を射る精確さ、猿を驚かせ雁を射落とす巧みな力を持っています。情によりそう文学を作れば飛ぶ雲のように気高く玉の精髄のようにきよらかであるし、紙に文字をしるせば露が降りたように鮮やかで銀の鉤《かぎ》のように美しくきりりとしています。（仙人の食する）白い石や紫の霊芝など、はるかに（遠い仙界の）薬の性質を覚えているし、四人の仙童が九回煉成して金丹を煉《ね》るという、その仙方をも知っておられます。投壺《とうこ》のあそびをすれば仙女がそれを見て笑みを浮かべるし、弾碁のあそびをすれば玉女が河を渡って見に来るほどの腕前。（皇帝はまことに）聖人にして神のごとき人であり、多才にして多芸の人というべきです。（皇帝の）上林苑の秋の蒐《かり》のありさまは、書いても書きつくせぬほどの盛大さ、睢陽《すいよう》の（梁《りよう》の孝王《こうおう》の）庭園のごとき宮園のさまは、竹簡に記しても記しきれないほどの雄大さです。さらにまた（皇帝は）その姿かたちをはかない有為の人の世にとどめていながら、心を現象を超越した遺相《けんそう》の世界に置いています。春秋五家の学問に達しているがそこに止まることなく、この世のはかなさを示す三有為相《さんういそう》を知っているがそこに停まることなくつとめ励んでおられます。そしてもろもろの迷える人々を救いあげ、釈教の聖典をさかんにおこされました。どうしてただ単に民衆を（儒教の理想である）仁寿に進ませるだけでしょうか（いやそれだけではありません）。まさにこの民衆を（仏教の理想である）悟りの世界へと帰入させようとしているのです。

〈**第四段**〉（32行「乃逮」〜52行「宝刹」）

この寺（道会寺）に目を向ければ、この寺の名はかつて天会寺と言いました。この寺はむかし、何がしの官職の何がしという人が創建したものです。その（境内の）ありさまを見ると太陽によって方位を定め、基礎を高くかため屋根をかけているのが見てとれます。（寺の）外はかの王舎城よりもかまびすしいが、その中は祇園精舎よりも静かです。（そのようにりっぱな寺でしたが）たびたびの春を送り、しばしば秋の季節が移った（年月が経った）ために、台はこわれ花はしおれ、屋根はいたみ香りもほろんで（荒れはてて）しまいました。ものさびしいうつろな窓は、あたかも漢の司馬相如（が貧窮をきわめていたとき）の家のようであり、ひっそりとして破れた扉は、たちまちのうちに漢の揚雄（が貧しさに甘んじていた頃）の家宅と同じありさまになっていました。そこで（皇帝は）この旧境内において、（新たな建物を）創建し（古い建物を）美しく飾り整えました。荊山や春嶺から取れる宝玉も、合浦や朱提に産する珠玉や銀も、すべてを喜捨にあて、ことごとく布施に用いたのです。こうして（寺を修理・荘厳するために）陶人たちは土をこね、大工たちは斧をふるいました。山椒をまぜた泥の土壁、桂樹の柱、色とりどりの壁の上塗り、梅を描いた梁とすべてが華麗にでき上がりました。美しい格天井には蓮が描かれ、雕刻をほどこした柱には美しい模様が広がっています。釈迦が説法をしたインドの三つの精舎のような紅蓮の咲きほこる殿舎、釈迦が五段階に分けて説法をした白鶴のような（白い花の）沙羅双樹の花咲く宮殿。（その境内の中に）月は瑠璃《るり》に照りはえ、春風に吹かれても落ちることなく輝きつづけています。雲は瑪瑙《めのう》の飾りと連なって、秋雨が今まさに降りそめる時のよう。（たくさんの精舎を誇った）マガダ国の人々も、かえってこの浄土（のような道会寺）に慙じいり、（巨大な寺々を誇った）バイシャーリー城の人々も、（道会寺の荘厳な殿宇を見て）自らの伽藍を愧じるようになってしまうでしょう。

天上の音楽はいつも奏でられていて、（曲に誤りがあれば必ずふりかえったという）周瑜にふりかえられることもありません（それほどみごとに演奏されています）。あたりにみちる（空《くう》の教えを暗示する）香は自然に湧きおこり、（いつも香をたきしめていたという）荀彧《じゅんいく》の衣をわずらわす必要もありません。桂の葉の影は淵に清らかにうつり、黄河の中に沈んだ璧玉のよう、楡《にれ》のさやは水中に落ち、渭水に投げ入れられた銭のよう。良き在家の信徒たちはむつまじくより集い、供物《くもつ》の乳糜《にゅうび》（乳で作ったかゆ）をささげて競いあうようにやってくるし、すぐれた僧侶たちはおごそかに整然と、托鉢《たくはつ》の器を抱いて帰ってきます。かくして（人々がこの寺に集うさまを見て）知るのです　縁覚《えんがく》の人々は争って飛び交《か》っても、ついにはこの世界に留まることを。また声聞の人々は（この寺で説法の）響きを聴いて悟り、（それを伝えるために）各地に散って行くことを。真理の雨がわずかに地面をぬらすだけで、枯れていた苗はただちにうるおい（そのように苦しみのなかに迷い沈んでいた人々は救われ）、知恵の灯がほんのしばらくこの世を照らしただけで、暗黒の空は今まさに明るくなったのです。（仏は）五つの呪縛のごとき迷妄をリッチャビーの人々に現し（そのように廃仏の迷妄を中国に現し）、そして二人の悪魔を道の側の菩提樹のもとで降伏させた（そのように今や廃仏の妄動を解決した）のでした。かくして鴿《はと》にたとうべき民衆は（仏の）威力をたよって仏影に向かって参拝し、おおいに仏法を楽しんで（道会寺の）階を昇るのです。この寺の主僧　何がしという名の比丘は、僧徒のなかのずばぬけた英才で、法の友たる僧侶の中の高い明識の持ち主です。彼は心の中ではむさぼりを断ち、体においてはいかなるはずかしめをも忍ぶ忍耐を実行してきました。そもそもかの酒泉の菩薩と呼ばれた鳩摩羅什《くまらじゅう》は、ただ瞑想による悟りを学んでいただけであり、鉅鹿の沙門と呼ばれた道生《どうしょう》は、ただ経論に通じていただけでした。彼らは石崑を守り、寺院を堅く維持するという（道会寺寺主比丘其甲のような）努力をしたことはなかったのです。

〈第五段〉（53行「皇帝」～62行「断見」）

皇帝陛下は　万機を統べる務めを一時中断し、四海のうちに比べようのない尊い身を降くし（降し）、輦にて花園にいたり、輿にて香り豊かな苑をめぐられました。六頭だての馬車は厳かにしたてられ、四所の近衛の衛士は堂々とつらなり従いました。従う車には豹の尾のかざりをかけ、大史には霊鳥の出現を望見させました。鹿盧《ろくろ》の形の玉飾りをつけた剣は、龍のもようをつけ、なだらかな曲線を描く弓は、もとより蛇の形に似ています。（従う将兵の武装はこのように厳然としています。）かくして（皇帝陛下は）人と神との師といわれる仏陀に敬礼し、正遍知《せいへんち》（正しくあまねく悟った人）と呼ばれる仏陀に帰依したてまつりました。その後で宝座に登り、黄金のひじかけにより、名教（儒教）の教えを奥にひそめ、大乗の教えを明らかにされました。法勝の説いた阿毘曇《あびどん》の説は、その内容が疾病にひとしいような（拙劣な）ものであり、対して阿梨《かり》師の説く『成実論《じょうじつろん》』は、その内容が（疾病をいやす）膏薬のように優れたものである（ことを皇帝は明らかにしました）。（皇帝が）広大な涅槃の説を説けば、摩訶迦葉《まかかしょう》のごとき高僧が立って質問をし、高遠な般若を論ずれば、善吉《ぜんきつ》のごとき尊者が真っ先に理解するのでありました。（また）生じては滅んでゆく有為の世界を絶対の真理である無為にとどめさせ、（外面的な現象たる）相《そう》に執着する衆生に相を忘れる心を持たせるのでした。（皇帝の教説は）掘り出した鉱石を貢物の黄金に練りあげ、牛乳を精製した牛酪《ぎゅうらく》を（窮極まで精製した）醍醐《だいご》へと変えるものでありました。『法華経』に見える長者の窮子は、（父を捨てて放浪したが）父の死の間際にその慈愛にはじめて気づいたというし、火のついた家に住んでいた童児は、まさに苦を離れる道を知ったといいます（そのように廃仏で苦しんでいた人々は今やその苦しみから救われたのです）。（皇帝の説教は）提舎《だいしゃ》（舎利弗《しゃりほつ》）のような僧たちに頭髪を燃やすという自傷の行いを恥じさせ、納衣《のうえ》（ぼろ布をつづりあわせた衣）をつけた僧たちにも来世が無いなどという誤った見方をしたことを恥じさせるに足るものでした。（廃仏によって自傷や絶望に沈んでいた僧たちに希望をあたえるものでした。）

〈第六段〉（62行「尓其」～71行「銘曰」）

さてその（道会寺のある）所はと言えば、国としては四方が堅く防がれ、土地としては守りのかたい一つの金城と称される関中の地です。一羽の鳥が朝空に飛ぶとき、周の武王が鉞を杖ついて殷を伐ち王者となった地です。五つの惑星が一方に集まったとき、漢の高祖が出陣して天子となった地でもあります。（この地では）緑のツルのブドウは、斜めに天子の別宮にかかり、青い苗のクローバーは、はるかに天子の離宮に映えています。（漢の武帝のとき）主爵都尉楊僕《ようぼく》が（楼船将軍となって西南夷を征伐するため）ここで船戦さの訓練をしたが、今はただ（その訓練をした）昆明池だけが残されています。（漢の文帝のとき）将軍たちが（この地で匈奴にそなえて）陣を置いたが、今はただ（周亜父《しゅうあふ》の陣であった）細柳《さいりゅう》の陣営の遺跡だけが残っています。南のかた上林苑の方角を望めば、仙界の童子が来ることの遅さを想起し、西のかた青綺門のあたりをはるかに見れば、秦の将軍だった召平の瓜《うり》の甘かったことが思いおこされます。（この寺は）正しく旗亭に対面していて、五層の塔が高々とそびえています。そば近くけわしい都城のひめ垣に臨んで、百雉の城壁がはるばると連なっています。（この碑文は）すぐれた時代（のありさま）を恒久に伝え、福徳をもたらす田地たる布施行を永遠に行わせようとするものです。しかし（漢代の）魯の霊光殿（の賦）は（いかにも優れているが）、古い文字は残ることが難しく、（周代の）穆天子が羽陵の山で記した書は、新しい書でもすぐにたやすく虫食ってしまいました。ただただ一たび黒い石に（文章を）刻んでこそ、永遠にいつまでも見ることができるのです。どうして襄陽の水の中に、鎮南の頌をとどめ、燕然の山の上に、車綺の碑を刻むだけでありましょうか（いや、この「道会寺碑文」も石に刻んで永遠に残すのです）。この（皇帝が道会寺を訪れたという）稀有なるできごとに舞い踊る思いで、ついに銘を次のように作り述べます。

〈銘文〉（72行「百非」～85行「尽空」）

全ての否定は　実は仏の妙なる真理を体現しており、あらゆる徳は　神妙不可思議な精神に凝集します。世界が空《くう》であることは万物の相《そう》によって明らかとなり、真理は言葉によってこそ伸び広がるのです。人々の心のさまざまな機（きっかけ）に対応して（導いて）ゆくのを応（応化《おうけ》）といい、涅槃に反ることを真（真如）と称します。仏の本体たる真理はどうして滅んだりしましょうか、（そのように見えるのは）世間の人々の目がたまたま闇に沈んだためなのです。もろともに苦しみの海の中に迷い溺れてこそ、よくよく（彼岸への）良き渡し場を知ることができるのです。』

我が皇（北周皇帝）は天の下を治められてから、この（地上を治めた周の）文王・武王を超越しておられます。（天子は）その存在の跡は俗世間の塵に染め、その心は浄土の中に高く現しておられます。人の道を示す牙旗《がき》は広く（はためいて）輝き、仏の勝義（すぐれた道）を示す幢は高く屹立しています。そして静かに有と空について考えをめぐらし、それにより衆生の愛欲の煩悩に思いをめぐらしておられます。』

このような天子をこそ人王（人間の王）といい、兼ねて法王（仏法の王）と称するのです。天は祉《めぐみ》を高く重ねたまい、地は祥《さいわい》を呈上しています。稲の苗は（一本の茎から）三本の穂が垂れるという瑞兆を表わし、蓮は二つの房を開くという吉祥を現しています。鄴宮の戸口には赤雀が現れ、宮殿の庭には白狼が現れるという瑞祥が見られました。璧は朝の日の光を連ね、蓂莢《めいきょう》は夜の月の光をあおぎ見るというめでたさです。』

（今やここ道会寺では）儒童のごとき青年も髪を切って仏道に入り、煩悩に苦しんでいたナンダ（釈尊の異母弟）も（釈迦の教えという）甘露を承けて悟りを開いています。水は瓔珞（宝玉の飾り）をめぐらしたかのような池の中に満ち、花は宝玉のような樹林の中に燃えるように咲いています。（道会寺にひびく）偈《げ》の声は梵語の経典の義を説き明かし、経は梵文の経文を美しい（漢語の）響きにしています。』

（遠く道会寺の外を眺めれば）漢の甘泉宮が北に連なり、細柳営が南に隣りあっています。河橋は鉄の鎖で岸につながれ、灞水《はすい》の岸辺には銅で鋳た人の像が見えます。（近く道会寺の中を眺めれば）雲は宝蓋のように仏殿の上に垂れ、花は車輪よりも大きく咲きほこっています。天は晴れわたり　霧は解け消え、夕日は沈み　夕映えが鮮やかに輝くのです。』

（夜ともなれば）飾り糸はまといあい、灯の光はどこまでもつづきます。水は珠のごとき泉に激しく散り、沙は銀の粟つぶとなって流れます。幔幕には黄金が飾られ、床には青い玉石が雕刻されているのです。』

鳳皇の住まう閣、芙蓉の咲きほこる宮殿。雕刻されたひじきは美しく伸び、ほりものをほどこしたおばしまは美しく輝いています。からりと遠くを見わたせる窓は遠いいなづまの光を受け、のきは遠くつづいてはるか彼方から風が届きます。さざなみは（浮き草の）紫の葉を生み、蓮は紅の花を開いています。庭園はでき上がり樹木は満ち、水路は開き水は流れ行きます。禅の瞑想によって永えに心身は定まり　智慧の炬（かがり火）は今まさにあまねくゆきわたらんとしています。道の修業は果報を結び　その果報を積み重ねて空《くう》の真理をきわめることでしょう。』

《語釈》

〈1〉 **九成円蓋**　九重にかさなった円天井。天を指す。「九成」は、九層。天は九層のドーム状の形と考えられていた。原文「図蓋」とあるのは、小野注の指摘通り、「円蓋」の誤。「円」の正字「圓」を、「図」の正字「圖」に誤記したもの。「天円地方」（天は円《まる》い半球形で、大地は方形とする考え方）とするのが古代以来の中国の考え方だった。「九」はまた、『易』に示される通り、陽を象徴する。下文の「康陽」は、すこやかな陽の気。

〈2〉 **四柱方輿**　四本の柱の四角い乗り物。大地を指す。「四」は、六とともに『易』等で陰を象徴する。

〈3〉 **君称龍首**　君主が龍のような顔であると称される。黄帝は龍顔だったとされる。

〈4〉**治暦於九宮**　暦を九つの星を基準としてととのえる。「九宮」は、九つの星の神。またその星。「治」は、原文「泣」となっているが、小野注に従い「治」に改める。

〈5〉**帝曰蛇身**　帝王が蛇の体をしていると言う。伏犠は、人首蛇身だったとされる。

〈6〉**亥爻於六位**　陰陽の爻を六つの位置に具備させる。「爻」は、陰と陽を示す記号。それを下から上へ六段（六位）に並べて六十四通りの卦《か》（占形《うらかた》）ができる。『易』（易経）では、それを易占（うらない）の方法に用い、それによって天地の原理が分かり、人間をはじめ万物の未来が予言できるとされた。

〈7〉**鬼神無所逃形**　鬼神も姿を見せないでいることはできなくなった。鬼神も姿をかくしていられなくなった。暦や『易』の爻ができたことにより、目に見えないはずの鬼神さえ姿を現さずにいられなくなったことを言う。

〈8〉**豈**　反語。ここまで述べた儒教的・伝統的世界観の深遠さを一旦認めた上でそれを否定し、「どうして（仏教の世界観に）比較できようか（いや仏教には遠く及ばない）」と仏教の超絶的な位置を強調する文脈。小野注は「豈」を「丁度」と解するが、それではこの文章全体の主意を誤認することにつながる。

〈9〉**真如寂絶**　仏教の真理の絶対的な静寂。「真如」は、事物に貫かれる仏の真理。

〈10〉**実相冥言**　世界の真相を示す奥深い仏の言葉。

〈11〉**毛滴海水**　一本の毛先に全ての海水をしたたらせる。原文「滳」は、「滴」の異体字。一滴のしずくの中に全ての海水が含まれているとする認識。『華厳経』の「一即是多、多即是一」（一は即ち是れ多、多は即ち是れ一）との世界観につながる。六十巻本『華厳経』菩薩十住品「十方一切大海水、能以一毛滴令尽」（十方一切の大海の水、能く一毛滴を以て尽くさしむ）。

〈12〉**塵折須弥**　一つの塵の中に巨大な須弥山を断ち切って入れる。「折」は、断ち切る。「須弥」は、世界の中心にそびえる巨大なシュメール山。六十巻本『華厳経』菩薩十住品「金剛囲山数無量、尽能安置一毛端」（金剛囲《こんごうい》山《さん》は数無量なれど、尽《ことごと》く能く一毛端《いちもうたん》に安置す）。敦煌文献（スタイン五九五七）・転経文「納須弥於芥子、坼大地於微塵」（須弥を芥子《かいし》に納め、大地を微塵に坼《さ》く）（『敦煌願文集』四八二頁。なお、その注に、「坼」は、もと「折」であったが、同文のペリオ二八三八によって「坼」に改めたとある）。

〈13〉**舎衛之城**　シラーヴァスティー。北インド、コーサラ国の首都だった。

〈14〉**十千天子**　一万の天神。「天子」は、天神の意だが、釈迦の説法を聞きに集まった無数の人々を象徴して言う。

〈15〉**迦陵之国**　カリンガ国。南インドにあった国の名。

〈16〉**鹿苑**　鹿野苑。北インド、ベナレス北東のサールナート。釈迦がはじめて説法をした、いわゆる「初転法輪」の地。

〈17〉**安居**　雨季の三ヶ月間、僧侶が一か所に集住して修行すること。

〈18〉**鶏園**　鶏園精舎。北インド、マガダ国のパータリプトラにあった寺。

〈19〉**金棺**　黄金の棺。釈迦の遺骸を収めたとされる。

〈20〉**香炭**　香木の炭。釈迦を火葬するために用いた香木の炭。

〈21〉**双林**　沙羅樹の林。釈迦がそこで入滅したとされる。入滅のとき、沙羅双樹の樹が白く変ったとされる。

〈22〉**円光**　釈迦の、まどかな光の如き姿。本文「図光」とあるのは、「円」の正字「圓」を、「図」の正字「圖」に誤記したもの。小野注に従い「円光」に改める。

〈23〉**度敬**　おしはかり敬う。仏の姿を忖度し敬仰すること。

〈24〉**方墳**　四角い墓。実際の釈迦の墓の形状ということではなく、「円光」の対。

〈25〉**栖庇**　住みかばう。墳墓に小屋掛けをして住み、墓を守ること。

〈26〉**商人採宝**　商人が宝を求め（て海に出）る。小野注には、「『雑譬喩経』には、商人が海におもむいて宝をとる話がある」とある。なお、『正法華経』授五百弟子決品（巻五）に、「導師」が人々を導いて「龍宮」に至り、「便従龍王求如意宝」（便ち龍王に従いて如意宝を求む）とある。また六十巻本『華厳経』入法界品（巻五十一）に次のような部分がある。善財童子《ぜんざいどうじ》は求法の旅を続け、楼閣城の自在海師《じざいかいし》を訪ねた。自在海師は、海岸で、十万人の商人や無数の人々に法を説いていた。自在海師は、「我知一切宝洲、一切実相」（我は一切の宝洲と、一切の実相を知る）、「知一切龍宮殿」（一切の龍宮殿を知る）と語った。仮に、この説話に基づくものとして解した。

〈27〉**梵志求香**　婆羅門が香を求める。「梵志」は婆羅門（インドの四姓制度の最上位の僧侶階級）の別称。但し、婆羅門は、修行者や尊貴な人を指す場合もある。六十巻本『華厳経』入法界品（巻五十一）に、甘露味国の青蓮華香長者が様々な香の功徳を示し、「復有香名不可壊、従大海生」（復た香有りて不可壊《ふかえ》と名づけ、大海より生ず）と述べ「智慧妙香」等を求めることを善財童子に勧める。この説話に基づくものとして解した。

〈28〉**波斯壇越**　施主である波斯匿王《はしのくおう》。波斯匿王は、北インド・コーサラ国の舎衛城主。釈迦が天上に赴いたとき、画工を天上に遣してその像を作らせたという。『法顕伝』舎衛国条等に記事がある。

〈29〉**須達長者**　釈迦に祇園精舎《ぎおんしょうじゃ》を寄進した長者。コーサラ国の舎衛城の人。ジェータ太子の苑林に黄金をしきつめて買い取ったとされる。

〈30〉**卅二相**　三十二相。仏の三十二種の瑞相。

〈31〉**八斛四升**　釈迦の涅槃に際し、供養としてたてまつられた粳米八斛四升を、釈迦が神通力によって増やし、会衆全てに与えた奇跡。釈迦の遺骨（舎利）は、分骨されるたびに増えたとされるが、それに喩えた。

〈32〉**漢皇宵夢**　後漢の明帝（在位五七—七五年）が金人を夢に見て人をつかわし、西域から洛陽の白馬寺に仏経を迎えさせた故事。

〈33〉**呉宮夜明**　西域僧の康僧会《こうそうえ》が三国呉の都建康（現在の南京）に来着、呉主孫権（在位二二二—二五二年）のために仏舎利を降し仏寺の建立に至ったという故事。

〈34〉**皇帝沈璧握図**　帝堯の事跡をふまえて、北周皇帝（具体的には、第四代宣帝）の即位のありさまを描いている。この部分を小野注は、単に「堯帝の故事」とのみ説明して、北周皇帝の即位を描いたものとは考えていない。

〈35〉**受暦**　宝暦を受ける。皇帝として即位すること。小野注、「こよみを正して、民に日次、季節、農耕を教えること」とするのは、堯帝の事跡を述べていると解したため。しかし「受暦」は、宝暦を受けて即位する意で、民に農耕を教える等の意は無い。あくまでも北周皇帝の即位を述べている。

〈36〉**幽房貫月**　奥深い部屋で、星が月を貫く（ありさまを見る）。古代の伝説上の天子顓頊《せんぎょく》（高陽氏）の出生にまつわる伝説。「幽房」は、奥深い婦人の部屋。「貫月」は、星が月を貫いて虹のように見えること。それを見たとき、そのことに感応して女樞《じょすう》が顓頊を生み、顓頊は後に帝位についた故事（『帝王世紀』）。母后が、後に皇帝となる子を妊娠する吉瑞。

〈37〉**華渚落星**　華渚に星が（虹のように尾を引いて）落ちる。注〈36〉と同じく貴子を妊娠する吉瑞。古代の伝説上の天子少昊《しょうこう》（金天氏）の出生にまつわる伝説。『宋書』符瑞志上に、帝少昊の母が、「見星如虹、下流華渚」（星の虹の如くにして、下のかた華渚に流るるを見）て少昊を生んだ、とある。「華渚」は、伝説上の地名。小野注はこの二句について、「しずかな奥深い部屋に月がさしこみ、美しい水ぎわには星がきらめく。政務につとめて深夜におよぶ形容であろう」とするが、この部分を一貫して堯帝の事跡と見たための誤りか。

〈38〉**平陽**　地名。山西省臨汾県。堯が都を置いたところ。北周の都は長安であるが、帝堯の事跡と重ね合わせるための修辞。

〈39〉**玄扈**　天子の居所。陝西省の山名で、黄帝が図録を授かった所とされる。

〈40〉**長嬴炎景**　夏の炎のような日射し。「長嬴」は、夏の別名。『爾雅』釈天「春為発生、夏為長嬴」（春を発生と為し、夏を長嬴と為す）。小野注に「暗に火徳を継承する夏王朝をさす」というのは、当を得ていない。

〈41〉**服絺葛而継百王**　薄いかたびらを着て、百代の聖王を継承する。夏の季節にも政務に励むさま。「百王」は、百代の聖王。

〈42〉**月紀玄英**　厳冬の季節。『礼記』・月令「（季冬）月窮于紀」（季冬《きとう》には月は紀に窮まる）。「玄英」は、冬の別名。『爾雅』・釈天「冬為玄英」（冬を玄英と為す）。小野注、「純黒の義。ここでは晦日をいうか」とし、やはり堯帝のエピソードとするのは、妥当ではない。

〈43〉**衣鹿裘而朝万国**　鹿の皮ごろもを着て万国の王侯の参内を受ける。

〈44〉**蓬萊羽客**　東方海中の蓬萊山に住む仙人。

〈45〉**戻止**　いたる。ここに小野注は説明を付していないが、「戻り止り」と訓読している。「戻」を、「もどる」と訓読したものと思われるが、「戻」は、「もどる」ではなく、「いたる」意。

〈46〉**渭浜隠士**　渭水のほとりに（釣りをして）いた隠者。太公望呂尚《りよしよう》のような人物。

〈47〉**来王**　王者のもとに馳せ参じる。小野注は、「来」までで前文を区切り、「渭浜の隠士は垂鈎を捨てて来たる。王の至るや」と訓読し、且つ「王」に注して、「ここには施主たる北周の某王をいう」としている。しかしここは、前文の「戻止」に対応しているので、「来王」でなければならない。また、小野注は「王」を下文につづけ、下文の主語としたために、「施主たる北周某王」という文脈上にも事実上にも存在しない「王」を、この「道会寺碑文」全体の主体にしている。

〈48〉**玉盤銀甕之祥・赤獣白禽之瑞**　吉事に先だって現れる瑞祥。

〈49〉**双苗三脊**　一本の茎から二本の苗が生える穀物、茎に三つのかどのある茅《かや》。吉瑞とされた。小野注は「三脊」を「三秀」と改め、「字画明らかでないが、しばらく三秀に擬す。三秀は芝草または霊草で、一年に三回花が咲いて実る」と注するが、「三脊」で正しい。『南史』・江夏王劉義恭伝「大明元年、有三脊茅生石頭西岸、又勧封禅」（大明元年、三脊の茅の石頭の西岸に生ずる有りて、又封禅を勧む）。庾信・羽調曲・其四「北里之禾六穂、江淮之茅三脊」（北里の禾は六穂、江淮の茅は三脊）。

〈50〉**丹穴両鳳**　丹穴に棲む二羽の鳳凰。「丹」字の下に、小野注に従い「穴」字を補う。「丹穴」は、丹砂を出す穴。庾信・宮調曲・其三「丹穴更巣梧」（丹穴更に梧に巣くう）。

〈51〉**河漢双龍**　小野注に「黄河と漢水にひそむ二頭の龍」とあるが、「河漢」は、天の川。小野注は下句の「葛陂」に注して、「河南省新蔡県の北にあり、後漢が黄巾の賊を破ったところ」「龍変のあるところという」と述べるが、費《ひ》長房《ちょうぼう》の故事によるものである。後漢の費長房が杖に乗って葛陂に飛来し、杖を乗り捨てたところ龍に変じたという故事。庾信・竹杖賦「送游龍於葛陂」（游龍を葛陂に送る）。

〈52〉**叡徳戢兵之武**　すぐれた徳と、兵器を収めて用いない武の才力。武力を用いないことが最高の「武」であるとする考え方。小野注は、「以下、某王の徳行と教養をたたえての形容である」とするが、「某王」が存在しないことは注〈47〉参照。あくまでも北周の「皇帝」（宣帝）について述べているのである。

〈53〉**金縄玉字之書**　黄金のひもで結んだ木簡に玉で文字を記した書物。庾信・羽調曲・其三「可以金縄探策」（金縄を以て策を探るべし）。

〈54〉**石架銀函之部**　石の書架に銀の箱に納められた書籍。仏典をいう。庾信・陝州弘農郡五張寺経蔵碑「銀函東度」（銀函　東に度る）。

〈55〉**青首五車之冊**　青紙に標題が記された、五台の車に積むほどの大量の書物。ここでは主に諸家の書物をいう。庾信・周車騎大将軍賀婁公神道碑「雖復五車竹簡、不取博士之名」（復た五車の竹簡ありと雖も、博士の名を取らず）。

〈56〉**中贄礙柱之精**　にえ（となる雉や雁）に矢を命中させ、柱をへだてた的を射あてるという（弓矢の）腕前。原文「臂」とあるのは、恐らく「贄《し》」または「摯《し》」の誤写であろう。「贄」「摯」は、にえ。『儀礼』・士冠礼「尊摯。」（摯を尊ぶ）。同注「摯、雉也」（摯は、雉なり）。「礙」は、さえぎる、へだてる。但し、「中贄」「礙柱」とも類例未詳。仮に右のように解した。

〈57〉**驚猨落雁之巧**　猿を驚かせ雁を射落とす（弓の）巧みさ。「鴈」は「雁」の別体。小野注に「狩猟の巧妙の形容であるが典拠未詳」とあるが、庾信・周上柱国斉王憲神道碑「養由百発、落雁吟猿」（養由《ようゆう》百たび発すれば、雁を落とし猿を吟ぜしむ）。この他にも庾信には同様の表現が三例ある。

〈58〉**縁情則飛雲玉髄**　心情によりそって描かれた詩は、飛ぶ雲や玉の髄のように美しい。「縁情」は、（詩は）情によりそう（て表現する）こと。伝統的な「詩言志」（詩は志を言う）という文学観に対して、六朝時代に主流になった考え方。陸機・文賦「詩縁情而綺靡、賦体物而瀏亮」（詩は情に縁りて綺靡《きび》なり、賦は物を体《たい》して瀏《りゅう》亮《りょう》なり）。

〈59〉**落紙則垂露銀鉤**　「落紙」は、（墨が）紙に落ちる。文字を書くことをいう。「垂露」は、つゆが垂れる（ように美しい）こと。庾信・謝趙王示新詩啓「筆非秋而垂露」（筆は秋に非ずして露を垂る）。この例は、庾信が趙王その人に謝意を述べた文章であることに注意する必要がある。「銀鉤」は、すぐれた筆画。庾信・陝州弘農郡五張寺経蔵碑「銀鉤永固」（銀鉤永えに固し）。

〈60〉**白石・紫芝**　「仙薬として用いられる鉱物や植物」とする小野注に従う。下句「薬姓」は「薬性」で、薬の性質。

〈61〉**四童九転**　四人の仙童が仙薬を九回もねりあげる。下句「方名」は、仙薬を作る方法の名。

〈62〉**投壺則仙女含咲**　投壺の遊びをすれば仙女が笑みを含んで見る。「投壺」は、壺の中に矢を投げ入れて競う遊び。「仙女」は、下句の「玉女」と同じく、仙界の女性。下句「弾碁」は、盤上に白黒の石を置き、あて合う遊び。

〈63〉**上林秋蒐**　上林苑の秋の狩。「上林」は、長安郊外にあった秦漢以来の広大な苑林。「秋蒐」は、秋の狩猟。小野注は本文「秋蒐」を下に続けて「秋は書を蒐めて尽くるなく」と訓読しているが、上林苑は狩猟の場である。なお『合田索引』は「蒐」を「免」としているが「蒐」が正しい。

〈64〉**睢陽竹簡**　睢陽の（梁孝王の）広大な庭園のことを記した竹簡。「睢陽」には、漢の梁孝王の広大な庭園があり、修竹苑とも呼ばれた。「竹簡」は、あるいは「竹苑」の誤記かもしれない。庾信・謝滕王集序啓「修竹夾池、始作睢陽之苑」（修竹池を夾み、始めて睢陽の苑を作る）。下句「載」を、小野注は「蔵書の多いこと」とするが、記載の意で、書き記すこと。また小野注は、「王以下この句にいたるまで、施主たる某王をたたえての形容」と注するが、注〈47〉で述べた通り、一貫して北周皇帝（宣帝）を描いており、「施主たる某王」は存在しない。

〈65〉**遺相**　現象の諸相を捨て遺る。現象を超越する。

〈66〉**五家**　『春秋』の学を伝えた五つの家（の学）。あるいはまた仏教の五つの学派をいうか。

〈67〉**三相**　三《さん》有《う》為《い》相《そう》。現象世界の変化の相。生相、住異相、滅相。

〈68〉**汲亥群迷**　迷える人々を引き上げみちびく。「群迷」は、迷える多くの衆生。敦煌文献（ペリオ二〇五八）・嘆仏文「放毫相於他方、動大地以驚群迷」（毫相を他方に放ち、大地を動かして以て群迷を驚かす）。

〈69〉**寂滅**　涅槃。煩悩を静め、悟りを得て彼岸に達すること。原文「寂」を「家」としているが、聖武天皇の誤写であろう。

〈70〉**乃逮斯刹**　この寺の具体的な姿について述べる。「刹」は、寺。小野注は「逮」を「建」と翻字して「斯の刹を建て」と訓読しているが、それではここで初めて寺を建てることになり、この直後に「昔　某官姓名の興す所なり」とある記述と矛盾し、意味が通らない。

〈71〉**天会**　天会寺。この寺の名。しかしこの寺の名は「道会寺」であるので、その旧名と解する。恐らく、天会寺は、北周武帝の廃仏令（五七四年）によって廃寺となったが、宣帝の仏教復興によって修復・再建され、道会寺と名を改めて皇帝の行幸を得たのであろう。宣帝は長安郊外の道会苑を好んだことが史書（『周書』『北史』）に記されているので、この寺は道会苑の中、または至近にあったと考えられる。

〈72〉**揆日面方**　小野注「太陽の位置によって方角をさだめること」とあるのに従う。

〈73〉**内閑祇園**　（道会寺の）内は祇園精舎よりも静かだ。小野注は、「内」の下に「閑」の字を補う。それに従う。原文「内」の下に十七字分の空闕があり、聖武天皇の書き損じのような事情があったか。

〈74〉**春灰数動、秋火屢移**　春を告げる（葭《あし》の）灰がしばしば動き、秋を告げる（蛍の）火がたびたび移る。歳月が過ぎること。小野注に、「春灰・秋火。対句で屢次の火災をいう」とするのは、正しくないし、重要な点で本文の主意を見誤ることとなる。この寺は火災に遭ってはいない。武帝の廃仏令によって荒廃していたのである。「春灰」は、葭を燃やした灰で、これを律管に置き、その動きによって春の訪れを察知したもの。「秋火」は、秋の蛍の火。腐草が化して蛍となるとされていた。従って「春灰」も「秋火」も、火災とは関係が無い。前者については、庾信・謝滕王集序啓「即日金門細管、未動春灰」（即日金門の細管は、未だ春灰を動かさず）。後者については、庾信・周車騎大将軍宇文顕和墓誌銘「草銜秋火、樹抱春霜」（草は秋火を銜《ふく》み、樹は春草を抱く）。

〈75〉**相如之台**（前漢の文人）司馬相如（前一七九—前一一七）の台。相如はかつて貧困で、家には四壁があるだけ（家具も何も無い）の状態だった。

〈76〉**楊子之宅**（後漢の文人）楊雄（前五一—一八）の邸宅。楊雄は欲少なく、貧しい暮らしに甘んじていた。

〈77〉**旧所**　もとの場所。荒廃していた天会寺の場所で、それを道会寺と改名して再建したこと。

〈78〉**荊山春嶺**「荊山」は、湖北省の山。楚人の卞和《べんか》が名玉を得た所。「春嶺」は、春の山。但し、宝玉を産する特定の山名かも知れない。

〈79〉**合浦朱提**「合浦」は、広東省の地。海中から真珠を産する。「朱提」は、四川省の山。銀を産する。

〈80〉**随喜**　他人の善行に従い喜びを共にすること。

〈81〉**行檀**　檀那となる。布施を行うこと。

〈82〉**綺井舒荷、雕楹散藻**　美しい格天井には蓮（の絵）が描かれ、雕刻された柱には美しい模様が広がる。「綺井」は、美しく描かれた格天井。「藻」は、美しい文様。

〈83〉**三処**　釈迦が説法をした三つの場所。鹿野苑、王舎城、祇園精舎等をいう。

〈84〉**五時**　釈迦が説法をした五つの時期（段階）。中国仏教では、膨大な経典を、釈迦の人生のどの時期に説かれたのかと判別し、そのことによって経典相互の関係を論理付け、これを教判《きょうはん》と呼んだ。教判には、五時に区分するものが多い。劉孝標・昭明太子集序「五時密教、月猶鏡象」（五時の密教は、月猶お鏡象のごとし）。

〈85〉**摩竭国**　マガダ国。北インドにあった国の名。首都ブッダガヤーをはじめ国内各地にたくさんの精舎があった。

〈86〉**毘耶城**　ヴァイシャーリー城。北インドにあった城の名。

〈87〉**周瑜之顧**　三国呉の周瑜のかえりみ。呉の軍師周瑜は音楽に精通しており、曲に誤りがあれば必ず演奏者の方をふりかえって見たという。小野注は「顧」を「願」と翻字し、「周瑜の願い」と訓読しているが、「顧」が正しい。

〈88〉**荀彧之衣**　三国魏の荀彧の（香をたきしめた）衣。曹操の重臣だった荀彧は衣帯に常に香気がたちこめていた故事。小野注は「衣」に注して「衣鉢の衣。先人が未完成を心に残したことがら」と言うが、衣鉢の意は無い。

〈89〉**楡莢**　にれのさや。本文「楡」の下に「莢」字が脱落していると考えられる。小野注は「花」字を補っている。さやを花に見立てた可能性もあり、小野注に従うこともできる。楡莢銭は、漢代に用いられた、楡の芽のさやに似た形の銭。

〈90〉**吉士詵々**　良き人士は仲むつまじく集まる。在家の信徒のつどうさま。「吉士」は、良き人。りっぱな人。庾信・擬詠懐二十七首・其十四「吉士長為吉、善人終日善」（吉士は長《とこし》えに吉為り、善人は終日善なり）。「詵々」は、なごやかに集まるさま。『詩経』・周南・螽斯《しゅうし》「螽斯羽、詵詵兮」（螽斯の羽、詵詵たり）。

〈91〉**乳糜**　（牛の）乳でつくったかゆ。

〈92〉**応器**　托鉢の器。僧侶が乞食の際に用いる鉢。

〈93〉**縁覚**　師を持たずに独りで悟り、他者を悟りに導くまでには至らない者。独覚。

〈94〉**声聞**　仏の教えを聞いて悟る者。

〈95〉**現五縛於離車**　五つの束縛を離車族に現す。「五縛」は、五つの呪縛のような煩悩。「離車」は、リッチャビーという一族。仏が五つの迷いをリッチャビーの人々に現したというのは、（仏が）廃仏の迷妄を中国に現したことの比喩として解した。

〈96〉**伏双魔於道樹**　二人の悪魔を道端の樹の下に降伏させる。「双魔」は、釈迦が悟りを開く直前に現れた二人の悪魔。「道樹」は、道端の樹。釈迦が悪魔にうち勝って悟りを開いた菩提樹。

〈97〉**向影**　仏影に向かう。仏画や仏像に礼拝すること。北周武帝の廃仏に際しては、仏寺の廃止のみでなく、多くの仏像も破壊され、礼拝を禁じられた。

〈98〉**忍辱**　はずかしめを耐え忍び、恨みに思わないこと。特にこの徳目を強調するのは、廃仏の時代を耐え忍んだことを賞賛するためか。

〈99〉**酒泉開士**　酒泉郡の菩薩。鳩摩羅什《くまらじゅう》（三五〇―四〇九）を指す。「開士」は、道を開いて人々を導く者の意で、高僧のこと。鳩摩羅什は、亀兹《きじ》（西域にあった国の名。クチャ）の人。前秦の苻堅の命によって酒泉公の呂光がクチャを征討し、鳩摩羅什を中国にともない、長安等で訳経に従事させた。下句の「禅友」は、修道の友の意だが、あるいは「禅定」の誤か。しばらく文字は改めず、「悟り」として解す。

〈100〉**鉅鹿沙門**　「道生のことか」とする小野注に従う。道生（？―四三四）は、鉅鹿（河北省平郷県）の人で、鳩摩羅什の門下となり、建康（現在の南京）等で活動し、『二諦論《にたいろん》』等の優れた論書を著した。

〈101〉**皇帝**　北周の皇帝。宣帝を指す。小野注「北周の一天子。ここには宣帝（五七八—八〇）または静帝（五八〇—八一）か」とある。この文章の作者趙王宇文招は五八〇年には楊堅によって殺されており、また静帝は幼い天子だったので、宣帝と考えることが妥当であろう。

〈102〉**天人**　仏陀を指す。「天人」は、諸天と人。神々と人々。ここでは、天人の師の略で、仏陀のこと。小野注はこの部分につき、「この段は、天会寺主の仏教活動を讃える」と述べるが、妥当ではない。「天会寺主の仏教活動」というものについての記述は無い。一貫して北周皇帝（宣帝）の行為を描いている。

〈103〉**正遍**　小野注「正遍知または正遍知一切法の略。如来というに同じ」というのに従う。

〈104〉**潜名教**　儒教の教えを奥にひそめる。「名教」は、儒教。その教えを一端奥にしまって仏教を宣揚するというのである。小野注「ただし、ここには仏典を読誦すること」というのは、妥当でない。

〈105〉**法勝**　『阿毘曇心論』を著した僧の名。小野注はこの部分を「大乗の法勝を闡らかにすれば」と訓読しているが、前後を見れば、「闡大乗」で一度切り「法勝」以下を別文とすべきである。また小野注は「法勝」に「もっとも優れた仏法の義」と注するが、妥当ではない。人名である。

〈106〉**毘曇**　阿毘曇の略。阿毘曇は、仏教の論理学。阿毘達磨ともいう。この部分、原文は「法勝毘日雲義」となっており、本文中もっとも不可解な部分だった。小野注は、「毘日は梵語ビナーヤ（戒律）の訳。あるいはまたバイローチャナ（光明遍照）のバイで、これに日すなわち太陽——「大日経疏」第一には、ビルシャナはこれ日の別名なりとある——とを合わせたものとも解される」と述べる。しかし「毘日雲」は、「毘曇」を聖武天皇（あるいはそれ以前の筆記者）が誤写したものであろう。「曇」を「日雲」二文字に見誤ったのである。そうであれば、この部分は、「法勝毘曇」で、法勝の阿毘曇の学説、ことに『阿毘曇心論』をさすと解される。

〈107〉**呵梨成実**　呵梨跋摩《かりばつま》の『成実論』。呵梨跋摩は中インドの人で、『成実論』を著し、成実宗の祖とされる。
〈108〉**金膏**　優れた薬。「膏」の上に一字を欠いていると考えられるので、仮に「金」を補う。
〈109〉**迦葉**　人名。インドの高僧。摩訶《まか》迦葉。釈迦の十大弟子の一人。釈迦入滅後、最初の仏典編集の中心となった。
〈110〉**善吉**　古代インドの王。菩提を成就しようと決意し善政を行い修養に努めた。
〈111〉**滅執相存忘相**　現象にとらわれることを断ち切り、現象へのこだわりを忘れる心を持つ。「執相」は、現象に執着すること。「忘相」は、現象への固執を超えること。
〈112〉**変醍醐於乳酪**　醍醐を乳酪から作り出す。「醍醐」「乳酪」とも、牛乳を精製した食品。どちらも美味だが、「醍醐」を最高とする。
〈113〉**法華窮子**　『法華経』の困窮した子ども。同経信解品中の物語。長者の子が父を捨てて流浪したが、後に家に帰り父の変らぬ慈愛を知るという物語。困窮した子は、衆生。父は、仏を喩える。
〈114〉**火宅童児**　『法華経』の火宅の子ども。同経譬喩品中の物語。長者の家の中で遊んでいた子どもが、火事が起き、火が迫っているのに気付かなかったところ、長者の知恵によって救われた物語。「法華窮子」とともに、廃仏から救われた民衆の喜びを喩えている。
〈115〉**提舎**　憂婆提舎《うばだいしや》の略。仏の十大弟子の一人舎利弗《しやりほつ》のこと。ここではそのような僧侶をいう。
〈116〉**頭燃**　頭髪を燃やす。難行の一つとされたが、ここでは廃仏による絶望的な自傷をいう。
〈117〉**納衣**　不要の布を綴り合わせて作る僧衣。それを着る僧侶。
〈118〉**断見**　誤った見解。特に、（廃仏により）将来は絶望的だとする見方。
〈119〉**四塞**　四方を関所によってふさがれている地。関中地方（現在の陝西省を中心とした地域）をいう。道会寺の所在地を描く。

〈120〉**五星夜聚**　水・木・金・火・土の五つの惑星が一つの方向に集まる。天下が治まる吉祥。

〈121〉**都尉試船**　漢の主爵都尉楊僕が（楼船将軍となって西南夷を征伐するために）船戦さの訓練をする。雲南の昆明湖の水戦にそなえるため、長安郊外に昆明池を掘って訓練をしたことを言う。原文「誠」は、「試」の誤り。

〈122〉**細柳之営**　漢の文帝のとき、匈奴の侵入にそなえて長安近郊に数ヶ所の陣営を築いたが、細柳（長安近郊の地名）の周亞父《しゅうあふ》の陣営が格別に厳粛で、文帝に賞された故事。

〈123〉**仙童**　仙人の童子。仙人につかえている子ども。「仙童」が山中から薬をもたらしてくれる等と考えられていた。曹丕・折楊柳行「上有両仙童、不飢亦不食、与我一丸薬、光耀有五色」（上に両仙童有り、飢えず亦　食らわず、我に一丸薬を与う、光耀　五色有り）。庾信・至仁山銘「瑞雲一片、仙童両人」（瑞雲一片あり、仙童両人あり）。

〈124〉**青綺**　門の名。長安城の南側の門の一つ。庾信・終南山義谷銘「青綺春門、溝渠交映」（青綺《せいき》の春門は、溝渠《こうきょ》に交《こも》ごも映ず）。

〈125〉**召子之苽**　秦の東陵侯召平《しょうへい》は秦滅亡の後、漢に仕えず、長安の東門外で農耕を業とし、瓜が特に人々に好まれた。「召子」は、秦の東陵侯だった召平。「苽」は、「瓜」と同じ。『南斉書』孝義伝・韓霊敏「兄弟共種苽半畝」（兄弟共に苽を種《う》うること半畝）。庾信・擬詠懐二十七首・其二十四「昔日東陵侯、唯有瓜園在」（昔日の東陵侯、唯　瓜園《かえん》の在る有るのみ）。

〈126〉**峻堞**　高いひめがき。

〈127〉**百雉**　巨大な城壁。「雉」は、城壁の大きさの単位。一雉は、高さが一丈、長さは五丈（三丈ともいう）。

〈128〉**勝葉**　勝れた御代。

〈129〉**福田**　福の田地。福を生むもととなる田地の意で、善行・功徳をいう。敦煌文献（スタイン三四二）・願文範本等・社斎文「是知仏法僧宝、最上福田」（是《こ》に知る仏法僧宝、最上の福田なりと）。

〈130〉**霊光之殿**　前漢の恭王が曲阜（山東省）に建てた宮殿。後代まで残り、後漢の王延寿の「霊光殿賦」に描かれて名を知られている。

〈131〉**羽陵之山**　周の穆王が西遊からの帰途、別離の宴を開いたとされる山。

〈132〉**玄碣**　黒い石に刻まれた石ぶみ。石碑をいう。

〈133〉**鎮南之頌**　晋の杜預の功績をたたえた頌。襄陽の杜預《どよ》は晋の鎮南将軍となり、呉の征討に大功をたてた。

〈134〉**車騎之碑**　漢の車騎将軍竇憲《とうけん》が匈奴を降した大功を記念して班固が文を作り燕然山上にたてた碑。燕然山は、蒙古人民共和国のハンガイ山脈の一部とされる。

〈135〉**百非体妙**　全ての否定が仏の真理を体現している。「百非」は、すべてを否定すること。仏教では、固定観念による認識を超越するために、「非有《ひう》」（世界は有るとはいえない）、「非無」（世界は無いともいえない）のように、常識的概念を否定することを重んじた。「妙」は、仏の霊妙な真理。

〈136〉**空因相顕**　すべてが空であるという真理は現象の様々な相によって明らかになる。

〈137〉**赴機曰応**　衆生が悟りを開くきっかけに対応するのを応と言う。「応」は、機に対して応じること。人々の様々な機に応じて様々な方法で教えること。

〈138〉**倶迷苦海**　もろともに苦の海に迷う。「苦海」は、この世界を苦の海として見たもの。敦煌文献（ペリオ二〇八六）・十地論浄通師等題記願文「勧化邑人共造無漏法船、願度苦海」（邑人を勧化して共に無漏《むろ》の法船を造り、願わくは苦海を度《わた》らん）（『敦煌願文集』八五三頁）。

〈139〉**文武**　周の文王と武王。儒教の理想とする天子。

〈140〉**有空**　有と空。世界は空であるが故に霊妙な形で有となっているとする大乗仏教の考え方。吉蔵・『三論玄義』・四十五巻「毘曇之流、雖知俗有、不悟真空」（毘曇の流は、俗《ぞく》有《う》を知ると雖も、真空を悟らず）。

〈141〉**愛取**　愛執の煩悩。物事に固執し欲望にとらわれること。「取」は、とらえもつ。わがものとする。ここでは執と同義。

〈142〉**是曰人王、兼称法王**　「人王」は、人間界の王。皇帝を指す。「法王」は、真理の世界の王で、もと仏をいうが、ここでは仏法の王の意。なお、小野注は「法王」を「法主」に改め、「原文は法王に作るも韻により主と改む」とする。だが、ここでは上の句の「人王」の「王」から換韻していると見るべきで、「法王」の「王」以下、偶数句末の「祥」「房」「狼」「光」と同韻（『広韻』では陽韻・唐韻通用）である。換韻する際、その第一句末にも押韻することが多い。小野注ではこの前後の部分の句読の切り方が混乱し、「主」を韻字としたための誤認。この銘全体が、末尾を除いて全て整然とした四言句であることを見誤っている。

〈143〉**惟地呈祥**　大地は祥瑞を呈上している。原文「地」の上に一字脱字があるため、三言句となっている。上句と対応しているので、「惟」を繰り返す形と考えられるため、同字を補った。

〈144〉**蓂瞻夜光**　「蓂」は、蓂莢。月の前半には一葉ずつ生じ、後半には一葉ずつ落ち、暦を示すという伝説上の瑞草。小野注は「朝影は蓂瞻して、夜光は□□す」と句読を切り、結果として「この一句は二字脱落している」としているが、句読の誤である。

〈145〉**多羅**　経典。経典に記された文をいう。サンスクリット語 tāla の音訳。多羅樹を言う。初期の経典は多羅樹の葉に書かれた。小野注「この二字は註が本文に混じている」とするが、句読の混乱による誤認。

〈146〉**妬路**　経典。多羅と同じサンスクリット語の音訳。同義の単語を類似の音訳語で記した修辞。

〈147〉**甘泉**　漢代の宮殿の名。甘泉宮。小野注「かおりよく、味よい水」とするのは、従い難い。

〈148〉**灞岸銅人**　灞水の岸辺には銅で鋳た人の像がある。「灞岸」は、灞水の岸辺。灞水は、長安付近を流れる川で、渭水の支流。

〈149〉**幔飾黄金**　幔帷には黄金を飾っている。「幔」は、原文「慢」だが、「幔」の誤。「幔」は、幔帷で、とばり。たれぎぬ。その下に一字脱字があると考えられ、「飾」を補う。

〈150〉**窓疎受電、檐迴来風**　窓からの眺めはからりと開けていて遠いいなずまをも見通すことができ、檐《ひさし》は遠くまでつらなっていて風がさわやかに吹いてくる。非常に装飾的な表現であるが、以下に示す庾信の若い時期（梁朝で活躍していた時期）の表現に酷似している。庾信・明月山銘「山危簷迴、葉落窓疎」（山危《たか》くして簷《ひさし》は迴《はる》かに、葉落ちて窓は疏《とお》る）。

〈151〉**智炬**　智恵のともしび。

〈152〉**尽空**　空の真理をきわめつくす。仏道の修行によって善果を得、善果を重ねて、ついに最高の真理に達しようということ。

2（一一二）平常貴勝唱礼文

(1) 法身凝湛

《原文》

1 夫法身凝湛、
2 似太虚而無際。
3 妙理淵深、
4 同滄海而難測。
5 但漚和拘舎、
6 普応十方、
7 毘盧遮那、
8 遍該万品。
9 大慈雲起、
10 等玉葉之重舒、

《訓読》

夫れ法身《ほっしん》は凝湛《ぎょうたん》にして、
太虚に似て際《かぎ》り無し。
妙理は淵深《えんしん》にして、
滄海に同じくして測《はか》り難し。
但だ漚和拘舎《おうわくしゃ》のみ、
普《あまね》く十方に応じ、
毘盧遮那《びるしゃな》のみ、
遍《あまね》く万品《ばんぴん》を該《つつ》む。
大慈　雲と起こるは、
玉葉の重なり舒《ひろ》がるに等しく、

11 甘露雨垂、
12 譬濯枝之交落。
13 一音所唱、
14 随聞各解、
15 三転所詮、
16 因機並悟。
17 或復散花含咲、
18 倶証善生、
19 動地放光、
20 咸標罪滅。
21 故知福恵尊高、
22 威神降重。
23 人天勝軌、
24 智断良田。
25 今日施主、
26 弟子厶甲、
27 乃是三多、

甘露　雨と垂るるは、
濯枝《たくし》の交《こも》ごも落つるに譬《たと》う。
一音の唱うる所は、
聞くに随って各《おの》おの解し、
三転の詮《と》く所は、
機に因《よ》りて並びて悟る。
或いは復た　散花《さんげ》して咲《え》みを含み、
倶《とも》に善の生ずるを証し、
地を動かし光を放ちて、
咸《み》な罪の滅ぶを標《しめ》す。
故に知る　福恵の尊高にして、
威神の重きを降すを。
人天《にんでん》の勝軌にして、
智断の良田なるを。
今日の施主《せしゅ》、
弟子　厶甲《ぼうこう》は、
乃ち是れ三多《さんた》にして、

28 久樹八恒。 久しく八恒《はちこう》を樹《た》つ。
29 慕須達之前蹤、 須達《すだつ》の前蹤《ぜんしょう》を慕《した》い、
30 □（追）郁伽之後轍。 郁伽《いくか》の後轍《こうてつ》を追《した》う。
31 所以於茲広廈、 所以《ゆえ》に茲《こ》の広廈《こうか》に於いて、
32 仍逮*〔建〕道場。 仍《よ》りて道場を建《た》つ。
33 用此高因、 此の高因を用《もっ》て、
34 便開法席。 便ち法席を開く。
35 宝幡飄颺、 宝幡《ほうはん》は飄颺《ようよう》し、
36 雑□（天）花而共色。 天花《てんげ》に雑《まじ》わりて色を共にす。
37 法鼓鏗鏘、 法鼓《ほうこ》は鏗鏘《こうしょう》として、
38 帯梵音而倶響。 梵音《ぼんおん》を帯びて響《ひび》きを倶《とも》にす。
39 菓味甘美、 菓味《かみ》 甘美にして、
40 如在歓喜園中。 歓喜園《かんぎえん》の中に在るが如し。
41 飯気紛馨、 飯気 紛馨《ふんけい》にして、
42 似出衆香国内。 衆香国《しゅうこうこく》の内より出《い》ずるに似たり。
43 大衆証明、 大衆は証明し、
44 為礼寂滅種智、 礼を寂滅《じゃくめつ》・種智《しゅち》、

45 雄猛霊覚、　雄猛《ゆうみょう》・霊覚《れいかく》、

46 能仁調御、　能仁《のうにん》・調御《ちょうぎょ》、

47 慈氏法王。　慈氏《じし》の法王に為す。

48 願施主乗斯福善、　願わくは施主　斯《こ》の福善に乗《じょう》じ、

49 広沾九族、　広く九族を沾《うるお》し、

50 該彼六親。　彼の六親《りくしん》を該《つつ》まんことを。

51 沢遍昇□（降）、　沢《たく》は遍《あまね》く昇降し、

52 慶兼存没。　慶《けい》は存没を兼ねんことを。

53 並使解窮七覚、　並びに解をして七覚《しちかく》を窮《きわ》めしめ、

54 識洞三明、　識《しき》をして三明《さんみょう》を洞《つらぬ》かしめば、

55 弊帛綃除、　弊帛　綃《ようや》く除かれ、

56 金体便現。　金体《きんたい》　便《すなわ》ち現われん。

57 灰炭斯尽、　灰炭《かいたん》　斯《ここ》に尽き、

58 樹想不生。　樹想　生ぜざらん。

59 葉悩皆謝、　葉悩《ようのう》　皆謝《さ》り、

60 蓋纏永息。　蓋纏《がいてん》　永く息《や》まん。

61 禅恵日増、　禅恵《ぜんえ》　日に増し、

62 道如方具。

道如《どうにょ》　方に具《そな》わらん。

《通釈》

〈1句～8句〉

1 そもそも　真理そのものとしての仏陀の身体は　澄みきった水のように透明で、あたかも虚空に似て　はてしもなく広がっています。また仏の尊い真理そのものは　あまりにも奥深く、あおい海と同じように　その深さをはかることなどできません。

5 だから　ただ　かりそめの手段ではあるがすぐれた説法だけが、仏の真理を知ろうとする世の中の全ての人々の求めに応じられるのであり、真理を目に見えるすがたに体現した毘盧遮那仏だけがこの世の全ての存在をつつむことができるのです。

〈9句～24句〉

9 仏の大いなる慈悲が雲のようにわきおこるさまは、あたかも輝く木の葉が重なりあって茂るすがたのようです。甘露にも似た仏のめぐみが地上をうるおすさまは、濯枝《たくし》と名づけられた六月の雨がゆたかに大地に降るさまに譬えられます。

13 その慈悲と甘露にほかならない唯一至高の音声で語られた仏陀の説法を、聞く者はそれぞれの心の状態によって無限に理解してきたし、仏陀が三つに分けて語った説法を聞いて、人々はそれぞれの心中のきっかけによって　みな悟りを得たのです。

17 あるときには　仏のすぐれた説法のために天空から花が散り落ちまた仏陀がほほえみたまい、聴衆の心に善のきざしたことが明らかにされました。また、大地が揺れ動き光が放たれて、人々の罪の滅び消えたことが示されました。

21 それゆえに　人は　知ることができるのです　仏陀のめぐみが尊く高く、そのはかり知れない力が重々しい神威をこの世に降したのだということを。その仏陀の説法こそ　人間と天人の優れた軌道であり、悟りの智慧と迷いを断つためのすぐれた土壌なのだということを。

〈25句～42句〉

25 今日の施主である仏弟子の某甲は、三つの善き徳を修め、八つの不変の善事を行ってきました。祇園精舎を寄進した須達長者の跡を慕い、布施を好んだ郁伽長者を追慕してきました。

31 そこで　この大きな邸宅において、建物もそのままに仏道修行の場を作ったのです。そしてその気高いゆかりによって、いま仏法のあつまりを開いたのです。

35 宝玉のように美しい幡《はた》は風に揺れ、天上から降る花々とまじってかがやきを共にし、仏法の尊さを伝える太鼓は高く鳴って、浄土の音色を帯びて響きあっています。

39 くだものの味わいは甘く美わしく、天界の歓喜園の中にいるようにさえ思われ、食事の香りはいりまじってただよい、浄土の衆香国からあふれ出てきたようにさえ思われます。

〈43句～52句〉

43 この法席につどう人々は証《あか》しを立てて信仰をちかい、寂滅・種智・雄猛・霊覚・能仁・調御・慈氏などの名の仏法の主に礼拝をおこないます。

48 願わくは　施主がこの善事のさいわいによって、広く一族を仏のめぐみにうるおわせ、その家族を仏の恩沢によってつつむことができますように。

51 恩沢があまねく天地の間を昇り降りし、さいわいが生者と死者に平等にもたらされますように。

〈53句〜62句〉

53 さらに　人々の知力で仏法の七つの修業をきわめ、人々の見識の力で三つの神通力を修めるならば、破れよごれた布のような迷妄はしだいにとり除かれ、その奥から　仏の黄金の体そのものである真理が現れてくるでしょう。

57 迷いの灰も悩みの炎も消えはて、樹木のように伸びるあの妄念も生まれなくなるでしょう。木の葉のように広がる悩みも去り、心をおおいからめていた煩悩も、永遠にやむでしょう。さとりのめぐみは日々に増し、究極の真理が、身にそなわることでしょう。

《語釈》

○平常貴勝唱礼文　日常に用いる身分高い者が仏を礼賛する文。「貴勝」は、身分高く権勢を持つ者。貴族。『魏志』術藝伝「故玄多見憎忿、不為貴勝所親」（故に玄は多く憎忿せられ、貴勝の親しむ所と為らず）。「唱礼」は、仏に対して礼賛を唱えること。「唱礼文」は、仏への礼賛を唱えた文。

○法身凝湛　本文冒頭「法身凝湛」の四文字をとって仮題とした。「平常貴勝唱礼文」は、本篇を含む四篇から成っているが、各篇には題名が付されていない。いまは、小野注が四篇のうち後半二篇に本文冒頭をとって仮題としているのにならい、前半二篇にも仮題を付す。従って、「平常貴勝唱礼文」は、次の四篇から成る。

(1)　法身凝湛

(2)　因果冥符

(3)　無常一理

（4）　五陰虚仮

1 **法身**　仏の究極的な本体。真理そのものとしての仏の身体。色も形も無い、真理そのものである仏の本体。サンスクリット語 dharma-kaya の訳。仏の身体についての「三身」説による。「三身」説は、仏の身体を、「法身」「報身」「応身」に分けるもの。「法身」は、仏の窮極的な身体で、真理そのものである本体。「報身」は、仏が功徳を積んで顕現する身体。「応身」は、生身の、現実の人間としての肉体を持った仏の身体。釈迦は、これに当たる。『弘明集』巻十一・高明二法師答李交州淼難仏不見形書「夫法身凝寂、妙色湛然。故能隠顕順時、行蔵莫測」（夫《そ》れ法身は凝寂《ぎょうじゃく》にして、妙色は湛然たり。故に能く隠顕して時に順《したが》い、行蔵《こうぞう》は測《はか》る莫《な》し）。敦煌文献（スタイン五五七三・五六三八）・仏堂内開光明文「実相凝空、随縁以呈妙色。法身湛寂、応物感而播群形」（実相は凝空にして、縁に随って以て妙色を呈す。法身は湛寂にして、物の感ずるに応じて群形を播す）（『敦煌願文集』四二三頁）。

1 **凝湛**　水が深く澄みきっていること。

2 **太虚**　おおぞら。

3 **妙理**　きわめてすぐれた道理。仏の窮極の真理。『弘明集』巻十・大梁皇帝勅答臣下神滅論公論郎王靖答「睿藻淵玄、妙理深極」（睿藻《えいそう》は淵玄《えんげん》にして、妙理は深極なり）。

3 **淵深**　奥深い。「淵」も「深」も、ふかい意。

5 **漚和拘舎**　「漚和拘舎羅」の略。「漚和拘舎羅」は、サンスクリット語 upayā-kausalya の音訳。人々に究極の真理を明らかにするための、かりそめだが、巧みな手段。「善巧方便《ぜんぎょうほうべん》」などと訳す。いわゆる「方便」のこと。ここでは、仏陀が人々を真理にみちびくために行う説法を指す。

6 **十方**　あらゆる方向。東・西・南・北・南東・南西・北東・北西の八方に、上・下を加えたもの。全世界。

7**毘盧遮那**　仏の名。サンスクリット語 Vairocana の音訳。『華厳経』の教主としての仏の名。「輝きわたるもの」の意。すべての仏の本体とされる仏。歴史上の仏陀のみならず、過去および未来のすべての仏は、皆この毘盧遮那仏の異なる現れとされる。「三身」説によれば、「報身」に当たる。但し、「毘盧遮那」を「法身」として位置付ける考え方も生じている。なお旧訳（晋・仏駄跋陀羅《ぶつだばつだら》訳）『華厳経』（六十巻本）では、「盧舎那《るしやな》」と音訳されている。『華厳経』の中でこの仏が「毘盧遮那《びるしやな》」と訳されるようになるのは唐代に入ってから（実叉難陀《じつしやなんだ》訳・八十巻本『華厳経』）であり、北周時代にすでに趙王がこの呼称を用いていることは、注目に値いする。（補注参照）

8**遍該万品**　ひろくあらゆるものをおおいつくす。また、あまねくあらゆる存在のなかにみちみちる。「該」は包括する意で、おおう、つつむ。また具備する意で、そなわる、充足する。「万品」は、万物、あらゆる存在。

10**玉葉**　花木の葉の美称。また、雲のいろどり。梁・簡文帝・詠雲「玉葉散秋影、金風飄紫煙」（玉葉　秋影を散じ、

金風　紫煙を飄《ただよわ》す）。

11**甘露**　苦悩を癒し、長命を得させる兜率天《とそつてん》の霊液。最高の滋味で、涅槃《ねはん》の理想郷や仏の慈悲にみちた教えなどを比喩する。『法華経』巻三「為大衆、説甘露浄法」（大衆の為に、甘露の浄法を説く）。庾信・仰和何僕射還宅懐故「願憑甘露入、方仮慧灯輝」（願わくは甘露より入《よ》るに憑り、方に慧灯《えとう》の輝きを仮らん）。

12**濯枝**　陰暦の五月から六月にかけて降る雨。小野注はこの箇所を「濯祓《たくふつ》」と判読し、次のように注する。「濯祓にもつくる」「みそぎすること」。しかしここは明らかに「濯枝《たくし》」と判読できると考えられる。文脈上も「濯枝」の方が通じる。『初学記』巻二引『風土記』「六月有大雨、名濯枝雨」（六月大雨有りて、濯枝雨《たくしう》と名づく）。

13**一音**　仏のただ一つの音声。仏が説法をする時の声。小野注は「唱礼の一音節をいう」とするが、ここは仏の説法について述べていると考えられ、そう訳出した。『維摩詰経』仏国品「仏以一音演説法、衆生随類各得解」（仏は一

音を以《も》て法を演《の》べ説き、衆生は類に随って各《おの》おの解するを得たり）。

15 **三転**　三つの段階にわけて教えを説くこと。教えを車輪にたとえ、それを説くことを「転法輪」と言う。真理を示す〈示《し》〉と、真理の修行を勧める〈勧《かん》〉と、真理を証したことを明らかにする〈証《しょう》〉の三段階にわけて教えを説くことを「三転」と言う。

17 **散花**　花びらを散らす。また、天から花が散りおちる。「散華」。仏の教えを聞いた人々が歓喜して花びらをまくこと。また、仏が教えを説いたり来迎するなどの時の奇瑞。六十巻本『華厳経』・十地品「（諸仏子）心皆大歓喜、散衆名華香、供養於如来」（諸《もろ》もろの仏子は）心に皆大いに歓喜し、衆名の華香を散じ、如来を供養す）。

17 **含咲**　ほほえむ。「咲」は「笑」と同じ。仏が人々の帰依を受けてほほえむこと。

18 **善生**　善い心が生じる。善根が生じること。小野注には「幸福・功徳・往生の人生をさすのであろう。滅罪の対句」とある。しかし20句は「罪滅」（罪滅ぶ）とあり、その対句であるので「善生」も「善生ず」と訓むべきである。

19 **動地放光**　地面が振動し光を放つ。仏が説法をしたり姿をあらわすときの奇瑞。六十巻本『華厳経』十地品「地及大海水、悉皆振動」（地及び大海の水、悉《ことごと》く皆　振動す）。『弘明集』巻十一・高明二法師答李交州淼難仏不見形書「夫如来応物凡有三焉、一者見身、放光動地」（夫れ如来の物に応ずるは凡《およ》そ三有り、一は身を見《あらわ》し、光を放ち地を動かす）。

22 **威神降重**　尊い神霊が重々しい威力をくだす。仏が重い威厳をあらわすこと。小野注は「降重」を「隆重」に改め、次のように述べる。「原文は降とあるも隆の誤りか。如来の威厳のおごそかなこと」。あるいは従うべきかと考えられるが、今は文字を改めず、「降重」のままとして解する。

23 **人天勝軌**　人々と神々のすぐれた道。「軌」は、みち。また、軌範、手本。

24 **智断**　智慧と断惑。真理を洞察する智慧と、惑いを断ちきる精神の力。
24 **良田**　すぐれた田地。悟りの功徳を得るための因となる智慧や行為。
25 **施主**　施しをする主人。自分で費用を出して僧を供養したり、寺に財物を施したり、法会を開いたりする人。
26 **弟子ム甲**　仏弟子であるなにがし。「ム甲」は「某甲」と言うのと同じ。「ム甲」「某甲」「ム乙」などはみな、人名を直接記すのを避けたもの。敦煌文献（ペリオ三一八三）・天台智者大師発願文「弟子某甲、今日以此読経念仏種種功徳、迴施四恩三有法界衆生」（弟子某甲は、今日此の読経念仏の種種の功徳を以て、迴らせて四恩三有の法界衆生に施こさん）（『敦煌願文集』二九一頁）。
27 **三多**　善き仏弟子の三つの徳目。多くの善い友を持ち、多くの説法を聞き、多くの浄観を行うこと。また別の説では、多くの仏を供養し、多くの善い友を持ち、多くの仏法を問うこと。
28 **八恒**　八種類の不変の徳目。「恒」はつね、不変の意。永久に変ることのない、修行者の八つの徳目。八正道《はっしょうどう》のこと。正見《しょうけん》、正思、正語、正業《しょうごう》、正命《しょうみょう》、正精進《しょうしょうじん》、正念、正定《しょうじょう》の八つの正しい実践徳目。
29 **須達**　人名。サンスクリット語・パーリ語 Sudatta の音訳。貧しい人々、孤独な人々に食を給したので「給孤独《ぎっこどく》長者」と呼ばれた。中インドのシラーヴァスティー（舎衛城）の長者で、釈尊と教団のためにジェータ太子（祇陀《ぎだ》太子）の苑林を買いとり、祇園精舎を建てて寄進した。小野注は「須達。Sudana の対音。一に須大拏太子に作る。葉波国の太子で、余りに布施を好んだので、王に追放され」たとしている。しかし「須達」は「須大拏」ではないと考えるべきであろう。
30 **郁伽之後轍**　郁伽長者の残したわだち。原文は「郁」字の上が一字空欠になっているが、29句と対句になっているので、「慕」と対応する動詞が入るはずである。「追慕」という語を二つに分けて対応させたものと考え、「追」を補った。「追」も、したう意。小野注には「慕に対してたとえば〔敬〕のごとき意味の字が脱落しているのであろう」とあり、「敬」を補っている。その可能性も十分にある。「郁伽」は、サンスクリット語 Ugra の音写、郁伽長者。郁伽長者は、仏の説法を聞き、仏道を修行し、仏の死後、財産を布施した。『中阿含経』中の「郁伽長者経」に見える。

31 **広廈**　大きな建物。施主の家を言う。

32 **仍建道場**　（もとの建物を）そのまま用いて、仏堂を修行する道場を建てる。「仍」は、もとのまま用いる意。「建」を、原文では「逮」としている。「逮《けん》」は、「建」の異体字である。しかし、聖武天皇の筆跡は「逮《たい》」のようにも見え、『合田索引』はこれを「逮」と翻字している。ところが「逮」は、およぶ、とどく意で、通じ難い。また、『雑集』全体を通じてこの文字の用例は七例を数えるが、『合田索引』はその全てを「逮《たい》」としている。そのため『雑集』には「建」は一度も使われず、「逮《たい》」字が頻出するという結果になっている。それぞれの文脈に即した判断が求められるが、この例は「逮《けん》」とし、「建」の異体字として見るべきと考えられる。『雑集』隋大業主詩「発心功已逮、繫念罪便銷」（発心の功　已に逮《た》（建）ち、繫念《けいねん》の罪　便《すなわ》ち銷《き》ゆ）。

34 **法席**　僧を招いて説法を聞き供養する集まり。

35 **宝幡飄颺**　とうとい旗が風に揺れる。「宝幡」は、法事に際してたてられる旗。

36 **雑天花**　法事の旗が天界の花とまじる。原文は、「雑花而共色」となっている。しかし対応する38句が「帯梵音而倶響」となっており、「花」の上に一字脱字があると考えられる。小野注は「蓮」を補っていて、その可能性は首肯できるが、今は「梵音」に対するものとして「天」を補い「天花」とした。

37 **法鼓鏗鏘**　法要に打たれる鼓が高くひびく。「鏗鏘」は、金属・玉石の楽器などがひびくさま。庾信・秦州天水郡麦積崖仏龕銘「雷乗法鼓、樹積天香」（雷は法鼓に乗じ、樹は天香を積《あつ》む）。

38 **梵音**　梵唄《ぼんばい》（仏教の経文に節をつけて読むこと）の音声。また、仏や菩薩の音声。『法苑珠林』巻四九「具此五者、乃名梵音」（此の五者を具《そな》うるは、乃ち梵音と名づく）。

40 **歓喜園**　忉利天《とうりてん》（サンスクリット語 Trayastrimsa の音訳）にある園地の名。忉利天は、インドラすなわち帝釈天《たいしゃくてん》が住んでいる天界。「歓喜園」は、その中の喜見城郊外にあり、天人がここに入れば歓喜の情が生じるとされる。

42 **衆香国**　香積如来の浄土の名。この園中の建物や庭など全てが良い香りをはなつとされる。『惟摩経』香積仏品にみえる。

43 **大衆**　サンスクリット語 parisad の意訳。会衆《えじゅ》。説法の集まりである会座《えざ》に集まった人々。法会の参会者。

44―46 **寂滅・種智・雄猛・霊覚・能仁・調御**　仏の徳質の名。転じて仏の徳を示す名号。小野注に次のように言う。「寂滅は涅槃、種智は一切種智の略で、一切種智は諸法の総相と別相のすべてを知る智慧。霊覚は、正覚と同じ。能仁は儒教道徳における仁の具現者、転じて釈迦の漢名となる。調御は一切の衆生をなびかせしたがえること」。

47 **慈氏法王**　至高の慈悲の持ち主で、仏法の王者である者。44句以下は全て仏の名号であると考えられるが、「慈氏」は弥勒仏をさす場合が多い。ここでは仏の徳質をさしていると考えられる。敦煌文献（ペリオ二二二六）・願文「大哉法王、名言所不測者也」（大なる哉　法王、名言せんとするも測らざる所の者なり）（『敦煌願文集』三一七頁）。

49 **九族**　高祖・曾祖・祖父・父・自己・子・孫・曾孫・玄孫の同姓直系の親属。その他にも諸説がある。

50 **六親**　父母兄弟妻子。家族。

51 **沢遍昇降**　仏の恩沢があまねくみちる。「沢遍昇」の下に、「降」一字が脱落しているものと見て「沢遍昇降」とする。「昇降」は、天界・浄土にまで昇り、六道・地獄にまで降ること。

52**慶兼存没**　慶《さいわ》いが生者と死者とにみちる。「存没」は、生存しているものと死没したもの。51・52句について、小野注は「沢遍昇慶、兼存没」のように切り、「沢《うるお》いは昇慶のものに遍《あまね》く、存没を兼ね」と読む。またこの部分に注して「昇級慶賀など俗界の成功者として祝福せられるもの。存没。存亡と同じ。疑うらく、□兼存没の四字句で、一字欠け、もとは救済・徳音のごとき意味の字があったであろう」と言うが、通じ難い。「沢」と「慶」、「遍」と「兼」、「昇」と「存」が対応していると見えるので、「没」に対応する語として51句末に「降」を補った。

53**並使**　そのうえ〜ならば。更に〜ならば。「使」は、仮定の意を示す。

53**解窮七覚**　見解が七覚分《しちかくぶん》を窮めたならば。「解」は見解、智解。『敦煌変文集』維摩詰経講経文「只縁智慧過人解」(只《た》だ智慧の人の解に過ぐるに縁《よ》る)。「七覚《しちかく》」は、七覚分。仏教の修行の七種の中味。たとえば、智慧によって物事の真偽を判別する「択法覚分《たくほうかくぶん》」など。『涅槃経』光明遍照高貴徳王菩薩品「声聞・縁覚雖修七覚、猶不能乾」(声聞《しょうもん》・縁覚《えんがく》は七覚を修すと雖も、猶《な》お乾《けん》なる能わず)。小野注は「解窮士」とし、「窮士を解き」と読んでいる。またその「窮士」に注して「原文は窮士に似ている。窮士は貧しく困っている士人。解は解脱せしめること。あるいは窮亡の誤りかとも思われる」とする。『合田索引』はこれを「窮亡」に作り、「並使解窮亡覚。識洞三明。」と句読を切っている。どちらも疑問に思われる。原本は、明らかに「士」「亡」よりは「七」に近く、54句の「三明」と対応して「七覚」とするべきである。「七覚」と「三明」が対にされたものに、以下の例がある。敦煌文献（ペリオ二〇五八、三五六六）僧亡文「是以無去無来、始証三明之径、非色非相、方開七覚之門」（是を以《ここ》て去ること無く来ること無くして、始めて三明《さんみょう》の径を証し、色《しき》に非ず相《そう》に非ずして、方《まさ》に七覚の門を開く）（『敦煌願文集』七七三頁）。

54 **識洞三明**　見識が三明《さんみょう》をつらぬくならば。「識」は、見識。「三明」は、仏や修行者が持つ三つの神通力。第一に、過去生を見通す宿往智証明《しゅくおうちしょうみょう》、第二に、未来の衆生の死生を見通す死生智証明、第三に、真理によって煩悩を断滅した漏尽智証明《ろうじんちしょうみょう》をいう。『弘明集』巻十・大梁皇帝勅答臣下神滅論・領軍司馬王僧恕答「今皇明体照幽寂、識洞内外」（今　皇明　体《たい》は幽寂《ゆうじゃく》を照らし、識は内外《ないげ》を洞《つらぬ》く）。

55 **弊帛**　よごれ破れた布。迷妄を、仏の体をおおっていたぼろ布にたとえたもの。このような比喩が広くおこなわれていたことは、次の例からも推測できる。敦煌文献（大谷大学）・十方千五百仏名明勝題記願文「塵羅之弊、雲飛雨散」（塵羅の弊は、雲と飛び雨と散る）（『敦煌願文集』八六六頁）。

56 **金体**　仏の黄金の体。真理をたとえている。

57 **灰炭**　燃えのこりの灰と燃える炭。迷妄・煩悩を炭の炎や灰にたとえる。仏教では、悟りの境地を「涅槃」と呼ぶが、そのサンスクリット原語 nirvāṇa の意味は「煩悩の炎が消された状態」である。従って「灰炭斯尽」とは、煩悩の炎の結果の灰もそれを生む炭も、全てが無くなって悟りの境地に入ること。

58 **樹想**　樹木のようにのびひろがる想念。迷妄・煩悩ののびひろがるさまを樹木にたとえたもの。

59 **葉悩**　葉のようにのびひろがる煩悩。「悩」は、本文では「惚」に作る。「惚」は「悩」の異体字。小野注に「又業惚のこととも解せらる」と述べている。「葉」を「業」の誤と見たのだろう。だが58句の「樹想」と対応するので、いまは文字を改めずに解する。

60 **蓋纏**　心中の智慧に蓋《ふた》をし、それをからめ縛るもの。智慧をふさぐ煩悩を言う。敦煌文献（スタイン四五三六）・願文「帰依者、□□〔咸出〕苦海、廻向者、唯離蓋纏」（帰依する者は〔咸《み》な〕苦海を〔出《い》で〕、廻向する者は、唯だ蓋纏を離る）。

こと」。

61禅恵　冥想して身心を統一する禅定のめぐみ。禅観を修行した成果。

62道如　究極の真実のすがた。道それ自体。「如」は、サンスクリット語tathatāの訳語。原義は、「そのようである

《補注》

7毘盧遮那　四二一年に完成した旧訳六十巻本『華厳経』では、Vairocanaを「盧舎那」と音訳している。同じ仏を「毘盧遮那」と音訳した新訳八十巻本『華厳経』が生まれるのは、六九九年のことである。この趙王の「平常貴勝唱礼文」が書かれたのは五七〇年前後と考えられるから、新訳『華厳経』に先立つこと一三〇年ほどである。言うまでもなく趙王は新訳八十巻本『華厳経』を知らなかった。

ではなぜ、「毘盧遮那」という新訳の仏名がここに記されているのか。考え得る一つの可能性は、趙王の原文は旧訳「盧舎那」だったが、聖武天皇が筆写したときに新訳「毘盧遮那」に誤写した、ということである。しかし、この説は成り立たない。なぜなら、対句の対応する位置に「漚和拘舎」という四文字の名詞が置かれているからである。「漚和拘舎」に対応するのは「毘盧遮那」の四文字であり、三文字の「盧舎那」では対句にならない。従って趙王は最初から、みずから「毘盧遮那」と表記したことはまちがいない。

では趙王招は、なぜ、どこから「毘盧遮那」という仏名を知り得たのか。新訳八十巻本『華厳経』が出るよりも前に、「毘盧遮那」という仏名は登場している。次の経典である。（数字は『大正大蔵経』の番号）

二九四『仏説羅摩伽経』三巻　西秦　聖堅訳（三八八—四〇七年訳）

また趙王招とほぼ同時代の天台智顗（五三八—五九七）も、たびたび「毘盧遮那」の仏名を用いている。次の四書

に、それが見える。

一七〇五『仁王護国般若経疏』五巻　智顗説・灌頂記（五八四年）

一七一六『妙法蓮華経玄義』二〇巻　智顗説（五九三年）

一七一八『妙法蓮華経文句』一〇巻　智顗説（五八七年）

一七二八『観音義疏』二巻　智顗説・灌頂記（六世紀後半）

このうち『観音義疏』については偽書との疑いも持たれているので、今は排除するが、のこりの三編に、「毘盧遮那」仏はたびたび登場している。たとえば『妙法蓮華経玄義』巻五上に「毘盧遮那法身、横周法界、竪極菩提」（毘盧遮那は法身にして、横ざまには法界を周《めぐ》り、竪《たて》ざまには菩提を極む）と出ている。注目すべきは、智顗が明瞭に「毘盧遮那」を「法身」としていることである。即ち、趙王が「毘盧遮那」を「報身」に位置付けているのとは、明らかに違う考えである。（なお一七一六や一七一八には「毘盧遮那」と「盧舎那」の両方の名前があらわれる。）

ところで、智顗が「毘盧遮那」を用いた一番古い書物は、現在確認できた限りでは、一七〇五『仁王護国般若経疏』五巻で、成立は五八四年、つまり趙王の死後四年目である。ここまで近い時期の例が確認できる以上、趙王の生前にすでに「毘盧遮那」という仏号が広く用いられはじめていたと推測して良いだろう。

なお、敦煌文献（スタイン三四三）・願文範文等・亡僧号には、「夫法身无像、流出報形。蘆舎円明、分身化質」（夫れ法身は像《かたち》无《な》し、報形を流出す。蘆舎《るしや》は円明にして、身を分かち質と化す）（『敦煌願文集』一〇頁）とあり、「蘆舎」（盧舎那）を「報形」（報身）と位置付けていると考えられる。それは趙王招の認識と一致している。

(2) 因果冥符

《原文》

1 蓋聞因果冥符、
2 豪釐弗爽、
3 報応懸感、
4 纖塵靡失。
5 故経言、
6 雖無作者、
7 而有□（宿）業、
8 受者雖滅、
9 果不敗亡。
10 故知善因既立、
11 勝果便至、
12 悪行若興、
13 苦報斯孱。

《訓読》

蓋《けだ》し聞く　因果《いんが》の冥《とお》く符《ふ》すること、
豪釐《ごうり》も爽《たが》わず、
報応の懸《はる》かに感ずること、
纖塵も失う靡《な》し　と。
故に経には言う、
作《な》す者無しと雖も、
而も宿業《しゅくごう》有り、
受くる者滅ぶと雖も、
果は敗亡せず　と。
故に知る　善因既に立ちては、
勝果便ち至り、
悪行若《も》し興《おこ》らば、
苦報斯《すなわ》ち孱《せま》る　と。

14 今日施主、　今日　施主、
15 樹此洪基、　此の洪基を樹《た》て、
16 乃欲捨我為他、　乃ち我を捨てて他の為《ため》にし、
17 先人後己。　人を先にして己を後《のち》にせんと欲す。
18 但響随声続、　但し　響きは声に随って続き、
19 影逐形移、　影は形を逐《お》って移れば、
20 福不唐捐、　福は唐《むな》しく損《す》てられず、
21 善無空設。　善は空《むな》しく設けらるる無からん。
22 先用奉資久遠、　先《ま》ず用《もっ》て久遠《くおん》に資し奉り、
23 上抜亡霊、　上は亡霊を抜《すく》い、
24 絓有遊神。　絓《つ》いで遊神を有《たす》けん。
25 凡諸逝影、　凡《およ》そ諸《もろ》もろの逝影は、
26 皆並泉門沼遰、　皆並びて　泉門沼遰《ちょうてい》たれば、
27 啓疏莫因、　啓疏するに因莫《よしな》く、
28 玄夜艱開、　玄夜　開き艱《がた》ければ、
29 瞻仰無所。　瞻仰《せんぎょう》するに所無し。
30 憑此功徳檦心、　此の功徳《くどく》と檦心《ひょうしん》とに憑《よ》り、

31 奉為大衆、　奉じて大衆の為に、
32 相与証明、　相い与《とも》に証明し、
33 為礼観音極地、　礼を観音の極地なる、
34 正法明尊、　正法の明尊と、
35 妙徳本身、　妙徳の本身なる、
36 龍種上仏。　龍種の上仏とに為す。
37 願施主先亡、　願わくは施主の先亡の、
38 即日生処、　即日生ずる処《ところ》、
39 □（禅）定転深、　禅定転《ぜんじょううた》深く、
40 神通稍広。　神通稍《ようや》く広からんことを。
41 躡金花而徒歩、　金花を躡《ふ》みて徒歩し、
42 反咲乗龍。　反《かえ》って龍に乗るものを咲《わら》わんことを。
43 憑宝殿而遊安、　宝殿に憑《よ》って遊安し、
44 還嗤控鵠。　還《かえ》って鵠《くぐい》を控《ひか》えるものを嗤《わら》わんことを。
45 法喜為味、　法喜を味わいと為せば、
46 詎仮餐霞。　詎《なん》ぞ霞《かすみ》を餐《くら》うを仮《か》らん。
47 慙愧是依、　慙愧《ざんき》して是《ここ》に依れば、

48 何待披霧。　何ぞ霧を披《き》るを待たん。

49 然後遍修万善、　然る後に遍《あまね》く万善を修め、

50 伏彼無知。　彼《か》の無知を伏《ふく》せしめん。

51 通運一乗、　通《あまね》く一乗を運《めぐ》らし、

52 度諸有識。　諸《もろ》もろの有識《うしき》を度《わた》さん。

53 然智恵火、　知恵の火を然《も》やし、

54 焼煩悩薪。　煩悩の薪を焼かん。

55 泛涅槃□（津）、　涅槃《ねはん》の津に泛《うか》び、

56 済生死海。　生死の海を済《わた》らん。

《通釈》

〈1句～13句〉

1 私はこう聞いています、「因と果が遠くくらいすじ道をたどって符合することは、ほんのわずかのくいちがいもないし、行為とその報《むく》いがはるかに時空をへだてて感応することは、一すじの糸や一つの塵ほどの誤りもない」と。

5 だから仏の経典にはこのように言っているのです、「（現世に）原因を為す者がないとしても、それでも（前世から）残された業《ごう》は存在しているのであり、また（現世で）業を受けるべき者が滅んでしまっても、それでも行為の結果としての報いは（来世まで）亡《ほろ》び失われはしないのだ」と。

10 それ故に分かるのです　善き原因が立ちあがれば、勝《すぐ》れた結果がやってくるし、悪い行いがもし行われれば、苦しみという報いが必ずせまってくる　と。

〈14句～44句〉

14 さて今日　この斎会の施主は、この大いなる善の基《もと》いを立て、自己の利益を捨ててそれを他者のために施し、他人を先にして自己の利益を遠まわしにせんとしています。

18 だが　響きというものは必ず音声のあとに随って起こり、影というものは必ず実際の形のあとを追って動くのだから、施主の利他の福徳はむなしく見捨てられることはないし、その善根は施されたままむなしく忘れ去られることはないでしょう。

22 さてそこで（施主は）まず久遠の過去の亡者に布施の功徳をたむけ、上は亡霊をすくい、次いでいまださまよいつづけている神霊を助けようとするのです。

25 およそもろもろの亡者たちは、みなすべて　黄泉《よみ》の門があまりに高いので、そこを開き浄土へ行くてだてもなく、地下の暗い夜が明け難いので、仏をあおぎ見ようにもその所が無いのです。

30 だからこの布施の功徳と誠心を表す行いとによって、うやうやしく大衆のために、また大衆とともにあかしを立てて誓い、観音の最高位で、正法妙如来と呼ばれた仏と、妙なる徳の本体で、龍種上仏と呼ばれる文殊菩薩に礼拝をいたします。

37 願わくは　施主の亡き尊親が、即日に極楽に生まれかわり、さらに悟りの境地がしだいに深まり、その神力もしだいに広くなりますことを。

41 （亡き尊親が）黄金の極楽の花を踏んで歩き、かえって龍に乗ってあそぶ（道教の）仙人を笑うようになりますことを。仏の宝殿にたのしくあそび、かえって大鳥を御して飛ぶ（道教の）仙人を笑うようになりますことを。

〈45句〜56句〉

45 仏法のよろこびを味わえば、どうして霞を食して仙人になる道教の教えをたよる必要がありましょうか。仏法に感謝してそれをたよれば、どうして霧を着て深山幽谷にくらす仙人のくらしを必要とするでしょうか。

49 そう悟ってのちに　あまねく万善をおさめ、あの無知のともがらを仏の知恵に伏せしめましょう。あまねく一乗の教えをめぐらし、もろもろの有識《うしき》の衆生を真理の世界に救いましょう。知恵の火をもやして、煩悩の薪を焼きつくしましょう。（その後に）涅槃へのわたし場にうかび、生死輪廻にまみれた迷いの海をわたってゆきましょう。

《語釈》

○因果冥符　本文冒頭「因果冥符」の四文字をとって仮題とした。「平常貴勝唱礼文」四首の第二番目である。

1 **蓋聞**　このように聞いている。「蓋」は、発語の辞。

1 **因果**　因縁と果報。様々な事象の原因となる要素と、その結果。

1 **冥符**　知らず知らずのうちに符合する。「冥」は、暗くはるかなこと。「符」は、符節を合わせるようにぴったりと合うこと。

2 **豪氂**　ほんのすこし。わずか。「毫氂」に同じ。

3 **報応**　行った行為に応じて受ける報い。「応報」に同じ。

3 **懸感**　はるかに感応する。「懸」は、はるかに離れていること。「感」は、原因に応じて動くこと。

4 **纖塵**　細い糸と軽い塵。ほんのわずかなこと。

5**経言**　経典にはこう言っている。「経」は、仏教の経典。以下の6句から9句までは経典のなかの言葉と考えられる。この部分につき、小野注は「故経言雖無作者、而有業受者。雖滅、果不敗亡。」と句読を切り、次のように訓読をしている。「故に経言《きょうげん》は作者なしと雖《いえど》も、しかも業《わざ》を受ける者あり。滅すると雖も、果は敗《やぶ》れ亡《ほろ》びず」。また次の二つの注が付されている。「業受者。さだまった師匠はないが、その業を受けるものの義か」。「虽《ママ》滅、果不敗亡。前文の対句とすれば□□虽《ママ》滅而《ママ》果不敗亡とあるべく、三字脱落か。善因を施せば果報は滅びないの義を述べている」。しかしここは、因を作《な》す主体と、その果を受ける主体の関係を述べている部分であるので、小野注の訓釈には従わない。即ち、仏教では、行為の主体たる「我」は存在せず「空」であると説く（無我説）。行為主体が存在しないならば「因を作《な》す者」も存在しないはずであり、当然その「果を受ける者」も存在しないことになる。それなのになぜ「因果応報」ということが成立するのか、という議論にもとづいて、経典を引く形で、「業《ごう》」が仮の主体の生死をこえて継承され、因果応報が「冥符」「懸感」することを述べているのである。

6**作者**　因をなす主体。原因となる行為をする人。『弘明集』巻十三・郗嘉賓奉法要「是以泥洹経云、父作不善子不代受、子作不善父亦不受」（是を以て『泥洹経』に云う、父　不善を作《な》すも　子は代わりて受けず、子　不善を作すも　父　亦《ま》た受けず）。

7**宿業**　過去生においてなされた行為。前世においてなされた善悪の行為の余力。「業《ごう》」は、サンスクリット語karman の意訳。輪廻転生を存続させる行為の余力。「宿業」pūrva-karman は、現世の業とは区別して、過去生の行為によって現在にまでおよぶ潜在的な力を言う。原文は、「而有業」であるが、それでは三字句となり、前後と対応しなくなる。そのため「業」の上に「宿」を補って「宿業」とし、四字句を形成して前後の句と対応しているものとした。だが「宿」字を補わず「而有業」のままとしても意味は通ずる。

8 **受者**　果を受ける主体。行為のむくいを受ける人。

11 **勝果**　すぐれた果報。修行の結果として得られる、すぐれたさとりの境地。

13 **斯孱**　すぐさま迫ってくる。

17 **先人後己**　他人の利益を先とし、自分の利益は後まわしにする。大乗仏教の利他の思想を述べたもの。しかしこの語の出典は、儒教の経典『礼記』である。『礼記』坊記第三十「君子貴人而賤己、先人而後己、則民作譲」（君子人を貴びて己を賤くし、人を先にして己を後にすれば、則ち民　譲れりと作《な》す）。

20 **唐捐**　むなしく捨てる。「唐」は、空しいこと。「捐」は、捨てさること。

22 **奉資久遠**　久しい過去の亡者に布施の功徳を回向《えこう》する。「資」は、たすける。法会などを開いて亡者の冥福を祈ること。この句ときわめてよく似た表現が、『雑集』や敦煌文献に見える。『雑集』一〇六・為人為息賽恩斎文「亦以奉資久懸掩魄、七葉沈姿」（亦《ま》た以て久懸の掩魄と、七葉の沈姿とに資し奉る）。敦煌文献（スタイン三四三）・亡妣文「先用奉資亡霊去識」（先《ま》ず用《もっ》て亡霊と去識とに資し奉る）（『敦煌願文集』六頁）。

24 **有**　すくう。助ける。「有」は、去声で発音し、「佑」「祐」と同じ。敦煌文献（ペリオ二五八八）・仏堂「然後一乗十力之有、普施福於含霊」（然る後に一乗十力の有《たす》けもて、普《あまね》く福を含霊《がんれい》に施さん）（『敦煌願文集』四三二頁）。

24 **遊神**　ただよう神霊。23句の「亡霊」と対応して、「さまよう霊魂」の意と解釈した。「遊神」を名詞として用いた例は未詳。それを「神《こころ》を遊ばす」の意で用いたものには次の例がある。『雑集』一・帰去来・三界擾々不可居「匡坐長林磐石上、遊神□素快無為」（長林磐石の上に匡坐《きようざ》し、神《こころ》を□素に遊ばしめて無為を快しとす）。

25 **逝影**　亡き人の影。亡くなった人のすがた。「逝影」の語は『雑集』中にも他の用例が見えず、誤字等の疑いがのこる。

26泉門　墓の門。また、黄泉《よみ》の門。この部分につき小野注は本文を次のように分節し訓読している。「凡諸逝影、皆並泉門、迢遰啓疏、莫因玄夜、艱関《ママ》瞻仰。無所憑此功徳檦心」。「凡そ諸《もろもろ》の逝影《せいえい》は皆、泉門に並び、迢遰《ちょう》として啓《ひら》き疏《つらな》り、玄夜《げんや》によって艱関《ママ》を瞻仰《せんぎょう》することなし。此の功徳を憑《たの》むも　心には標《しめ》すところなし」。小野注はさらに次のように述べている。「泉門。黄泉の門。冥途の入り口。布施の功徳によって、亡霊が往生するを指している」。しかし、句読の切りかた、解釈ともに疑問点が多い。そのため句読そのものを改め、本書のように読み、解釈した。25句の「凡諸逝影」が29句までの全体にかかり、26句と28句が対応し、27句と29句が対応する、いわゆる隔対句を構成するものと判断した。

26迢遰　高くけわしいさま。

27啓疏　ひらきとおる。黄泉の門をひらいて浄土に行くことを言う。

28玄夜　くらい夜。死後の世界を言う。

28艱開　なかなか明けない。小野注は「開」を「関」と翻字しているが、従い難い。

30檦心　心をあらわすこと。「檦」は、「標」と同じで、示し表わす意。「檦心」の用例は、梁代の劉勰《りゅうきょう》『文心雕龍』に次のようなものがある。『文心雕龍』諸子「檦心於万古之上、而送懐於千載之下」（心を万古の上に檦《しめ》し、而して懐を千載の下に送る）。

33観音　観世音菩薩の略称。サンスクリット語 Avalokiteśvara（観察することに自在な）の意訳。慈悲、救済を特色とする菩薩。古くから文殊菩薩とともに信仰されてきた。六道に輪廻する衆生を救済するためにさまざまに姿をかえるとされる。

33極地　至極の地位。ここではさまざまに姿をかえる観音の至極の身体、たとえば聖観音などをさすと解する。庾信・

陝州弘農郡五張寺経蔵碑銘「三明極地、八会窮源、連河競説、勝弁争論」（三明の極地、八会《はちえ》の窮源、連河に競って説き、勝弁もて争って論ず）。

34**正法明尊**　観音の前世の仏名を正法妙如来と言ったことから、観音の別名。小野注に次のように言うのに従う。「正法を教説する尊貴な者、観音の前世の仏名を正法妙如来という。正法は釈迦が説いた真正な教法で、一に妙法という。梵語のSaddharmaの訳」。

36**龍種上仏**　文殊菩薩の異称。35句「妙徳」も文殊菩薩の異称に基づいている。小野注に次のように言う。「文殊菩薩の別名。一に龍種上尊・龍種上智尊王ともいう。妙徳。文殊菩薩の異名。一に妙徳道真菩薩という」。「文殊」は、サンスクリット語Mañjuśrīの音訳「文殊師利」の略で、「妙吉祥」「妙徳」と意訳される。

37**先亡**　先に亡くなった人。ことに、亡くなった祖先を指す。『雑集』一〇二・為人母祥文「次以奉福先亡等、爰及久遠先霊、傍霑十方抱識」（次いで以て福を先亡等に奉じ、爰《ここ》に久遠《くおん》の先霊に及ぼし、傍《かたわ》ら十方の抱識《ほうしき》を霑《うる》おさん）。

39**禅定**　「定」字の上に一字脱落があるものとし、小野注に従って「禅」を補う。「禅定」は、心静かに瞑想し、真理を観じて身心ともに安定した状態。

41**金花**　黄金の花。仏の浄土を荘厳する花。

42**乗龍**　龍に乗る者。道教の仙人を言う。41句から48句まで、道教に対する仏教の優位を述べている。

44**控鵠**　くぐいをあやつる。「控」は、控御で、自由自在にあやつること。「鵠」は、大形の水鳥、くぐい。鳥に乗ってそれをあやつり天空を飛行するのは、道教の仙人である。

47**慙愧**　感謝する。「恥じる」意ではない。小野注はこれを「恥じる」意に解釈して次のように注する。「慚愧と同じ。

過悪をはじてざんげし、正道に到らんとすること」。しかしこの「慙愧」は45句の「法喜」に対応しており、小野注の解釈では通じ難い。この語は（仏法に）「感謝する」ことを意味しているととるべきだろう。次の用例は、自分の眼病をいやすために薬草を送ってくれた相手に「慚愧」すなわち「感謝」したものである。張籍・答開州韋使君寄車前子詩「慚愧使君憐病眼、二千里外寄閑人」（慚愧す　使君の病眼を憐れみて、二千里外　閑人に寄するに）。

48 **披霧**　霧を身につける。雲霧を衣服のかわりに着ること。仙人の生活を言う。

51 **一乗**　唯一の乗り物。「乗」は、乗り物。衆生を仏の悟りに至らせる教えを言う。大乗仏教では、「小乗」（修行者一人だけを救う教え）に対して「大乗」（全ての衆生を救う教え）の優位性を説いてきた。しかしその両者の区別を克服・超越した「一乗」の教えが『般若経』『勝鬘経』などに説かれ、特にそれを強調したのは『法華経』『華厳経』である。のちに華厳宗は「一乗」の説を体系化し、〈同教一乗〉〈別教一乗〉の説を立てる。敦煌文献（ペリオ二三四一）・亡考「竊聞大聖法王、運一乗而化物」（竊《ひそ》かに聞く　大聖法王、一乗を運《めぐ》らして物《もつ》を化すと）（『敦煌願文集』七二七頁）。

52 **有識**　識《しき》（認識作用）を持つ者。つまり人間を言う。「衆生」と同じ。

55 **涅槃津**　悟りに通じる渡し場。原文には「涅槃」のあとに一字脱落があると考えられる。小野注は「船」を補う。それでも意味は通ずるが、「涅槃」はあくまでも彼岸であって、「涅槃船」という表現はややおちつかない。「涅槃」の彼岸への「渡し場」の意で「津」字を補った。

(3) 無常一理

《原文》

1 無常一理、
2 傷害似刀、
3 有為三遷、
4 改□（廃）如擲。
5 所以日輪暁映、
6 陽烏之羽不停、
7 月桂夕懸、
8 陰菟*〔兎〕之光恒徙。
9 又且四山交逼、
10 如何可勉。
11 二女競来、
12 罕能排厈*〔斥〕。
13 唯当深樹徳本、

《訓読》

無常の一理は、
傷害すること刀に似たり。
有為《うい》の三遷は、
改廃すること擲《なげう》つが如し。
所以《ゆえ》に日輪暁《あした》に映じては、
陽烏の羽 停《とど》まらず、
月桂夕べに懸《か》かりては、
陰兎《いんと》の光 恒《つね》に徙《うつ》る。
又《ま》た且《か》つ四山交《こも》ごも逼《せま》れば、
如何《いかん》ぞ勉《つと》むべけん。
二女競《きそ》い来たれば、
能く排斥《はいせき》すること罕《まれ》なり。
唯だ当《まさ》に 深く徳の本を樹《た》て、

14 広植良基、　広く良き基《もとい》を植え、
15 藉福蕩灾*〔災〕、　福を藉《か》りて災《わざわい》を蕩《はら》い、
16 寄善消鄣、　善に寄りて鄣《さわり》を消し、
17 冀望千秋永楽、　千秋の永楽と、
18 万寿無量。　万寿の無量とを冀望《きぼう》すべし。
19 今為施主、　今　施主の為《ため》に、
20 現在眷属、　現在の眷属と、
21 居門長幼、　居門の長幼と、
22 合宅尊卑、　合宅の尊卑とは、
23 並皆帰誠、　並びて皆　誠を帰《き》し、
24 到教*〔敬〕為礼、　敬を到して、
25 十方衆聖、　十方の衆聖と、
26 三宝諸尊、　三宝の諸尊と、
27 応現法身、　応現の法身と、
28 相従仏宝。　相従の仏宝とに礼を為す。
29 願施主自身、　願わくは施主自身と、
30 幷諸眷属、　幷《あわ》せて諸《もろ》もろの眷属と、

31 爰至妻妾、
32 傍及賓僚、
33 並願正報安寧、
34 近須弥而可喩、
35 依果豊溢、
36 苦*〔若〕摩男而相擬。
37 微烟小郭、
38 寄神風而吹払、
39 霜露薄僁*〔僁〕、
40 因恵日而消蕩。
41 灾*〔災〕氛已散、
42 寧労刻杖高麾。
43 厄運自耘、
44 何待登山遠避。
45 身心快楽、
46 似遍浄而無憂。
47 寿竿*〔算〕遐長、

爰《ここ》に妻妾に至り、
傍《かたわ》ら賓僚に及ぶまで、
並びて願わくは　正報《しょうほう》の安寧なること、
須弥《しゅみ》に近くして喩《さと》るべく、
依果《えか》の豊溢なること、
摩男《まなん》の若《ごと》くして相い擬《はか》らんことを。
微烟の小郭は、
神風に寄りて吹払《すいふつ》せられ、
霜露の薄僁《はくけん》は、
恵日に因りて消蕩《しょうとう》せられんことを。
災氛已に散ずれば、
寧《なん》ぞ杖を刻み麾《はた》を高くするを労せん。
厄運　自《おのず》から耘《はら》わるれば、
何ぞ山に登りて遠く避くるを待たん。
身心の快楽《けらく》なること、
遍浄《へんじょう》に似て憂え無からん。
寿算《じゅさん》の遐《はる》かに長きこと、

48 類金剛而弗毀。　金剛に類《に》て毀たれざらん。
49 官途隆顕、　官途の隆顕するは、
50 非因白鷰*〔燕〕之祥。　白燕《はくえん》の祥に因《よ》るに非ず。
51 禄位遷昇、　禄位の遷昇するは、
52 寧仮黄花之施。　寧《なん》ぞ黄花の施しを仮らんや。
53 諸仏之道、　諸仏の道は、
54 誓願為先。　誓願を先と為す。
55 大士之懐、　大士の懐は、
56 慈悲是務。　慈悲を是れ務《つと》む。
57 能暉暗室、　能く暗室を暉《かが》やかすには、
58 取譬明灯、　譬えを明灯に取り、
59 独勝群臣、　独り群臣に勝《まさ》らんには、
60 方踰太子。　方《まさ》に太子に踰《こ》ゆべし。
61 故知菩提之善、　故に知る　菩提の善は、
62 常須懃発。　常に須《すべか》らく　懃《ねんごろ》に発すべし　と。
63 弘誓之因、　弘誓《ぐぜい》の因は、
64 何宣待廃。　何ぞ宣《よろ》しく廃するを待つべけんや　と。

65 今為檀主、
今　檀主の為に、

66 運此大心、
此の大心を運《めぐ》らし、

67 随法界之少多、
法界の少多に随い、

68 逐虚空之広狭。
虚空の広狭を逐《お》わん。

69 上則窮尽無色、
上は則ち無色《むしき》を窮め尽くし、

70 下則極至阿毘。
下は則ち阿毘《あび》に極め至らん。

71 間中生処混渚*〔淆〕、
間中　生処は混淆《こんこう》し、

72 果報藂*〔叢〕雑。
果報は叢雑《そうざつ》す。

73 乃至殊方異域、
乃至　殊方異域は、

74 不近人情。
人情に近からず。

75 被髪彫身、
被髪彫身《ひはっちょうしん》は、

76 無聞詩礼。
詩礼を聞く無し。

77 或可赤城紫塞、
或いは赤城・紫塞《しさい》、

78 碧海烏江、
碧海・烏江《うこう》、

79 弱水梯山、
弱水《じゃくすい》・梯山《ていざん》、

80 氈帷板屋、
氈帷《せんい》・板屋《ばんおく》なるべきも、

81 爰及一臂之人、
爰《ここ》に　一臂《いちひ》の人、

82 両頭之鳥、　両頭の鳥、
83 三足之鼈、　三足の鼈《べつ》、
84 六眼之亀、　六眼の亀に及ぶまで、
85 乃至体上戴星、　乃至　体上に星を戴《の》せ、
86 背間生樹、　背間に樹を生じ、
87 腹中容舄、　腹中に舄《かた》を容《い》れ、
88 口裏呑舟、　口裏《こうり》に舟を呑《の》むものも、
89 如是地獄辛酸、　是《か》くの如く　地獄の辛酸なるも、
90 脩羅楚切、　脩羅《しゅら》の楚切なるも、
91 神祇諂曲、　神祇《しんぎ》の諂曲《てんごく》なるも、
92 餓鬼飢虚、　餓鬼の飢虚なるも、
93 今日該羅並皆逯*〔遁〕、　今日　該《あまね》く羅《つら》なり並びて皆遁《のが》れ、
94 為教*〔敬〕礼尊像尊経。　敬礼を尊像と尊経とに為す。
95 大士当使諸天果報、　大士　当に諸天をして果報あらしめ、
96 常離委花之苦。　常に委花《いか》の苦しみを離れしむべし。
97 地獄清涼、　地獄をして清涼ならしめ、
98 永絶砕身之痛。　永く砕身の痛みを絶たしむべし。

99 人中閑賞、　人中　閑賞にして、
100 罷長城之役。　長城の役を罷《や》めん。
101 脩多安務、　脩多《しゅうた》　務めに安んじて、
102 無釀海之労。　釀海《じょうかい》の労無からん。
103 餓鬼倶服醍醐、　餓鬼も倶に醍醐《だいご》を服し、
104 玄*〔畜〕生並餐甘露。　畜生《ちくしょう》も並びて甘露を餐《くら》わん。
105 □□□中時再拝　□□□中時再拝

《通釈》

〈1句～18句〉

[1] 無常　すなわち死という一つの理は、人を傷つけそこなうことあたかも刀剣のようであります。有為《うい》　すなわち因縁によっておこる現象がつねに変化するありさまは、すべてを改めてしまうことまるで投げすてるかのようです。だから　太陽が夜明けに照りはえると、そこに住む三足の烏の翼は、もうとどまることがなく、月の桂が夕空にかかると、その中の兎のはなつ光は夜空を移りつづけ　時間はとどまらないのです。

[9] またその上、生・老・病・死の四つの山がこもごもにせまり来れば、人間はどうして勉めはげむゆとりを持つことができましょうか。幸福の吉祥天女と不幸の黒暗天女《こくあんてんによ》の二女が同時に競ってやってくれば、その両者を拒むことのできる者はいないのです。

13 人はただただ深く徳の根本を立て、広く良善の基礎をそだて、福徳によって災いを払い、善徳によって障害を消し、永遠の楽しみと、永遠の寿命とを願い望むべきなのです。

〈19句～40句〉

19 いま施主のために、現在の一族と、家門のうちの年長者と幼き者と、宅中に住まう尊者と卑しき者とは、すべてそろって誠の心をささげ、敬意をささげて、十方の数々の聖者と、仏の教えを体現したもろもろの尊者と、衆生を救うために世にすがたを現した仏の（真理そのものを体現した）姿と、それにつき従う仏の宝たる経典に、礼拝を行うものです。

29 願わくは　施主自らと、あわせてすべての一族と、また妻妾に至るまで、さらにそのうえ官署の賓僚に及ぶまで、願わくは、過去世の果報として受けた心と体が安らかで、シュメール山のように堅固で悟りを得られますように。また過去世の果報として受けたこの世界が豊かさに満ち、かのマハーナーマのように家居の暮らしを大切にできますように。

37 かすかな煙のような小さな障害は、仏のおこす神風によって吹きはらわれ、霜や露のようなささやかな愆《とが》は、仏の恵みにみちた日光によってかき消されますように。

〈41句～52句〉

41 かく災いの悪気が仏の力によって散じたならば、どうして杖の先に鳥のすがたをきざみ高い旗を門前にたてて功績を顕彰する必要があるでしょうか。厄運が仏の力によってはらわれたならば、どうしてわざわざ山に登って遠く世間をはなれ仙人になる必要があるでしょうか。

45 そのようなことをしなくとも　体と心の快いことは、かの幸福に満ちた遍浄天《へんじょうてん》のようであり、寿命のながくつづくことは、金剛石に似て破れ壊れることはないのです。

49 官途がさかんになるのは、白い燕の吉祥によるわけではありません。禄位が上がるのは、どうして菊花のめぐみを借りる必要があるでしょうか。（すべては信仰と仏陀の加護によるのです。）

〈53句～64句〉

53 諸仏の道は、自己と他者の救いをめざす誓願を根本とします。菩薩の精神は、衆生を救う慈悲をひたすらにつとめるものです。だから暗黒にとざされた家を照らすためには、明るいともしびからたとえを取り、居ならぶ臣下にまさる行いと知恵を示すには、釈尊が太子だったころをこえたすぐれたふるまいをする必要があるのです。

61 それ故に知るのです　悟りの善行は、いつでも必ず心よりねんごろに行うべきである　と。また弘大な誓願は途中で廃《や》めることはできない　と。

〈65句～94句〉

65 いま　壇主のために、この大いなる誓願の心をめぐらし、真理の顕現であるこの世界のありとあらゆるもののうえに、この虚空の広さのままに、世界のすみずみにまで誓願を及ぼしましょう。上は精神のみでできている無色界までをきわめつくし、下は阿鼻地獄の底にまできわめ至りましょう。

71 その中ほどの、この生物が生死輪廻をくりかえす世界は全てがいりまじり、前世の果報としての衆生も環境も雑然とむらがりあっています。さらに　この世界の外辺の異域は、人間のありさまからかけはなれています。ざんばら髪・いれ墨のえびすは、詩や礼について聞くこともありません。あるいは、赤い城郭に紫の塞、あおい海に黒い川、弱水に梯山、毛おりのたれ幕や板の家に住む者たちもあります。さらに一本腕の人種や、両頭の鳥や、三本足のすっぽんや、六つ目の亀などのすむ世界もあります。さらにその上、体の上に星をのせている巨人や、背なかに樹木のはえている異人や、腹のなかに干潟《ひがた》をいれたり、口のなかに舟をのみこむ奇怪な巨人たちの世界までであります。このような辛酸をきわめる地獄の亡者も、かなしい声で叫ぶ修羅も、いつわりにみちた天神地祇も、飢えて空虚な餓鬼たちも、今日この日、すべてがつらなってその苦しみをのがれ、仏の尊い像と尊い経典とを伏しおがむことができるのであります。

〈95句～105句〉

95 菩薩よ　まさに諸もろの天人たちに果報をあたえ、おちる花のような死の苦しみをのがれ離れさせたまいますように。地獄を清く涼やかにし、亡者たちの身をくだかれる痛みを永遠に絶ちきらせて下さりますように。
99 人の住む世間はしずかでおだやかに、万里の長城を築くような苦役を終えさせて下さりますように。多くの者たちもつとめに安んじ、海水をかもして酒をつくるようなはてしない労役から解放させて下さりますように。
103 されば餓鬼も我らとともに至上の醍醐を食し、畜生も我らとともに無常の甘露を味わうでありましょう。

中時再拝

《語釈》

○**無常一理**　本分冒頭「無常一理」の四文字をとって仮題とした。「平常貴勝唱礼文」四首の第三番目である。なお、この題名は、小野注による。

1 **無常**　サンスクリット語 anitya の訳語。世間の一切のもの、すべての現象は、生滅してとどまることなく移りかわること。ことに人の命のはかないこと、さらに死を意味する場合が多い。

3 **有為**　サンスクリット語 saṃskṛta の訳語。様々な原因や条件すなわち因縁によって作り出されたすべての現象。

3**三遷**　三つに変遷すること。ことに生・老・死の、人生の三つの変遷を言う。

4**改廃**　原文、「改」字の下に一字脱落しているものと考えられる。小野注は「宅」字を補うが、2句の「障害」と対応する語として「廃」字を補い、「改廃」とした。

6**陽烏**　太陽のなかに住んでいる三本足の烏。

7**月桂**　月のなかにはえている桂。そこから転じて、月そのものを言う。

8**陰兎**　月のなかに住んでいるうさぎ。原文「菟」は、「兎」の異体字。

9**四山**　小野注に「生老病死の四苦を四山にたとえ、一に四大山ともいう。『大般涅槃経』第二十九『大王、四大山あり、四方より来りて人民を害せんと欲す。王もし聞かば当に何の計をば設くべき……善きかな大王、われ四山を説くはすなわちこれ衆生の生老病死なり』と見え」とあるのに従う。

11**二女**　功徳大天（吉祥天女）と黒暗女（黒暗天女）の姉妹。二人の天女は、つねに一緒に人の家を訪れ、前者は富貴を、後者は貧窮をもたらす。賢者は二人をともに追い出し、愚者はこれを喜び迎えたという。物語は『大般涅槃経』巻十二・聖行品に見える。小野注に「一般には堯の二人の娘（娥皇と女英）で舜の妻となる」とある部分は従い難い。ただそのあとで「功徳天女と黒暗女のごときか」とあるのは是認される。だがまたさらにそれにつづけて「要するに日月に対しての昼夜のたぐいをいう。二鼠というに同じ」と言うのは、従い難い。仏陀は、この二女の喩えを語ったあと、摩訶迦葉《まかかしょう》にこう説明しているからである。『大般涅槃経』巻十二・聖行品「以生当有老病死故。是以倶棄、曾無愛心」（生の当《まさ》に老病死有るべきを以ての故に。是《ここ》を以て倶《とも》に棄て、曾《かつ》て愛心無し）。つまり二女の喩えは、「生」と「老病死」は切りはなせないこと、後者を厭うならば、前者にも恋着してはならないことを言うのである。

12 **排斥**　排斥する。原文「厈」は「斥」の異体字。小野注はこれを「乎」とし、「排乎」に作る。注では「断乎おしのけること」と説明している。しかし、翻字・解釈とも従い難い。『合田索引』は同字を「手」とし「排手」に作る。これも従い難い。

24 **致敬**　敬意をつくす。原文に「教」とあるのは、「敬」字の誤写である。「敬」を「教」に誤写している例は、『雑集』中に他にも見られる。

25 **十方衆聖**　あらゆる世界に遍在する無数の聖者。「十方」は、東、西、南、北、北東、東南、南西、西北に上・下をあわせた称。「衆聖」は、具体的には諸仏を言う。「十方諸仏」と同じ。

26 **三宝**　仏教の三つの宝。仏教の教主である仏と、その教えの内容である法と、教えを奉ずる人々の集団である僧を言う。また、仏の教えや、仏そのものを指すこともある。

27 **応現**　「応化《おうげ》」と同じ。「応化」は、サンスクリット語 nirmita の訳語。仏や菩薩が衆生を救うためにさまざまの姿をとって世間に現れること。法身《ほっしん》・報身《ほうじん》・応身《おうじん》の三身の中では、報身または応身として世に現れることを言う。なお小野注は27・28句を「応《まさ》に法身を現じて仏宝に相《あい》従わんとす」と読んでいるが、「法身」を現わして「仏宝」に従うというのは矛盾するので従い難い。

28 **相従**　つき従う。ともにする。

33 **正報**　衆生の心身。過去の行為の報いとして受けたものなので、「報」と言い、行為の主体たる衆生それ自体をさすので「正」と言う。

34 **須弥**　須弥山。サンスクリット語 Sumeru の音訳。宇宙の中心にそびえるとされる山の名。シュメール山。

35 **依果**　衆生の存在の環境となるもの。この世界の現象。「依報《えほう》」と同じ。衆生を「正報」と言うのに対して、国土を言う。

36**若**　「苦」は「若」の誤りと考えられる。だが、あえて「苦」字を改めずに読むならば、「摩男を苦しむるも相い擬せん」のようにも読める。

36**摩男**　人名。摩訶男《まかなん》（マハーナーマ）。釈迦族の人で、仏陀に迷いを克服できないのでどうしたらよいか、と質問をすると、仏陀は、世間には楽が少なく苦が多いことを知り、戒を守って家居の日常生活を大切にすべきことを教えた。『仏説釈摩男本四子経』（呉・支謙訳。『大正大蔵経』阿含部・五四）などに見える。なお、小野注はこの箇所を「摩界」と判読し、さらにそれを「魔界」の誤字とし、「魔界に苦しみて相擬《おしはか》らんことを」と訓読し、次のように注する。「魔界。原文は摩界に作るも魔界であろう」。また同句の「擬」字に注してこう言う。「擬。おしはかる、くらべる、またはなぞらえる。ここでは魔界における苦痛に比較してはじめてその有形的な果報の有難味がわかるの義か」。しかし聖武天皇の筆蹟を見ると、『雑集』中の「界」字は四十例にのぼり、誤認の余地なく「界」と判別できるのに対し、この箇所は明らかにそれらの「界」字とは筆蹟が異なり、かえって『雑集』一〇六「為人為息賽恩斎文」中の「男某幼懐専席」（男某　幼くして専席を懐《おも》う）の「男」字と同じである。つまりここは「摩界」ではなく「摩男」であり、更に「魔界」と改めることはできない。なお、『合田索引』も「魔界」と判読しているが、同じ理由から従い難い。

39**薄僣**　わずかな過失。原文「僣」を、小野注は「僣」の誤としている。いま、それに従う。「僣」は「愆」と同じで、あやまちの意。

41**災氛**　わざわいの悪気。原文「灾」は「災」の異体字。

42**刻杖**　杖の先端に鳩などを刻み、老人や有徳者にあたえて顕彰すること。小野注に「刻杖。刻はせめること。刑罰

（杖刑）に用いる道具としてのむち」とあるが、従わない。庾信・竹杖賦「杖端刻鳥、角首図麟、豈能相予此疾、将予此身」（杖端に鳥を刻み、角首に麟を図《えが》くも、豈《あ》に能く予《わ》が此の疾《やまい》を相《たす》け、予が此の身を将《やしな》わんや）。なお、この部分は、仏の加護によってわざわいが消散すれば、わが身を国家によって顕彰される必要がないことを意味し、儒教的・国家的名誉を無用としたものと考えられる。次の二句が道教への批判であることとあわせて、儒・仏・道三教の優劣がさかんに論じられていた北周・武帝朝の空気を伝えているとも考えられる。

46 **遍浄**　小野注に「遍浄天の略。愛楽遍満の天界。清浄の最」とあり、それに従う。

47 **寿算**　寿命。原文「筭」は、「算」の異体字。数の意。ここでは命の年数を言う。

50 **白燕**　白いつばめ。「鷰」は、「燕」の異体字。白燕は、瑞祥とされる。『太平広記』巻四六一引『拾遺録』「得一白燕、以為神物」（一白燕を得て、以て神物と為す）。庾信・三月三日華林園馬射賦序「故無労於白燕」（故に白燕を労する無し）。

52 **黄花**　黄色い花。菊を言う。菊の花は寿命をのばすめでたいものとされた。『礼記』月令「鞠有黄華。」（鞠《きく》〔菊〕に黄華《こうか》有り）。『楚辞』離騒「朝飲木蘭之墜露兮、夕餐秋菊之落英」（朝《あした》には木蘭《もくらん》の墜露《ついろ》を飲み、夕には秋菊の落英《らくえい》を餐《くら》う）。

54 **誓願**　仏・菩薩が、自己と一切衆生の成仏をめざして立てた誓いと願い。

55 **大士**　菩薩を言う。

60 **方踰太子**　まさしく太子を超える。「太子」は、釈迦が出家するまえ、悉達多《しつだった》（シッダルタ。サンスクリット語 Siddhārtha の音訳）太子であったことなどを指す。ジャータカ（本生譚）では、仏陀は前世において薩埵《さった》太子などだったことを言うが、それらをふまえて、智恵や成道の意欲が「太子」をも超える、と言ったもの。但しここの

「踰」は、前の57・58句との対比を考えると、「喩」の誤かも知れない。「方に太子に踰ゆ」では成道以前とは言え仏陀を超えることになり、おちつかない。「方に太子に喩《たと》う」ならば、「群臣にまさること太子にたとえられるほどだ」の意となり、よく通ずるが、いまは字を改めず「踰」のままで解す。

63 **弘誓** 悟りを求め衆生を救済するという菩薩の誓い。「誓願」と同じ。その内容が弘く堅固なので「弘誓」と言う。

65 **檀主** 布施をする人。もともと布施を「檀那」と言う。その行為をする人を「檀主」と言った。19句の「施主」に同じ。

67 **法界** 意識の対象となるもの、考えられるもの。また、存在するもの。サンスクリット語dharma-dhātuの訳。華厳宗では、真理そのものの現れとしての現実の世界を言う。

69 **無色** 無色界。三界《さんがい》の一つで、欲望も物質的条件も超越したが、精神的条件は超越できず、それのみにとらわれている生物が住む境界。

70 **阿毘** 「阿鼻」と同じ。サンスクリット語Avīciの音訳。阿鼻地獄のこと。八大地獄のなかの最下層で、父母や出家者を殺した者などの墜ちる地獄。極限の苦しみを間断無く受けることから、無間《むげん》地獄とも呼ばれる。

71 **生処** さまざまな生物が輪廻転生するところ。つまり「三界」を言う。

71 **混淆** まじり合う。本文「渚」は「淆」の誤とする小野注に従う。

76 **詩礼** 『詩経《しきょう》』と『礼記』。どちらも儒教の経典で、中国の伝統文明を象徴する。

77 **赤城紫塞** 赤い城壁や紫色のとりで。異様な色の土石で築いた城塞。

78 **碧海烏江** 紺碧の海と漆黒の川。中国本土では見られない海や川を言う。

79 **弱水梯山** 「弱水」は、川の名。『尚書』禹貢に、居延海にそそぐ川として見える。このほか種々の「弱水」の記録が諸書に散見する。『山海経』海内西経「弱水・青水、出西南隅」（弱水・青水は〔崑崙《こんろん》山の〕西南隅より出《い》ず）。「梯山」は、高い山や深い谷に梯《はしご》をかけて登りわたること。『陳書』高祖紀上「楛矢素翬、梯山以至」（楛矢素翬《こしそき》、山に梯して以て至る）。ここではそのように高い山。ともに異域の山川を言う。

81 **一臂之人**　腕が一本の人。以下四句は、想像上の異界の人や生物で、みな『山海経』から出ている。その出所のみを記す。「一臂之人」は、同書海外西経の一臂国の条に見える。

82 **両頭之鳥**　頭が二つある鳥。『山海経』海内西経・奇肱《きこう》国に見える。

83 **三足之鼈**　三本足のすっぽん。『山海経』中山経・大砉《たいこ》之山の条の本文・注に見える。

84 **六眼之亀**　眼の六つある亀。83句の注に同じ。

85 **体上戴星**　体の上に星をいただく。巨大な体を言う。

86 **背間生樹**　背に樹木が生じている。巨大で、年令も非常に老いていることを言う。小野注に「背に樹木の生えた説話はインドに大樹仙人の物語がある」として、『大唐西域記』巻五、羯若鞠闍国の条を引いている。

87 **腹中容舃**　腹の中に干潟《ひがた》を呑みこむ。「舃」は「潟」と同じで、遠浅の海岸で潮が引けばあらわれる土地。ひがた。それを腹の中に入れてしまうほど巨大で奇怪な人を言う。

90 **脩羅**　修羅。阿修羅の略称。「阿修羅」は、サンスクリット語 asura の音訳で、闘争を好む鬼人の一種。また六道（衆生がみずからの業《ごう》によって生死をくりかえす世界）の一つで、阿修羅が常に闘争している世界。

90 **楚切**　もの悲しいさま。沈約・与約法書「覧物存旧、弥当楚切痛矣」（物を覧《み》て旧を存すれば、いよいよ当に楚切にして痛むべし）。

91 **神祇**　神。本来は、中国独自の天の神と地の神とを言うが、ここでは、仏教の六道の一つの天の神を指すとも考えられる。

91 **諂曲**　人にへつらっていつわる。慧皎『高僧伝』訳経下・求那跋摩「濁世多諂曲、虚偽無誠信」（濁世　諂曲多く、虚偽にして誠信無し）。

92 **飢虚**　飢えて腹のなかに何もないこと。顔之推『顔氏家訓』勉学「抱犬而臥、犬亦飢虚」（犬を抱きて臥せば、犬もまた飢虚す）。

93 **遁**　のがれる。「遯」は「遁」の異体字。小野注はこれを「遂」と判読しているが、従い難い。『合田索引』は「遯」のままとしている。なお小野注はこの部分を「ならびに皆、遂《ことごと》く尊像尊経に敬礼をなす」と訓読する。しかしここは、六道に輪廻をくりかえすあらゆる存在が六道の苦しみを遁れることを言うと解釈できるので、本書のように読むこととした。

96 **委花**　落ちた花。「委」は、落ちる。後代の用例だが、次のようなものがある。陳師道・和呉子副智海斎集詩「僧奩手汗空留迹、仏几堆紅払委花」（僧奩《そうれん》の手汗　空しく迹を留め、仏几の堆紅　委花を払う）。

99 **人中**　人の中。人間界。

99 **閑賞**　しずかにたのしむ。

100 **長城之役**　万里の長城を築く労役。民衆にとって苦役の代表・象徴として意識された。

101 **脩多**　「修多羅」の略で、「修多羅」は、サンスクリット語 sūtra の音訳。「脩」は「修」に同じ。経典の意。だがそれでは意味が通じない。小野注は「人中の対語であって、疑うらくは衆多または聚多の誤りではあるまいか」とする。従うべきかと考えられる。ここでは「衆多」の誤と判断し、「多くの者たち」と訳した。

102 **醸海**　海の水をかもして酒をつくる。不可能なことの象徴。

103 **醍醐**　最も精製された乳酪。最高の美味。真実の教えなどを象徴する。

104 **畜生**　「玄生」では意味が通じない。小野注に「疑うらくは畜生の誤りであろう」と言うのに従う。

105 **中時**　日中。昼の午《うま》の時。僧尼に食を供し、また布施を行った。なおこの上に三字分の空闕があるが、脱字ではない。この「無常一理」の唱礼文を唱えた後、僧尼に昼食を供することを述べたもの。

(4)　五陰虚仮

《原文》

1 夫五陰虚仮、
2 四大浮危。
3 事等驚飆、
4 有同聚沫。
5 兼復八苦煎慮、
6 九横催年。
7 所以纏忽*〔悩〕暫生、
8 俄須*〔頃〕還滅、
9 妄想言実、
10 畢竟倶空。
11 智者深知過患、
12 凡夫多生保着。
13 雖復有為流動、

《訓読》

夫れ五陰《ごおん》は虚仮《こけ》にして、
四大は浮危なり。
事は驚飆《きょうひょう》に等しく、
有《う》は聚沫《しゅうまつ》に同じ。
兼《か》ねて復《ま》た八苦は慮を煎《い》り、
九横は年を催す。
所以《ゆえ》に纏悩《てんのう》暫く生ずるも、
俄頃《がけい》にして還《ま》た滅し、
妄想　実なりと言うも、
畢竟すれば倶《み》な空《くう》なり。
智者は深く過患を知り、
凡夫は多く保着を生ず。
復《ま》た有為《うい》は流動して、

14 曾不暫安、　曾て暫くも安んぜずと雖も、
15 而無明或*〔惑〕倒、　而も無明《むみよう》の惑倒《わくとう》すれば、
16 唯貪長久。　唯だ長久を貪《むさぼ》るのみ。
17 若栖心正法、　若《も》し心を正法に栖《す》ましめて、
18 入光影之中、　光影の中に入り、
19 斂念至人、　念《おも》いを至人に斂《おさ》めて、
20 荷慈悲之益、　慈悲の益《えき》を荷《にな》わば、
21 必得命同滄海、　必ず命の滄海に同じくして、
22 躰*〔体〕類金山。　体の金山に類するを得ん。
23 不為風日所侵、　風日の侵《おか》す所と為らざれば、
24 豈是刧数能毀。　豈に是れ刧数の能く毀《こぼ》たんや。
25 今段施主、　今段《こんだん》の施主、
26 衆多檀越、　衆多の檀越《だんおつ》、
27 並皆生鍾嶮世、　並びて皆　生は嶮世《けんせい》に鍾《あ》たり、
28 運属危時。　運は危時に属す。
29 二鼠常煎、　二鼠　常に煎《せま》り、
30 四蛇恒逼。　四蛇　恒《つね》に逼《せま》る。

31 若非妙善、　若《も》し妙善に非ざれば、

32 何以自安。　何を以てか自《みずか》ら安んぜん。

33 除此勝縁、　此の勝縁を除きて、

34 孰＊〔孰〕知請護。　孰《たれ》か請護《しょうご》を知らん。

35 道場大衆、　道場の大衆は、

36 普為証明。　普《あまね》く証明を為さん。

37 願施主自身、　願わくは施主自身と、

38 幷諸眷属、　幷《あわ》せて諸《もろ》もろの眷属の、

39 百福扶衛、　百福に扶衛《ふえい》せられ、

40 万善加持。　万善に加持せられんことを。

41 臥覚安寧、　臥しては安寧を覚え、

42 興居快楽。　興《お》きては快楽に居らんことを。

43 雖復四時改変、　復た四時の改変すと雖も、

44 雅質常然、　雅質は常然とし、

45 三相遷流、　三相の遷流すとも、

46 正報無動。　正報の動く無からんことを。

47 夫小乗心居、　夫れ小乗の心居は、

48 所以止度一身。　止《た》だ一身を度する所以《ゆえん》なり。
49 大士意該、　大士の意該は、
50 所以広沾六道。　広く六道を沾《うるお》す所以なり。
51 故知菩提之善、　故に知る　菩提《ぼだい》の善の、
52 不可思議、　思議すべからざるは、
53 □（高）喩太虚、　高きこと太虚に喩え、
54 平如法界。　平らかなること法界の如しと。
55 竪通三際、　竪《たて》ざまにしては三際《さんざい》に通じ、
56 横亘十方、　横ざまにしては十方に亘《わた》り、
57 窮於不窮、　不窮を窮め、
58 尽於無尽。　無尽を尽くすと。
59 今為壇主、　今　壇主の為《ため》に、
60 発茲大願。　茲《こ》の大願を発す。
61 随衆生之闊狭、　衆生の闊狭《かっきょう》に従い、
62 任含識之少多、　含識《がんしき》の少多に任じ、
63 莫不運此善根、　此の善根を運《めぐ》らし、
64 普皆律被、　普《あまね》く皆、

65 上界天仙、
66 冥中祇響*〔郷〕、
67 山川房廟、
68 里社丘墟、
69 次及人間、
70 凡諸果報、
71 絓是四海之内、
72 三千之土、
73 居民貴賤、
74 愚智尊卑。
75 当願国界安静、
76 気序調和、
77 兵革不興、
78 干戈無用。
79 競修礼護、
80 争習仁慈、
81 天下大同、

上界の天仙と、
冥中の祇郷《ぎきょう》と、
山川の房廟《ぼうびょう》と、
里社の丘墟と、
次いで人間《じんかん》に及んでは、
凡《およ》そ諸《もろ》もろの果報と、
絓《つ》いで是の四海の内の、
三千の土《ど》の、
居民・貴賤と、
愚智・尊卑とを律《おさ》めて被《おお》わざる莫《な》からん。
当《まさ》に願わくは国界安静にして、
気序調和し、
兵革興らず、
干戈《かんか》用うる無からんことを。
競って礼護を修め、
争って仁慈に習い、
天下大同し、

82 兆民慶楽。　兆民慶楽せんことを。
83 下臨三途巨夜、　下は三途《さんず》の巨夜《きよや》と、
84 四趣幽関、　四趣《ししゅ》の幽関の、
85 銅柱剣林、　銅柱・剣林と、
86 刀峰鉄網。　刀峰・鉄網とに臨まん。
87 凡諸逼惚*〔悩〕、　凡そ諸もろの逼悩《ひつのう》は、
88 一時清浄。　一時に清浄とならん。
89 絓是悲酸、　絓《つ》いで是の悲酸も、
90 普皆済抜。　普く皆　済抜《さいばつ》せられん。
91 敬尊像経、　敬《つつ》しんで像・経を尊び、
92 大権大士、　大いに大士に権《はか》り、
93 懺悔勧請、　懺悔・勧請し、
94 随喜迴向。　随喜・迴向《えこう》せん。
95 行願善根、　行願《ぎょうがん》の善根は、
96 此時具足。　此の時に具足せん。

《通釈》

〈1句～10句〉

1 そもそも　人間を成りたたせている五つの要素は実体の無い仮りの現象であり、全世界を成りたたせている地・水・火・風の四つの元素も浮きただようはかない現象であります。事象というものは激しい疾風に等しく　たちまちに消えゆき、存在というものは一ヶ所に集まった水泡と同じで　一瞬のうちに消えてゆきます。

5 さらにはまた　生・老・病・死をはじめとする八つの苦しみが常に人間の思慮をじりじりと煎りこがし、九種類もの無残な死にかたが人間の寿命をせきたてすりへらすのです。

7 だから　身にまといつく煩悩がしばらくの間　生じたとしても、それはたちまちのうちにまた消えてゆき、みだりに起こる想念は事実であると言っても　とどのつまりは実体性の無い空《くう》なのです。

〈11句～16句〉

11 そこで　真の智恵を持つ者は　この世界を実在と考える過ちを深く知って　事物に固執しませんが、凡夫はそれを理解できずに　多くの場合　執着の心を生じてしまうのです。

13 さらに　因縁によって生じた全ての現象は流動しつづけ、ほんの一瞬も安らかにおちつくことは無いにもかかわらず、人々は無知にまどわされて、この世界が永遠につづくという幻想をむさぼりつづけるのです。

〈17句～24句〉

17 そんな人々も、もし心を仏の正しい教えのなかに住まわせ、仏とその教えの光のなかに入り、心を至高の知恵に満ちた人に集中させ、慈悲の利益を身につければ、必ずその生命は青い海と同じようにどこまでもつづき、その身体は黄金でできた山のように堅固なものになるでしょう。風や太陽におかされないのであってみれば、何劫《こう》という時間でさえ、どうしてその人の存在をこぼつことができましょうか。

〈25句～46句〉

25 さて　このたびの斎会の施主も、あまたの壇越たちも、すべてみな　険しい世のなかに生まれあわせ、その運命は危うい時代に遭遇しています。井戸のなかで人がぶらさがっている木の根を二匹の鼠が噛みつづけるという比喩のように　時間はつねに人間にせまり、四匹の毒蛇が人に襲いかかろうと待ちかまえているという喩えのとおり　四つの元素は分解して人を死に至らしめようとせまってきます。

31 もしもすぐれた善根を行わなければ、人は何によって自ら安らかな心を持てましょうか。布施というこのすぐれた因縁を捨ててしまったなら、いったい誰が仏の加護をもとめるすべを知り得るでしょうか。

35 この道場につどう大衆は、みなそろってあかしを立てて信仰を誓います。願わくは施主自身と、またその眷属たちが、多くの幸福に守り助けられ　無数の善によって加護されますことを。臥しては安らぎを覚え、眠りから起きてはここちよく過ごせますことを。また四季がうつろい行くとも、かわることのない質《からだ》は常のすがたをたもち、老・病・死の三相が流れうつるとも、まことの果報として得たこの人間の身がうつろい変わることの無からんことを。

〈47句～58句〉

47 そもそも　小乗の徒の心の構えは、ただただわが身一つを悟りに至らせるだけの手だてにすぎません。対して大乗の菩薩の広大な意志は、六道に輪廻をくりかえすあらゆる命にめぐみのうるおいを与える道なのであります。

51 そこで我らは知るのです、真実を悟るという善の、思いはかることもできない効用は、その高きことは大空にさえ比べられ、そのたいらかなことは真理の顕現の法界そのもののようであるのだ　と。それをたてにして用いれば　過去・現在・未来の三際に通じ、それを横にするならば、宇宙のすべての方向に広がり、窮められない宇宙を窮め、尽きることの無い世界をすべて知り尽くすことができるのだ　と。

〈59句～90句〉

59 今　我らは檀主のために次のような大願をおこします。

61 衆生の心の広さにしたがい、心識《しんしき》を持つ者の多さに応じ、この善根を人々にめぐり及ぼし、あまねくみな　上界に住む天仙と、冥域の神々と、山や川の神廟と、村里の土地神をまつる丘とに至るまで、次いで人の世間に及んでは、およそさまざまな因縁の果報たるすべての存在と、四海の内と三千世界の国土の、そこに住む民や身分の貴いものと賤しいものと、愚人と智者と、尊いものと卑しいものに至るまで、すべての者を（善根で）おおわないことのないように　と。

75 正に願わくは　国の境界が安らかで静かであり、気候が調和して、戦争が起こらず、武器を用いることが無いように　と。

79 人々が競うように礼譲《れいじょう》を学び習得し、争って仁や慈を習いおさめ、天下が一つに統一され、民衆がいわい楽しむことができるように　と。

83 下は、地獄・畜生・餓鬼の三途《さんず》の巨大な夜の世界、四つの輪廻の世界のくらい門口の、銅の柱・剣の林、刀の峰・鉄の網とに臨むまで（善根を）及ぼしましょう。さればもろもろのせまりくる煩悩は、一瞬のうちに清浄になるでしょう。この悲酸な情況も、あまねくすくわれることでしょう。

〈91句～96句〉

91 どうかつつしんで仏の像や仏の教を尊び、おおいに菩薩の道をはかり考え、罪を懺悔し神・仏を招き、他人の善行を喜び、自分の善根を他人に廻向しましょう。

95 そうなってはじめて、行動と誓願による善根は、いまや全くととのうのであります。

《語釈》

○五陰虚仮　本文冒頭「五陰虚仮」の四文字をとって仮題とした。「平常貴勝唱礼文」四首の第四番目である。なお、この題名は、小野注による。

1**五陰**　人間の肉体と精神を構成する五つの要素。「五蘊《ごうん》」の旧訳。サンスクリット語 pañca-skandha の訳。色《しき》（肉体・物質）・受（感受作用）・想（表象作用）・行《ぎょう》（意志作用）・識《しき》（認識作用）の五つの要素を言う。

1**虚仮**　すべての事象が空虚で実体性がないこと。ここでは、「五陰」（五蘊）が仮象であって、窮極的には実体がないことを言う。

2**四大**　四つの大きな実在。物質の四つの元素。地・水・火・風の四元素を言う。

3**驚飆**　はげしいはやて。「飆」は、疾風。

4**有**　存在。ものが存在するということ。万有。サンスクリット語 bhāva の訳。またサンスクリット語 bhava の訳語としての「有」であれば、生存を意味する。生きものが生きて輪廻してゆく状態。ここを小野注は「事は驚飆《きょうひょう》に等しく、聚沫《しゅうまつ》に同じきあ（有）り」と訓読する。しかしここは、前句と対句を構成しており、「有」は前句の「事」と対になっていると見るべきである。

4**聚沫**　あつまった水泡。

5**八苦**　人間の生存の八つの苦しみ。生・老・病・死を「四苦」と呼び、それに愛別離《あいべつり》・怨憎会《おんぞうえ》・求不行《ぐふぎょう》・五陰盛《ごおんせい》の四つを加えたものを「八苦」と言う。

6 **九横**　九種の横死。「横」は、横死で、天命をまっとうしない死にかた。

6 **催年**　寿命をせきたてる。

7 **纏悩**　まとわりつく煩悩。「纏」は、煩悩の異名。無慚《むざん》・無愧《むき》・嫉《しつ》などの八種の煩悩を「八纏」と呼ぶ。本文「忽」は、小野注に従い、「惚」の誤または略体と判断する。「惚」は、「悩」の異体字。

8 **俄頃**　にわかに。本文「須」とあるのは、「頃」の誤と判断する。これも小野注の説に従った。

12 **保着**　たもちこだわる。執着する。

13 **有為**　因縁によって生じたすべての現象。

15 **無明**　世界や人生の真実のありかたに明らかでないこと。無常・無我の実相に無知であること。サンスクリット語 avidyā の略語。敦煌文献（スタイン六四一七）・臨壙文「破無明之固殻、巻生死之昏雲」（無明の固き殻を破り、生死の昏《くら》き雲を巻かん）（『敦煌願文集』七九一頁）。

15 **惑倒**　まどわしたおす。原文「或」は、「惑」と同じ。誤字というよりは、一種の異体字あるいは略字のように用いられたか。この部分を小野注は「雖《たと》え復《また》、有為《うい》流動するといえども、かつて暫《しば》らくも安んぜずして、明らかなることなく、或いは倒《たお》るるも、ただ長久を貪《むさぼ》るのみ」と訓読する。つまり「或」を「或《あるい》は」と読んでいるが、従わない。「無明」「或（惑）倒」は熟語と考えられる。「或」を「惑」として用いているものには、以下の例がある。敦煌文献（ペリオ二二二六）・願文「感応遐通、導昏城（域）之或（惑）侶」（感応《かんのう》遐《はる》かに通じ、昏域《こんいき》の惑侶《わくりょ》を導かん）（『敦煌願文集』三一七頁）。

19 **至人**　知恵・道徳において至高の人。本来は老荘思想の用語であるが、それを仏・菩薩の意味に用いている。『荘子』逍遥遊「至人無己、神人無功」（至人は己《おのれ》無く、神人は功無し）。

22**金山**　黄金の山。不変で安定したものの象徴。
24**劫数**　曠遠な時間。「劫」は、サンスクリット語 kalpa の音訳。古代インドの最長の時間の単位。たとえば「四劫」とは、宇宙が生成し、継続し、崩壊し、空無に帰するまでの時間を言う。
25**今段**　今回。このたび、「段」は、くぎり。
26**檀越**　布施をする主人。「施主」と同じ。サンスクリット語 dānapati の音訳。
27**鍾**　あたる。「当」と同じ。
27**嶮世**　険しい世のなか。「嶮」は、険と同じ。陸機・君子行「天道夷且簡、人道嶮而難」（天道は夷《たいら》かにして且つ簡なるも、人道は嶮《けわ》しくして難《かた》し）。
29**二鼠**　黒白二匹のねずみ。夜と昼を喩える。仏陀が勝光王に語った比喩の物語に見える。大昔に、ある人が悪象に追われ、木の根をたよりに井戸のなかにかくれたところ、黒白二匹のねずみが交代で樹の根をかじり、井戸のまわりには四匹の毒蛇がその人を咬もうとしてとりかこんでいた、というもの。「二鼠」は、存在が一瞬毎に生滅していること、昼夜の時間が人の命を刻々と奪うことを暗示する。30句の「四蛇」は、この物語の四匹の毒蛇で、四大（人間を成りたたせる四つの要素）を喩えたもの。義浄訳『仏説譬喩経』、及びその他の経に見られる。『仏説譬喩経』「有黒白二鼠、互嚙樹根、井四辺有四毒蛇」（黒白の二鼠有りて、互いに樹根を嚙み、井の四辺には四毒蛇有り）。
30**四蛇**　四匹のへび。人間を成りたたせている四つの要素を喩える。注29参照。
33**勝縁**　すぐれた因縁。布施の功徳によって生じる良い因縁。
34**孰知**　だれが知り得ようか。本文「熟」は、「孰」の誤、または異体字。
34**請護**　仏の加護をもとめる。

39百福扶衛　多くの福に助け守られる。「扶衛」は、助け守る意。敦煌文献（ペリオ二三八五）・発願文範本・孩子「万神扶衛、千聖冥資」（万神扶衛し、千聖冥資す）（『敦煌願文集』一九〇頁）。なお、これと全く同じ表現がスタイン四九九二にも見られ、類似の表現はスタイン三四三等にも見られる。

40加持　仏の加護。サンスクリット語 adhiṣṭhāna の訳。

44雅質　つねにかわらない本質。「雅」は、つね。

47小乗心居　小乗仏教徒の心のありかた。「心居」は、「心府」などと同じく心のある所。心構え。

49大士意該　大乗を実践する菩薩の意志のひろいこと。「該」は、ひろい。小野注はこれを「談」と判読し、注では「意談。意とし談議するところ」としている。しかしこの文字は「該」と判読でき、「談」字とは考えにくい。

53高喩太虚　その高いことは、おおいなる虚空にたとえられるほどだ。「喩」の上、原文に空闕はないが、54句の「平如法界」と対句を構成していること明白なので、「高」を補って解する。

54法界　意識の対象となるもの、考えられるもの。また、存在するもの。第Ⅰ部2(3)「平常貴勝唱礼文・無常一理」注67を参照。

55三際　過去・現在・未来の三つの時間。

62含識　識《しき》を持つもの。衆生。「識」は、心識で、対象を把握する作用。「含霊」・「含情」などと言うこともある。「含霊」の用例には次の例がある。敦煌文献（ペリオ二五八八）・仏堂「然後一乗十力之有（祐）、普施福於含霊」（然る後　一乗十力の祐もて、普く福を含霊に施こさん）。

64律被　おさめおおう。世界を秩序だてて、福徳を及ぼす。

66冥中祇郷　冥界の神々の里。「祇」は、大地の神。「響」は、「郷」の誤、郷の義として解する。

68**里社丘墟**　村里の土地神をまつった丘。「丘墟」は、岡を言う。

75**国界**　国境。国と国との境界。この時期の北周王朝は、南朝の陳と境界を接していただけでなく、東辺は北斉と境界を接し、北には強大化していた遊牧民の突厥《とっけつ》の圧力を受けていた。

76**気序**　気の秩序。気候・四季のめぐりの正しい秩序。

78**干戈**　たてとほこ。戦さの道具。転じて、戦争。

81**大同**　大いなる公平の世。正しい道が実現されて、人々が平和で公平に暮らす状態。『礼記』礼運「故外戸而不閉、是謂大同」（故に外戸にして閉ざさず、是を大同と謂う）。

83**三途**　三つの苦しみの世界。「三塗」と同じ。「六道」の中でもことに苦しみのはなはだしい下位の三つ。火塗（地獄道）・血塗（畜生道）・刀塗（餓鬼道）を言う。

83**巨夜**　大いなる夜の世界。冥界を言う。

84**四趣**　四つの苦しみの道。「三塗」に修羅道を加えたもの。注83「三途」参照。

84**幽関**　幽冥の世界への関所。地獄の門を言う。

87**逼恼**　せまり来る煩悩。「惚」は、「悩」の異体字。

94**随喜**　教えを聞いて大きな喜びを感じること。また他人の善行を見て喜ぶこと。サンスクリット語 anumadanā の訳。敦煌文献（ペリオ二一八九）・東都発願文「願此二随喜歓助者、各各令爰（円）今日無遮大会功徳」（願わくは此の二りの随喜し歓《よろこ》び助くる者をして、各各　今日の無遮大会《むしやだいえ》の功徳を円《まどか》ならしめんことを）（『敦煌願文集』二八六頁）。

94**迴向**　自己の善行の結果である功徳を他人に向け、その人に幸いが来るようにすること。「迴向」と同じ。サンスクリット語pariṇāmaの訳。敦煌文献（ペリオ三一八三）・天台智者大師発願文「迴向無上菩提、真如法界」（無上の菩提《ぼだい》を、真如法界《しんにょほっかい》に迴向せん）。

95 **行願**　行と願。身の行いと心の誓願。衆生を救い自ら悟ろうとする誓願と、それを実現するための修行・実践を言う。

3（一一三）　無常臨殯序

《原文》

1 夫無常之法、
2 念念遷流、
3 有為之道、
4 心心起滅。
5 雖復単越定寿千年、
6 非相*〔想〕大期八万、
7 而同居火宅之内、
8 倶斃死生所逼。
9 況復閻浮世界、
10 命脆□（藤）懸、
11 娑婆国土、
12 身危驚電。

《訓読》

夫れ　無常の法は、
念念に遷流《せんる》し、
有為《うい》の道は、
心心に起滅す。
復た単越《だんおつ》の定寿は千年にして、
非想の大期は八万なりと雖も、
而も同《とも》に火宅の内に居り、
倶《とも》に死生の逼《せま》る所に斃《たお》る。
況んや復た　閻浮世界の、
命は藤懸《とうけん》よりも脆く、
娑婆国土《しゃばこくど》の、
身は驚電よりも危きをや。

13 所以逝川覚其迅疾、
14 過隙歎其奔馳。
15 鏡像喩其非真、
16 乾城方其無実。
17 今者檀越、
18 過去亡人、
19 遘疾不癒、
20 奄然万古。
21 光顔若在、
22 便懐丘墓之悲。
23 盛徳未衰、
24 仍為泉壌之隔。
25 奈何罷去、
26 更一面而無期。
27 嗚呼哀哉、
28 豈再逢之可望。
29 賵贈已覿、

所以《ゆえ》に逝川に其の迅疾を覚り、
過隙《かげき》に其の奔馳を歎く。
鏡像は其の真に非るを喩え、
乾城《けんじょう》は其の実無きに方《くら》ぶ。
今者《いま》　檀越の、
過去の亡人、
疾いに遘《あ》いて癒えず、
奄然として万古《ばんこ》す。
光顔は在《いま》すが若く、
便ち丘墓の悲しみを懐《いだ》く。
盛徳は未だ衰えざるに、
仍《すなわ》ち泉壌《せんじょう》の隔《へだ》てと為る。
奈何《いかん》ぞ　罷《かえ》り去けば、
更に一面せんとするも期無し。
嗚呼　哀しいかな、
豈に再逢の望むべけんや。
賵贈《ぼうぞう》　已に覿《おく》り、

30 卜啥便畢。　卜啥《ぼくがん》　便ち畢《おわ》る。
31 蓋棺定謚、　棺を蓋い　謚《おくりな》を定むるは、
32 正是今時。　正に是れ　今の時なり。
33 非但子弟崩号、　但だに子弟の崩号《ほうごう》し、
34 親知悲恋、　親知の悲恋するのみに非ず、
35 亦可郷党嗟悼、　亦た郷党も嗟悼《さとう》し、
36 賓遊痛惜。　賓遊も痛惜するなるべし。
37 □但有生皆死、　□但だし生有れば皆死すること、
38 自古同然、　古より同然たり。
39 夫有盛必衰、　夫《か》の盛有るものの必ず衰うること、
40 何人得勉*〔免〕。　何人か免《まぬ》かるるを得んや。
41 交旦天地安静、　交旦　天地は安静にして、
42 気序調和。　気序は調和す。
43 須枕告徂、　枕べに須《とどま》りて徂《ゆ》くを告げ、
44 高臥啓尽。　臥を高くして尽くるを啓す。
45 棺槨以礼、　棺槨は礼を以てし、
46 親隣畢集。　親隣　畢《ことごと》く集う。

47 善始令終、
48 差無遺恨。
49 必願奔識解剣、
50 示以天人之衢、
51 閻羅報筆、
52 題以功徳之薄*〔簿〕。
53 必当昇浄神境、
54 沐俗*〔浴〕八解之池、
55 遊歩宝階、
56 逍遥千花之殿。
57 然後道心具足、
58 無生之忍現前、
59 恵命延長、
60 一相之理明白。
61 又当覆陰大小、
62 令万寿無量、
63 福利子孫、

始めを善くし終りを令《よ》くし、
差《すこ》しく遺恨無からしむ。
必ず願わくは　奔識の解剣の、
示すに天人の衢《く》を以てせんことを、
閻羅《えんら》の報筆の、
題《しる》すに功徳の簿を以てせんことを。
必ず当に神境に昇浄して、
八解の池に沐浴し、
宝階に遊歩して、
千花の殿に逍遥すべし。
然る後に道心具足し、
無生《むしょう》の忍　現前せん、
恵命《けいめい》延長し、
一相の理　明白とならん。
又当に大小を覆陰《ふくいん》し、
万寿無量ならしめ、
子孫を福利し、

64 千秋永予。　千秋永予せしむべし。
65 唯願藉仏神力、　唯願わくは仏の神力に藉《よ》り、
66 因僧勝善、　僧の勝善に因り、
67 願亡者曰、　亡者に願《いの》りて曰わん、
68 襄＊〔曩〕生障業、　曩生《じょうせい》の障業は、
69 一念消除。　一念にして消除す。
70 積世瑕殃、　積世の瑕殃《かおう》は、
71 倶時清浄。　時と倶《とも》にして清浄たり。
72 出恩愛之縁縛、　恩愛の縁縛《えんばく》を出で、
73 断煩惚＊〔悩〕之得縄。　煩悩の得縄を断て。
74 懐無始之有転、　無始の有転《うてん》を懐《つつ》みて、
75 到涅槃之彼岸。　涅槃の彼岸に到れ　と。

《通釈》

〈1句～16句〉

1 そもそも　すべての物事が変化してゆくという無常のさだめは、一瞬一瞬にうつろい流れ、因縁によって生じた現象世界が転変しつづけるという有為《うい》の道は、一瞬一瞬に生起しては滅んでゆきます。

5 檀越《だんおつ》の寿命が千年であり、非想天の生涯が八万年であるとしても、それでも彼らがともに燃えさかる家の内に住んでおり、生死の命数に強いられて倒れるという点では同じであります。

9 ましてや　生身《なまみ》の人間の住むこの閻浮世界では、人の命は藤のつるにぶら下がるよりももろく、この娑婆国土では、人の身は一瞬に消えいるいなずまよりも危ういのです。

13 だから　いにしえの聖賢は　逝《ゆ》く川のながれに時のすみやかさをさとり、壁のすきまを走りさる馬に時のはやさを嘆いたのです。また仏典においては　鏡の像のたとえは　それが真実でない　はかない存在であることをたとえており、乾闥婆の城は　あらゆるものには実体が無いことをたとえ教えているのです。

〈17句～28句〉

17 いま　檀越の縁者で、すでに亡くなった彼《か》の人は、病いに出会って癒えることなく、にわかに永遠の別れをしたのでした。

21 かがやくような顔だちは生きてあるがごとくであり、そのため墓場に埋めねばならぬ悲しみをより強く懐くのです。盛んな徳はまだおとろえていないのに、この世と黄泉とのへだたりをしてしまったのです。

25 何としたことか　彼の人は彼岸へと帰って行ったので、もう一度会いたいと望んでも会える時は二度とありません。ああ　悲しいことです、どうして再び逢うことを望むことができましょうか。

〈29句～40句〉

29 遺族への贈りものは　すでに贈られ、埋葬のうらないも　死者に玉をふくませる儀式も終りました。柩をおおい諡《おくりな》を定めるのは、まさに今この時です。

33 今この時　ただに亡き人の子弟が泣きくずれ、親戚や知人が悲しみしたうばかりではなく、また同郷の人々も嘆きいたみ、賓客や友人たちもはげしく惜しんでいます。

37 だが生をうけたものが皆死ぬということは、いにしえから誰にとっても同然なのです。あの盛んなものが必ず衰えるというさだめを、誰がまぬがれることができましょうか。

〈41句～48句〉

41 夜が明けると　天地はおだやかに静まり、気はなごやかにととのいました。

43 われらは亡き人の枕べに立って（かりもがりが終り）いよいよ黄泉に旅だつ時の来たことを告げ、亡き人をやすらかに眠らしめて命数の尽きたことを申し伝えます。棺と槨とは礼のさだめにしたがい、親類と隣人とはすべてここにつどっています。その人の始めがりっぱであったように終りをもみごとなものにし、いささかでも（亡き人のためにしてやれなかったという）恨みがのこらないようにするのです。

〈49句～64句〉

49 ぜひともこう願いたいと思います　いそがしい認識のはたらきを断ち切る解脱《げだつ》の剣が、死者に天人の道を示しますことを。また冥界の閻魔王の果報の筆が、死者の功徳を記録して下さることを。

53 必ずや亡き人は　天神の境に昇り浄らかとなり、八つの解脱の池にゆあみをし、浄土の宝玉の　階《きざはし》に自由に歩み、無数の花にかざられた殿堂に逍遥することでしょう。

57 その後に　仏の道をきわめようとする志は完全なものとなり、無生法忍《むしょうほうにん》の境地が目の前に立ちあらわれるでしょう。浄土での寿命は延び、世界は絶対無差別の唯一者だという道理が明らかとなるでしょう。

61 また　一族の大いなるものも小さきものも全てをおおいつくして、その寿命を量りしれぬほど長いものにし、子孫に幸福と利益をあたえ、永くたのしみむつみあえるようにしてくれることでしょう。

〈65句～75句〉

65 ただ願わくは　仏の神通力を借り、僧衆のすぐれた善の力にたより、亡き人に向かってこう祈願したいと思います、「（あなたの）さわりとなるさきの生の業《ごう》は、一瞬のうちに消えのぞかれました。幾世にもわたって積みかさなってきた誤ちと災いは、時を同じくして清らかになりました。さればこそ人の世の恩愛のえにしのいましめを出て、煩悩の貪りのなわめを断ち切りたまえ。この人の世の永遠の有為転変のすがたを心につつみ、彼岸の悟りの世界へ到り着きたまえ」と。

《語釈》

○無常　一切の物事が常住《じょうじゅう》（一定不変）の実体を持たず生滅・変化しつづけること。転じて、人の死をさす。人の死を婉曲にいう語。法顕『仏国記』「共諸同志遊歴諸国、而或有還者、或有無常者」（諸同志と共に諸国を遊歴し、或いは還る者有り、或いは無常となる者有り）。

○臨殯　かりもがりに臨む。「殯」は、かりもがり。人が死んで埋葬するまでの一定期間、死体をひつぎに納めて安置しておくこと。『三国志』呉書・董襲伝「襲死、孫権改服臨殯、供給甚厚」（襲の死するや、孫権　服を改めて殯に臨み、供給すること甚だ厚し）。

1**法**　さだめ。

2**念念**　一瞬ごとに。「念」は、きわめて短い時間。瞬間。

3**有為**　うつろいやすくはかない人の世のありかた。因縁によって生じ、無常で転変し続けてゆく現象世界。『金剛経』応化非真分「一切有為法、如夢幻泡影、如露亦如電」（一切有為の法は、夢幻・泡影の如く、露の如く亦た電《いなづま》の如し)。

4心心　一瞬ごとに。「念念」に同じ。もとは、連綿とつづいて断えることのない心のはたらきを言う。『仁王経』奉持品「断諸功用、心心寂滅、無身心相、猶如虚空」(諸《もろもろ》の功用を断ち、心心に寂滅し、身心の相《そう》無きこと、猶お虚空のごとし)。

5単越　施主。布施や仏事を行う中心となる人。サンスクリット語 dānapati の音訳。17句の「檀越」と同じ。

6非想　非想天。原文「相」は、「想」の誤。三界のなかの無色界の第四天。諸天のなかで最もすぐれた世界。またそこに住む人。ここではその意。正しくは「非想非非想処天」(意識も無意識もない境地)と言う。「有頂天《うちょうてん》」とも言う。

6大期　死期。『南斉書』武帝紀「始終大期、聖賢不免。吾行年六十、亦復何恨」(始終《しじゅう》の大期は、聖賢も免れず。吾　行年六十、亦た復た何をか恨みん)。

6八万　無量。無数。きわめて大きな数の形容。「八万四千」とも。

7火宅　燃える家。煩悩と苦しみにみちた三界にたとえる。『法華経』に説かれる七種の比喩の一つで、比喩品に説かれるもの。『法華経』比喩品「三界無安、猶如火宅」(三界は安きこと無し、猶お火宅の如し)。

9閻浮　人間界。われわれの住むこの世界。「閻浮提」の略称。閻浮提は、サンスクリット語 Jambudvīpa の音訳。

10藤懸　藤のつるにぶらさがる。人の命の危くはかないこと。『仏説譬喩経』等に見える二鼠の比喩。第I部2(4)「平常貴勝唱礼文・五陰虚仮」注29参照。原文「懸」上に一字脱落があると考えられる。小野注に従って「藤」字を補う。

11娑婆　人間が苦悩を耐える場所。われわれの住むこの世界。サンスクリット語 Sahā の音訳。Sahā は「忍耐」を意味し、汚辱と苦悩を忍耐しなくてはならない世界の意。注9「閻浮」と同じく、人間の生きるこの世界を示す。

12**驚電**　はげしい稲妻。一瞬のうちに消えるものに喩える。

13**逝川**　流れゆく川の水。『論語』子罕篇の孔子の言葉に基づき、すべての事物が時とともにうつろい再びもとにもどらないことを言う。『論語』子罕「子在川上曰、逝者如斯夫、不舎昼夜」（子　川上《せんじょう》に在りて曰く、「逝く者は斯くの如き夫《かな》、昼夜を舎《お》かず」と）。

14**過隙**　すきまを走り過ぎる。白馬が壁のすきまをあっというまに通り過ぎること。『荘子』知北遊篇に見える喩えで、一瞬のうちに歳月が過ぎ去ること。『荘子』知北遊「人生天地之間、若白駒之過隙、忽然而已」（人の天地の間に生まるるや、白駒《はくく》の隙を過《よぎ》るが若し、忽然たるのみ）。

15**鏡像**　鏡にうつった映像。実体のないことにたとえる。

16**乾城**　乾闥婆《けんだつば》の都城。ガンダルヴァの都。「乾闥婆」は、サンスクリット語Gandharvaの音訳。天上の楽神ガンダルヴァで、仏教では天竜八部衆の一人にかぞえられる。空中に住む半神で、その住居「ガンダルヴァの都」とは蜃気楼をさし、実在しない虚妄のものにたとえる。

20**奄然**　たちまち。にわかに。

20**万古**　亡くなる。死ぬことを婉曲にいう語。『雑集』釈霊実集・七月十五日願文「荘厳万古沈淪」（万古に沈淪するものを荘厳す）。

21**光顔**　ひかりかがやく顔立ち。

22**丘墓**　はか。「丘」は大きいはか。

24**泉壌之隔**　この世と黄泉の国とのへだたり。「泉壌」は、黄泉。よみ。死者のおもむく世界。潘岳・寡婦賦「上瞻兮遺象、下臨兮泉壤」（上は遺象を瞻《み》、下は泉壌に臨む）。「隔」は、へだてる。またへだたり。この箇所につき、小野注は「懾《しょう》」に文字を改め、「原文隔に作るも、前文丘墓の悲に対して懾とした。黄泉（よみ）へのおそれである。あるいは隔の誤字か」とするが、「隔」は「隔」の異体字。応劭『風俗通義』過誉「其妻孥、隔宅而居之」（その妻孥、宅を隔《へだ》ててこれに居る）。

26 **一面**　一たびの面会。「更一面」で、もう一度顔をあわせる意。小野注は、「一面。一方向というに同じ。一つの「むき」（方角）をいう」と注しているが、従い難い。

29 **賵贈**　とむらいを助けるために車馬などを贈ること。またその贈りもの。

29 **覵**　『合田索引』は、「ソウ」と読んでいる。字義未詳。仮に小野注に従い、「おくる」意と解する。

30 **卜唅**　埋葬の吉凶をうらない、死者の口中に玉を含ませる。埋葬に際しての儀礼。「唅」は、死者の口に玉を含ませること。またその玉そのものをもいう。含玉。荀子・礼論「飯以生稲、唅以槁骨」（飯するには生稲《せいとう》を以てし、唅するには槁骨《こうこつ》を以てす）。

32 **正是今時**　（棺をおおい謚を定めるのは）まさに今この時である。小野注はこの部分の句読を「正是今時非」で切り、「正にこれ今、時は非なり」と訓読している。しかし「非」は次の33句にかかっていると考え、本文のように切り、訓読した。

33 **崩号**　泣きくずれる。

35 **郷党**　同じむらざとの人々。

35 **嗟悼**　なげきいたむ。

36 **賓遊**　賓客や友人。「遊」は、友と同じ。

37**□但**　原文一字分空欠。「非」字が入るかと考えられる。そうであれば、この四句の訓読は「但だに生有れば皆死すること、古より同然たるのみに非ず、夫の盛有るものの必ず衰うること、何人か免かるるを得んや」となる。しかし今は文字を補わず、欠字のまま解釈した。

40**免**　原文「勉」。小野注に従って「免」字の誤りとして解する。

41**交旦**　夜明け。「交」は、かわりめ。次の時期や時刻がやって来ること。後代の例であるが、杜甫・発秦州詩「漢源十月交、天気涼如秋」（漢源　十月の交、天気　涼しきこと秋の如し）。なお小野注はこれを前句の「勉」字につづけて、「原文勉交に作るも、恐らく免矣の誤り」としている。その可能性もあると考えられるが、原文「交」は鮮明であり、「矣」字とはへだたりがある。またこれを「矣」として前句につづけると、41句は「旦」からはじまることとなり不自然なので、本文のように判読した。

43**須枕告徂**　亡き人の枕べに立って、亡き人に告別をする。「徂」は、亡き人が冥境へと旅だつこと。

44**啓尽**　亡き人の命数の尽きたことを亡き人に申し上げる。

49**奔識**　いそがしくはたらく認識の作用。小野注には、「典拠未詳。閻羅と対し、冥界における天上界における亡者の引導者と思われる」とある。しかしそれでは次の「解剣」とのつながりが分からない。『雑集』所収の「宝人銘」の以下の例を見ると、本書のように解すべきであろう。『雑集』宝人銘「識馬傷奔、心猨難制」（識馬は奔《はし》るに傷つき、心猨《しんえん》は制し難し）。

49**解剣**　解脱《げだつ》の剣。解脱は、煩悩や束縛から解きはなたれ、悟りの境地に入ること。煩悩を断ち切ることから「解剣」と言ったと考えられる。一般に「解剣」とは、剣を帯からとって墓前にささげること。死者に生前とかわらぬ誠意を尽くすこと。春秋時代、呉の公子季札が、徐国の君主の墓に自己の宝剣をたむけた故事。しかし、ここではその義に取ることはできない。

50**天人之衢**　天人の道。「天人」は、天に住む神々。「衢」は、道路。

51**閻羅**　閻魔羅《えんまら》、すわなち閻魔王の略称。「閻魔羅」は、サンスクリット語 Yamarāja の音訳。地獄の主神閻魔 Yama のことで、冥界の王と考えられ、死者の生前の行為を調べて裁く裁判官ともされた。

54**八解**　八種類の解脱。

58**無生之忍**　無生忍。一切のものが空であり、従って固有の性質を持たず、それゆえに生滅変化を超えているという道理を体得すること。無生忍は、正しくは「無生法忍」で、サンスクリット語 anutpattika-dharma-kṣānti の訳語。「忍」は、事実・道理を、それ自体として受け入れること。

59**恵命**　浄命ともいう。浄土での命。浄土にあって生きる寿命。

60**一相**　差別も対立もない唯一平等のありさま。絶対の境地。真如の相をいう。

64**永予**　ながく楽しむ。「予」は、よろこび楽しむ意。

67**願亡者曰**　亡き人に向かって祈願して言う。「亡者」への語りかけの祈念の言葉である。

68**曩生**　さきにうけた生。原文「褱」は、「曩」の誤または略と考えられる。「曩」は、以前、さきに。小野注は「褱」を「稟」に改め、注で次のように言う。「褱には「なる」「かえる」「めぐる」「葬る」の意があるが、ここでは字義が通じない。字形は稟・襄あるいは哀に近く、しばらく積世の対句として、稟生に擬ず《ママ》」。しかし70句の「積世」に対する語としても、「曩生」の方が妥当である。

70**瑕殃**　とがやわざわい。

72**縁縛**　えにしの束縛。ここでは、恩愛というえにしにより束縛されてしまうこと。

73**得縄**　未詳。小野注は、「得縄。しばりつけられる。得は「せらるる」の義」と述べるが、疑問がのこる。「得」は、あるいは、むさぼる意か。「得縄」は、仮に、むさぼりの縄、と解しておく。『論語』季氏「及其老也、血気既衰、戒之在得」（其の老いるに及ぶや、血気　既に衰え、これを戒しむること　得《むさぼり》に在り）。

74**有転**　有為転変の略。さまざまな因縁によって生じ、消滅してゆく一切の現象。生滅変化する現象界。

4（一一四）宿集序

《原文》

1 夫玄原遼敻、
2 妙理虚凝。
3 超四勾*〔句〕而独高、
4 離百非而自遠。
5 但通神感聖、
6 必寄心雲。
7 除或*〔惑〕見理、
8 要資智業。
9 然拱樹藉於豪葉、
10 巨壑起於濫鬺*〔觴〕。
11 莫不従微至着*〔著〕、
12 自近之遠。

《訓読》

夫れ玄原は遼敻《りようけい》にして、
妙理は虚凝《きよぎよう》たり。
四句《しく》を超えて独り高く、
百非《ひやくひ》を離れて自ら遠し。
但だ神に通じ聖に感ずるは、
必ず心雲に寄る。
惑《まどい》を除き理を見んには、
要《かなら》ず智業に資《ま》つ。
然して　拱樹《きようじゆ》は豪葉に藉《よ》り、
巨壑は濫觴《らんしよう》に起こる。
微より著《ちよ》に至り、
近きより遠きに之《ゆ》かざる莫し。

13 今段施主、
今段の施主、

14 建此勝斎。
此の勝斎《しょうさい》を建て、

15 方寄明晨、
方《まさ》に明晨に寄りて、

16 広陳法事。
広く法事を陳《つら》ねんとす。

17 今宵既道場初設、
今宵　既に道場初めて設けられ、

18 座席新開。
座席　新たに開く。

19 四衆囲遶、
四衆は囲遶《いにょう》し、

20 三尊羅列。
三尊は羅列《られつ》す。

21 梵音初唱、
梵音　初めて唱えらるるや、

22 含漁舳之声。
漁舳《ぎょしゅう》の声を含む。

23 法皷*〔鼓〕初鳴、
法鼓初めて鳴るや、

24 浮泗浜之響。
泗浜《しひん》の響きを浮かぶ。

25 大衆斂容整服、
大衆は容を斂《おさ》めて服を整え、

26 端心摂意礼云々。
心を端《ただ》し意を摂《ただ》して礼す、云々。

《通釈》

〈1句～12句〉

1 そもそも、仏法の根元ははてしなく遠く、たえなる仏の道理は、かりそめのすがたを結ぶだけです。仏の道理は四種の議論の方式を超越してただひとり高くそびえ、数限りない否定の論理から離れて自ら遠くにそびえています。

5 だが神霊に通じ聖なる教えに感応するには、人は必ずわきおこる雲のような心の働きにたよらねばなりません。惑乱をとりのぞき仏の道理を見るには、必ず智恵のわざにたよらねばなりません。

9 人の腕でかかえて幹のふとさをはかるような大樹も　もとは毛先ほどのかすかな葉から生まれ、巨大な谷もそのはじめはさかずきを浮かべるだけの小さな流れなのでした。かすかなものからいちじるしいものへと成長し、近くから遠くへと行かないものは　この世に存在しないのです。

〈13句～16句〉

13 今回の施主は、このりっぱな斎会《さいえ》を建て、いままさに明朝に至るまで、さかんな法事を広く行おうとしています。こよい　道場はすでに設けられ、座席も開かれたばかりです。

19 僧尼や在俗の男女はこの座をとりかこみ、三尊の姿は眼前にならんでいます。梵唄の曲がはじめて歌われると、それは曹植が梵音を聞いたという漁山《ぎよざん》の楽の音色を含んでいます。仏法の太鼓が鳴りわたると、それは泗水《しすい》の岸辺の磬《けい》のひびきを浮かべています。

25 人々はいずまいを正して服装をととのえ、心をきちんとおさめ意識をこらして、仏に礼をします、云々。

《語釈》

○宿集　夜通しの法事の集い。「宿」は、一泊すること。小野注は「宿忌（逮夜）の法事のつどい。死者の生前をしのんで、とのいして行う法事。要するに「お通夜」である」とする。しかし内容から判断して、「お通夜」とするのには疑問が残る。喪礼とは関係のない、一般の仏道修養のための夜通しの法事・斎会と理解すべきだろう。

1 **玄原**　玄理のみなもと。「玄」は、玄理で、奥深い道理。もともと老荘思想の哲理をいうが、ここでは仏法をいう。「原」は、もと、おおもと。仏法の根元。

1 **遼敻**　はるかに遠い。「遼」も「敻」も、はるか。

2 **妙理**　たえなる道理。仏教の道理をいう。

2 **虚凝**　かりそめに凝る。かりそめに形をむすぶこと。

3 **四句**　道理を語るための四種の形式。原文「勾」は、「句」の異体字。「四句」は、ある命題について、「――である」、「――でない」、「――でありかつ――でない」、「――でもなくかつ――でないのでもない」という四種の述語をつけて考察すること。真理に入るための四つの思考方式。

4 **百非**　無数の否定。「非」は、否定。仏教において、固定観念を破るために、一つの命題について否定を重ねること。

7 **除惑**　まどいを除く。「或」は「惑」のことで、まどい。或見。『孟子』告子上「無或乎王之不智也」（王の不智に或《まど》う無かれ）。この部分につき小野注は「除□□、或見理要」のように二字欠字として判読し、「□□を除き、或いは理要を見て」と訓読している。しかし、四言句の連続と見るべきで、二字の欠字を予想することは妥当ではない。

9 **拱樹**　幾かかえもある大樹。

9 **豪葉**　毛さきほどの小さい木の葉。「豪」は「毫」と同じで、毛先ほどに小さい意。

10 **巨壑**　巨大な谷。また、海を言う。祖珽・望海詩「登高臨巨壑、不知千万里」（高きに昇りて巨壑に臨む、知らず千万里なるを）。

10**濫觴**　さかずきを浮かべる。「𨢾」は「觴」の異体字で、さかずき。長江のような大河も、そのみなもとは、ようやくさかずきを浮かべられるだけの小さな流れである、という意。『荀子』子道「昔者江出于觴山。其始出也、其源可以濫觴」（昔者《むかし》　江　觴山より出ず。其の始めて出ずるや、其の源は以て觴を濫《うか》ぶべし）。

14**勝斎**　すぐれた斎会。りっぱな法事。

15**明晨**　明日の朝。明朝。

19**四衆**　僧と尼僧と在家の男女。比丘《びく》・比丘尼《びくに》・優婆塞《うばそく》・優婆夷《うばい》をいう。

20**三尊**　三位の尊仏。釈迦・弥陀・弥勒の三世仏のような三尊。具体的には、三種の仏の尊像。

22**漁岫**　漁山。山の名。現在の山東省東阿県にある。三国魏の曹植がここに登り、梵天の音楽を聞いたという。その故事から、以後梵唄のことを漁山・漁岫というようになった。

24**泗浜**　泗水の水辺。泗水は、山東省をながれる川。そこでとれる石は、古来「磬《けい》」として用いられた。「磬」は、楽器の名で、石で作り、架から吊り下げて打ちならすもの。庾信・羽調曲・其四「龍門之下孤桐、泗水之浜鳴石」（龍門の下に孤桐あり、泗水の浜に鳴石あり）。

26**礼云々**　原文のまま。「云々」は小字になっており、「礼」より下が省略されていることを示す。「礼」より以下は別の句を構成していたと考えるべきだろうが、わずか一文字しか残らないので、仮に26句につなげて解した。なお、省略が聖武天皇によって行われたのか、聖武天皇が筆写する時点ですでに行われていたのか、不明である。

5（一一五）中夜序

《原文》

1 夫灰琯不息、
2 籌皷*〔鼓〕相煎、
3 初夜未機、
4 中宵已届。
5 風煙既歇、
6 星漢未移。
7 燭溜頻凝、
8 灯花驟落。
9 恐大衆端粛之容乍怠、
10 虔恭之用或虧。
11 必須重策情猴、
12 再調心馬。

《訓読》

夫れ灰琯《かいかん》息《や》まず、
　籌鼓《ちゆうこ》相い煎り、
初夜未だ機ならざるに、
中宵　已に届《いた》る。
風煙　既に歇《つ》き、
星漢　未だ移らず。
燭溜《しよくりゆう》　頻《しき》りに凝り、
灯花　驟《すみや》かに落つ。
恐るらくは大衆端粛の容の乍《たちま》ち怠り、
虔恭《けんきよう》の用の或いは虧《か》けんことを。
必ず須らく重ねて情猴《じようこう》を策《むちう》ち、
再び心馬を調《ととの》うべし。

13 耳聆清梵、　耳には清梵を聆《き》き、
14 眼矚尊儀、　眼には尊儀を矚《み》て、
15 洗濯塵垢、　塵垢《じんこう》を洗濯し、
16 沢棄愛着。　愛着を沢棄《たくき》せん。
17 必令始終無異、　必ず始終をして異なる無く、
18 表裏相応。　表裏をして相い応ぜしめよ。

《通釈》

〈1句～8句〉

[1]そもそも　よしの灰を入れた玉の笛の音がやまず、時刻をつげる水時計と太鼓の音が迫ってくると、まだ夕暮れのときが過ぎてもいないと思ううちに、夜半のときがもうやってきました。[5]風ともやはもう消え尽きたが、天の川はまだ移ろってはいません。ろうそくのしずくはしきりにしたたり固まってゆき、灯火の芯の花はたちまちに落ちてきます。

〈9句～18句〉

[9]この夜半　法会につどう人々のきちんとしたすがたがふと怠りにおちいり、つつましくうやうやしいふるまいが時に欠けてくるのを　恐れます。誰もが皆もう一度　情という猿をむちうち、もう一度　心という馬をととのえねばなりません。

13耳には清らかな梵唄の声音を聞き、眼には尊い儀式を見て、世間で背負った塵やよごれを洗いながし、俗世への愛着をぬぐい棄てましょう。

17必ずや法会の始めと終りを異なるありさまにすることなく、表と裏とを応ずるものとしましょう。

《語釈》

○中夜　夜半。夜の十二時前後の二時間ほどをいう。本文4句の「中宵」も同じ意味である。前篇の「宿集」のような徹宵の法事において、深夜に疲れや怠りが生じるのを戒しめるため、その夜半の行事に際して唱されたりした文章と考えられる。

1**灰琯**　葭《よし》の灰をいれた玉の笛。音律の基準となる管。またそれは時候のうつりかわりを知る基準ともされたので、時間をいう。ここではその意。庾信・周大将軍隴東郡公侯莫陳君夫人竇氏墓誌銘「既而風霜所及、灰琯遂侵」（既にして風霜の及ぶ所、灰琯遂に侵す）。

2**籌鼓**　時を知らせる水時計の竹の目盛りと太鼓。原文「皷」は、「鼓」の異体字。庾信・三月三日華林園馬射賦「始聴鼓而唱籌、即移竿而標箭」（始めて鼓を聴きて籌を唱《とな》え、即ち竿を移して箭《や》を標《しめ》す）。

3**初夜**　夜のはじめの時間。夕方から夜半までの時間。また、夜を五区分した最初の時間。夕方からの二時間ほど。初更。

3**機**　おり。しおどき。また、きざし。「機」は、「幾」（いくばく）の誤とも考えられる。

6**星漢**　天の川。

7**燭溜**　蠟燭のしたたり。「溜」は、（蠟の）したたり。しずく。

8 **灯花**　灯火の芯のさきにできる燃えのこりが花のかたちになったもの。庾信・対燭賦「刺取灯花持桂燭、還却灯檠下燭盤」（灯花を刺し取りて桂燭を持ち、灯檠《とうけい》を還却して燭盤を下す）。

9 **端粛**　きちんとしておごそかであること。

10 **虔恭**　つつしみ深くうやうやしいこと。

11 **情猴**　さるのように統御しがたい感情。

12 **心馬**　馬のように統御しがたい心意。

13 **清梵**　清らかな梵唄の音。

14 **尊儀**　尊い儀礼。

16 **沢棄**　こすり棄てる。ぬぐい棄てる。「沢」は、こする意。しかし「沢棄」という語は見出しにくいので、「択」の誤とも考えられる。「択棄」ならば、よりわけて捨てること。しかし今は文字を改めず、「沢棄」のままとして解した。

6（一一六）　薬師斎序

《原文》

1 蓋聞諸仏如来、
2 本弘誓力、
3 莫不哀矜六道、
4 荷負四生、
5 示出苦之舟航、
6 檦*〔標〕入理之蹊逕。
7 所以逢光遇影、
8 為益既多、
9 見色聞声、
10 獲利弥重。
11 此薬師経者、
12 乃是仏遊毗耶之国、

《訓読》

蓋し聞く　諸仏・如来は、
弘誓《ぐぜい》の力に本づき、
六道を哀矜し、
四生を荷負し、
苦より出ずるの舟航を示し、
理に入るの蹊逕《けいけい》を標《しめ》さざる莫しと。
所以《ゆえ》に光に逢い　影に遇いては、
益を為すこと既に多く、
色を見　声を聞きては、
利を獲ること弥々重し。
此の薬師経なる者は、
乃ち是れ仏の毗耶《びや》の国に遊び、

13 偃息音楽之樹、　音楽の樹に偃息《えんそく》し、
14 与八千比丘之衆、　八千の比丘の衆、
15 及三万菩薩之僧、　及び三万の菩薩の僧と、
16 共会論経、　共に会して経を論じ、
17 方坐説法。　方《なら》び坐して法を説きしものなり。
18 是時対揚之主、　是の時　対揚《たいよう》の主は、
19 名曰文殊、　名を文殊《もんじゅ》と曰い、
20 承仏盛神、　仏の盛神を承け、
21 即従坐起、　即ち坐より起ち、
22 請問諸仏国土、　諸仏国土の、
23 利益衆生之事。　衆生を利益《りやく》するの事を請問《しょうもん》す。
24 是時大師、　是の時　大師、
25 即為宣説。　即ち為に宣説す。
26 東方去此、　東方　此《ここ》を去ること、
27 十恒河沙、　十恒河沙《ごうがしゃ》、
28 有仏世尊、　仏世尊有りて、
29 成等正覚、　等正覚《とうしょうがく》を成《じょう》ず、

30 善治衆病、
31 故有薬師之名。
32 内外清徹、
33 故受璃光之号。
34 在因之日、
35 妙願荘厳。
36 成果之時、
37 浄土清潔。
38 聞名之者、
39 無鄣*〔障〕不除。
40 礼敬之人、
41 有求皆遂。
42 今段施主、
43 依経行法、
44 幡懸五色、
45 灯曜七層。
46 放生焼香、

善く衆病を治め、
故に薬師《やくし》の名有り。
内外清徹なり、
故に璃光《りこう》の号を受く。
因に在るの日、
妙願　荘厳たり。
果を成《じょう》ずるの時、
浄土　清潔たり。
名を聞くの者、
障《さわり》の除かれざる莫し。
礼敬するの人、
求むる有れば皆遂《と》ぐ。
今段の施主、
経に依りて法を行い、
幡は五色を懸《か》け、
灯は七層を曜《かがや》かす。
放生《ほうじょう》して焼香し、

47 転経行道。　　転経して行道す。

《通釈》

〈1句～10句〉

1 私はこう聞いています　諸仏や如来は衆生を救おうとする弘誓の力にもとづき、六道を輪廻するものをあわれみ、四種の生まれかたをする全ての生物を背負い、苦から逃れ出る航路を示し、真理に入るこみちを標《しめ》さぬ時がない、と。だから仏の光に逢い影に出会うだけでも、利益を得ることが多いのだが、そのすがたを見　その声を聞いたならば、利益を受けることはいやまして重いのです。

〈11句～23句〉

11 この『薬師経』というものは、仏がヴァイシャーリー（毗耶離《びやり》）国に遊び、音楽樹の下にいこいたまい、八千人の比丘たち、及び三万人の菩薩の僧たちと、ともに集まり経典を論じ、ならんで座って法を説かれた　その説法の記録であります。

18 このとき仏陀と問答をした主は、その名をマンジュシリー（文殊師利）菩薩と言って、仏陀のさかんな神通力を受け、ただちに座中から立ち上がり、諸々の仏国土において、衆生をどのように利益しているかということを問いたずねました。

〈24句～41句〉

24 このとき　大いなる師（仏陀）は、ただちに人々のために宣べ説かれました。「東方にここを去ること十恒河沙の彼方に、仏世尊があって、最高のさとりを実現し、よくもろもろの病いをいやし、そのために「薬師」という名を持っている。その身は内も外も清らかに澄みきり、そのため「琉璃《るり》の光」という呼び名を受けている。悟りの因となる修行にはげんでいた日々、そのたえなる誓願はおごそかなものであった。修行の果報である悟りを実現したとき、そのかち得た浄土は清らかですがすがしいものであった。その仏の名を聞く者は、どのようなさわりがあっても　除かれぬということがない。その仏をうやまいぬかづく人々は、求めることがあれば全て実現する」と。

〈42句～47句〉

42 今回の施主は、経典によって法事を行い、五色の幡《はた》をたかくかけ、七層の灯明をかがやかしています。生き物を放してやって香をたき、経典を転読して仏のまわりをめぐるのです。

《語釈》

○**薬師斎**　『薬師経』にもとづいて行われる斎会《さいえ》。本文「斉」とも見えるが、その場合でも意味は「斎」に同じ。「斎」の略字と意識されていたか。「薬師斎」は、六朝・宋代から広く行われていたことが種々の文献から分かっている。薬師像の造立や拝顔、『薬師経』の転読などが行われ、民間にも広まった。

2 **弘誓**　菩薩が衆生を救おうと誓うこと。またその誓い。

3 **六道**　迷いを持つものが輪廻転生しておもむく六種の世界。地獄・畜生・餓鬼・阿修羅・人・天の六種。

4 **四生**　生物の四種の生まれかた。またそのようにして生まれたすべての生きとし生けるもの。卵生・胎生・湿生・化生の四種。

5 **舟航**　船で水をわたること。またそのわたる道すじ。ふなじ。ここでは苦にみちたこの世から悟りの世界に行く道を、ふなじに喩えたもの。

6 **蹊逕**　こみち。

11 **薬師経**　薬師如来の本願・功徳・仏国土などについて説く経典。サンスクリット語原典も発見されている。漢訳には四種類あるが、そのうち三種は隋・唐のものであるので、趙王宇文招の見ることができたのは、初訳の一本のみである。初訳は、東晋の帛尸梨蜜多羅《はくしりみったら》訳（四世紀前半）と伝えられる『灌頂抜除過罪生死得度経』（『灌頂経』巻十二所収）で、『薬師琉璃光経』とも呼ばれる。

12 **毗耶之国**　毗耶離国のこと。ヴァイシャーリー。サンスクリット語 Vaisāli の音訳。中インド、ガンダク川左岸にあった都市国家。釈迦が『維摩経』や『薬師経』を説いた故地とされる。

13 **音楽之樹**　音楽樹。木の名。サンスクリット語 Āmura の訳。菴沒羅樹、菴羅樹、と音訳される。唐の玄奘訳『薬師琉璃光如来本願経』には「楽音樹」とある。

18 **対揚之主**　仏の説法に際して、仏と対応・問答し、仏の真意を発揚する人。仏と対説して説法の利益を成就せしめる主人。

19 **文殊**　文殊菩薩。「文殊」は、文殊師利《もんじゅしり》の略。サンスクリット語 Mañjuśrī の音訳。完全な知恵をそなえ、般若系の経典では仏陀をもしのぐほどに重要な活躍をしている。

24 **大師**　大いなる師。仏陀をいう。

27 **十恒河沙**　ガンジス河十箇分の砂の数。はかり知れない数をいう。「恒河」は、ガンジス河。なお小野注は「千恒河沙」としているが、本文は明瞭に「十恒河沙」となっているように見える。『合田索引』も、「十恒河沙」としている。

29 **等正覚**　諸仏が等しく成就する正しく完全なさとり。「正覚」は、サンスクリット語 Saṃbodhi の訳で、正しく完全なるさとり、の意。諸仏が平等に得る最高のさとりなので等正覚という。

31**薬師**　薬師琉璃光《やくしるりこう》如来。東方浄瑠璃《じょうるり》世界の教主で、ことに衆生の病苦をとりのぞき、安楽を与える仏。現世利益をもたらしてくれる仏として広く信仰され、中国ではことに隋代から信仰されたと考えられる。

33**瓈光**　琉璃光の略。「瓈」は「璃」の異体。琉璃は、サンスクリット語 Vaiḍūrya の音訳。古代インドで尊ばれた七種の宝石の一つで、緑柱石のこと。

39**障**　さわり。さしつかえ。「鄣」は別字であるが、「障」の異体字と解する。

44**幡懸五色**　はたは五色のものをかける。『薬師琉璃光経』に、五色の続命神幡をかければ衆生の危機を救えることが述べられている。

45**灯曜七層**　注44と同じく、同経に七層の灯明を燃やせば功徳が得られることを説いている。

46**放生**　とらえていた生物を放してやる。生き物を自由にしてやる。大きな功徳になる善行として尊ばれた。

47**転経**　経文を転読する。経題、及び経典の一部だけを読んで、全巻を読んだことに代えること。経典の全部を読む「真読」に対して言う。儀式の中にとりいれられた。

47**行道**　仏道を修行する。また仏への敬意を表すため、仏のまわりをめぐる儀礼。具体的には、仏像のまわりを右まわりに歩くこと。

7（一一七）　児生三日満月序

《原文》

1 夫衆生果報、
2 不可思議、
3 眷属因縁、
4 信為慇重。
5 自非久修善業、
6 多樹洪基、
7 豈得子弟荘厳、
8 親理成就、
9 如梅檀之囲遶、
10 譬蘭桂之芬芳。
11 今日施主、
12 既有挊*〔弄〕璋之慶。

《訓読》

夫れ衆生《しゅじょう》の果報は、
思議すべからず、
眷属の因縁は、
信《まこと》に慇重《いんじゅう》為り。
久しく善業を修め、
多く洪基を樹《た》つるに非るよりは、
豈に子弟の荘厳にして、
親理の成就すること、
梅檀《せんだん》の囲遶《いにょう》するが如く、
蘭桂《らんけい》の芬芳《ふんぽう》あるに譬うるを得んや。
今日　施主、
既に璋《しょう》を弄《もてあそ》ぶの慶《よろこ》び有り。

13 能＊〔熊〕羆吉夢、　熊羆《ゆうひ》の吉夢、
14 其相已顕。　其の相　已に顕わる。
15 弧矢雅相。　弧矢《こし》の雅相《がそう》。

《通釈》

〈1句～10句〉

1 そもそも　人に生まれるという果報は人の思議の及ばないものであり、同じ血すじに生まれるという因縁は、まことに深く重いものです。

5 長く善い行いを修め、数多く洪福の基をたてなければ、どうして子弟が偉大なものとなり、親属の道がなしとげられること、あたかも栴檀《せんだん》の香木にかこまれ、蘭や桂の香りにみたされるかのようであることができましょうか（善い行いを修めてはじめて、子孫の繁栄が得られるのです）。

〈11句～15句〉

11 今日の施主は、すでに男子に璋玉をあたえて遊ばせるという慶事がおきています。熊や羆を夢にみるという吉兆は、その実相がもうあらわれています。木の弓と矢のみやびやかな礼儀も。

《語釈》

○**児生三日満月序**　子が誕生して三日目に「満月」の祝いをしたものと考えられる。「満月」は、未詳。恐らくは、妊婦の十ヶ月の月が満ち、無事に出産できた祝い、及び神に感謝する祭祀を言うか。ここでは、月が満ちて男子が生まれ、その三日後に「満月」の祝いをしたのであろう。敦煌文献（スタイン二八三二）・願文等範本・満月事「加以慶流香閤、吉降芳閨」（加えて以て慶は香閤に流れ、吉は芳閨に降る）（『敦煌願文集』八七頁）。

1**衆生果報**　人に生まれるという果報。

3**眷属因縁**　眷属に生まれあわせるという因縁。

4**慇重**　ねんごろで重い。

9**栴檀**　香木の名。

10**蘭桂之芬芳**　蘭と桂の良い香り。「蘭桂」は香草と香木の名。「芬芳」は、香り。庾信・擬連珠・其三十一「五歩之内、芬芳可録」（五歩の内、芬芳　録すべし）。

12**弄璋**　宝玉をもてあそぶ。「挊」は、「弄」の俗字。「璋」は、玉の名。男の子が生まれたならば、璋をもてあそばしめるのが、上代以来の伝統だった。『詩経』小雅・斯干「乃生男子、載寝之床、載衣之裳、載弄之璋」（乃ち男子を生めば、載ちこれを床に寝かしめ、載ちこれに裳を衣《き》しめ、載ちこれに璋を弄ばしむ）。

13**熊羆吉夢**　熊やひぐまの吉夢。原文「能」は、「熊」の誤。くまを夢にみることは男子を生む吉兆とされた。『詩経』小雅・斯干「吉夢維何、維熊維羆」（吉夢は維《こ》れ何ぞ、維れ熊《ゆう》　維れ羆《ひ》）。庾信・傷心賦「並有山沢之霊、各入熊羆之夢」（並びて山沢《さんたく》の霊有り、各《おの》おの熊羆の夢に入る）。

15**弧矢**　木の弧《ゆみ》と矢。男子の誕生を祝う儀式に用いる。なお、この後に本来文章がつづいていたものと考えられる。

付録　楽府詩一首

従　軍　行

《原文》

1 遼東烽火照甘泉
2 薊北亭障接燕然
3 水凍菖蒲未生節
4 関寒楡莢不成銭

《訓読》

遼東《りょうとう》の烽火　甘泉《かんせん》を照らし
薊北《けいほく》の亭障　燕然《えんぜん》に接す
水凍りて　菖蒲未だ節を生ぜず
関寒くして　楡莢《ゆきょう》　銭を成さず

《通釈》

1 遼東の地に上がった狼煙《のろし》の火は、遠く甘泉の地をも照らし、
2 薊北の物見やぐらは、燕然の地にまで連なっている。
3 水は凍りついてしまって、菖蒲はまだ節を伸ばすこともできず、
4 関所のまわりは寒々として、楡《にれ》の木も銭のようなさやを伸ばすことがない。

《語釈》

○**従軍行**　楽府《がふ》題の一つ。軍旅に従う将兵の苦しみを歌うもの。楽府は、漢代以来の民謡。三国・六朝時代には、楽府の題名を借り、民謡の情調によって作詩することが広く行われた。趙王のこの詩も、その例の一つ。

1**遼東**　地名。現在の遼寧省南部の地。秦代には遼東郡が置かれた。古代・中世には辺境の地で、しばしば漢民族と異民族の衝突する地域だった。

1**烽火**　狼煙《のろし》。また狼煙の火。狼煙は、戦争が起こったことを告げる合図。庾信・侍従徐国公殿下軍行「長旗臨広武、烽火照成皋」（長旗　広武に臨み、烽火　成皋《せいこう》を照らす）。

1**甘泉**　宮殿の名。秦代に作られた離宮で、漢代に増築された。陝西省甘泉山にあった。ここでは、ひいて都の長安付近を言う。庾信・忝在司水看治渭橋詩「富平移鉄鎖、甘泉運石梁」（富平　鉄鎖を移し、甘泉　石梁を運《めぐ》らす）。

2**薊北**　地名。薊は、現在の北京付近。薊北は、その北の地域。遼東と同じく、古代・中世には辺境の地で、しばしば漢民族と異民族の衝突する地域だった。

2**亭障**　城壁と物見やぐら。「亭」は、物見やぐら。「障」は、城壁。長城と、その要所に設けられた物見やぐら。庾信・擬詠懐二十七首「蕭条亭障遠、悽愴風塵多」（蕭条として亭障遠く、悽愴として風塵多し）。

2**燕然**　地名。西北の辺境の地。

3**菖蒲**　植物の名。水辺に生える。あやめぐさの一種。

4**関**　国境のとりで。関塞。

4**楡莢**　楡《にれ》のさや。楡の木には、種子の入ったさやができる。それを楡莢と言う。その形に似た銭を楡莢銭と言う。

庾信・温湯碑「仲春則楡莢同流、三月則桃花共下」（仲春則ち楡莢同《とも》に流れ、三月則ち桃花共に下る）。

《補注》

ここに付録した楽府詩「従軍行」一首は、趙王宇文招の唯一の作品として、『文苑英華』巻百九十九、『楽府詩集』巻三十二、『詩紀』巻百十二に伝えられてきたものである。しかし、この作品は完作ではなく、一部分だけが伝存したと考えられる。二つの対句から成る四句が、一首の中から取り出されて残されたものであろう。「従軍行」という題名から、全体は勇壮・悲涼の内容だったかと推測されるが、この四句を見る限り、南朝風の流麗な調子も感じられる。ここにも庾信からの直接的影響を見ることができる。庾信が趙王の軍旅の詩に和した以下のような作品が残されている。

「奉報趙王出師在道賜詩」（趙王の「出師して道に在りて賜う詩」に奉報す）

「和趙王送峡中軍」（趙王の「峡中《きょうちゅう》の軍を送る」に和す）

「奉和趙王途中五韻」（趙王の「途中五韻」に奉和す）

これらは、実戦に参加・出征する趙王の勇壮な作に庾信が和した作品と考えられ、趙王の思いに添うものとなっている。且つその中に、華麗な表現がちりばめられ、趙王の英姿を飾っている。他にも庾信には趙王に贈った詩文が多数残されていて、庾信と趙王の詩文のやりとりの中から、趙王の文学が展開して行ったことを想像できる。

Ⅱ　周趙王の伝記――『周書』『北史』趙王招伝

趙王宇文招の伝記は唐・令孤徳棻撰『周書』巻十三「文閔明武宣諸子伝」のなかに見える。[1]その冒頭に「文帝十三子」として、北周の事実上の開祖である太祖文帝（宇文泰《うぶんたい》）の男子が列挙されている。その第七子が趙王宇文招だった。「王姫生趙僭王招」（王姫《おうき》 趙僭王招を生む）とあるので、母は「王姫」（宇文泰の妃であった王氏）だったことが分かる。「僭王」という不名誉な諡号が付いているのは、趙王が楊堅（隋の文帝）によって殺された後、その楊堅が全権力を握ったため、自分を暗殺しようとした趙王に悪名を付けたのである。字《あざな》は豆盧突《とうろとつ》。宇文氏が鮮卑族に属するのか匈奴系なのか議論が分かれるが、「北族」（北方の胡族）であることはまちがいない。[2]

趙王の生まれ年は明らかではない。ただ、文帝の第五子で趙王の異母兄である斉王宇文憲《けん》が西魏の大統十年（五四四）に生まれたと考えられるから、[3]それより後ということになる。また、文帝の第六子でやはり趙王の異母兄である衛王宇文直と趙王とは、しばしば同じ格付けで待遇されていて、[4]年齢がきわめて近いことを推測できる。従って趙王招の生年は、大統十一年（五四五）または同十二年（五四六）と考えて良いだろう。仮に大統十一年（五四五）とすれば、大象二年（五八〇）に殺されたとき、享年三十六歳だったことになる。短い生涯と言わなくてはならない。

『周書』及び『北史』に趙王伝があるが、『周書』により訳注を示す。

注

〈1〉『北史』（唐・李延寿撰）巻五十八にも伝があるが、『周書』と基本的に同内容である。なお、正史については全て中華書局版二十四史によった。

〈2〉宇文氏は一般に鮮卑系とみなされてきたが、陳寅恪・周一良は匈奴の分派としている。宇文氏を鮮卑系とみなすのは、唐の杜佑の『通典』などに見える。その巻一九六「辺防典」十二・宇文莫槐《うぶんぼかい》の条に「出於遼東塞外、代為東部大人」（遼東《りょうとう》の塞外《さいがい》より出《い》ず、代々東部大人と為る）とあり、その自注に「今考諸家所説、其鮮卑之別部」（今　諸家の説く所を考うるに、其れ鮮卑の別部ならん）と言う。これに対して、『陳寅恪魏晋南北朝史講演録』（万縄楠整理、黄山書社、一九八七年刊）第十九編一「北周統治者宇文氏之由来」では、「宇文氏本遼東匈奴南単于之后。…後代鮮卑化了」（宇文氏は本　遼東の匈奴南単于《ぜんう》の子孫である。…後代に鮮卑化した）と述べている。この講演は、整理者によれば、一九四七年から一九四八年、清華大学歴史研究所で行われたものである。さらに周一良「論宇文周之種族」（『周一良集』第壹巻、遼東教育出版社、一九九八年刊）には「乃証明宇文周実匈奴南単于遠属、載籍班班可考、謂出於鮮卑者誣也」（乃ち宇文周（宇文氏の周。即ち北周）が実は匈奴南単于の遠い一部族であることを証明するには、典籍にはっきりとした考察の根拠があり、（宇文氏が）鮮卑から出たとするのは、誤りである）（二七九頁）として詳細な議論がされている。

〈3〉『周書』巻十二「斉王憲伝」による。それによれば、斉王憲の殺された宣政元年（五七八）に「時年三十五」と記されている。ただ庾信の記した「周上柱国斉王憲神道碑」には「春秋三十有四」とある。それに従うならば、生年は大統十一年（五四五）ということになる。魯同群『庾信伝論』（天津人民出版社、一九九七年刊）はその説をとり、「斉王憲死于宣政元年（五七八年）、時三十四歳（『庾子山集・斉王憲神道碑』）則他的生年應為五四五年」（二五四頁）と述べる。魯同群はさらに、斉王憲と趙王招の生年を同年とする可能性も考えている。

〈4〉『周書』巻二「文帝紀」下に、西魏の恭帝三年（五五六）秋七月に「魏帝封太祖（文帝）子直為秦郡公、招為正平公、邑各一千戸」（魏帝　太祖の子直《ちょく》を秦郡公と為し、招《しょう》を正平公と為し、邑《ゆう》を各々一千戸とす）としたとある。

『周書』趙王伝

《原文》

趙僭王招、字豆盧突。幼聡穎、博渉群書、好属文。学庾信体、詞多軽艶。魏恭帝三年、封正平郡公、邑一千戸。武成初、進封趙国公、邑万戸。保定中、拝為柱国、出為益州総管。建徳元年、授大司空、転大司馬。三年、進爵為王、除雍州牧。四年、大軍東討、招為後三軍総管。五年、又従高祖東伐、率歩騎一万出華谷、攻斉汾州。及幷州平、進位上柱国。東夏底定、又為行軍総管、与斉王討稽胡、招擒賊帥劉没鐸、斬之。胡寇平。宣政中、拝太師。大象元年五月、詔以洺州襄国郡邑万戸為趙。招出就国。二年、宣帝不予、徴招及陳、越、代、滕五王赴闕。比招等至而帝已崩。

隋文帝輔政、加招等殊礼、入朝不趨、剣履上殿。

隋文帝将遷周鼎、招密欲図之、以匡社稷。乃邀隋文帝至第、飲於寝室。招子員、貫及妃弟魯封、所親人史胄、皆先在左右、佩刀而立。又蔵兵刃於帷席間、後院亦伏壮士。隋文帝従者多在閤外、唯楊弘、元胄、胄弟威及陶徹坐於戸側。招屢以佩刀割瓜啖隋文帝、隋文帝未之疑也。元胄覚変、扣刀而入。招乃以大觴親飲胄酒、又命胄向厨中取漿。胄不為之動。滕王逌後至、隋文帝降階迎之。元胄因得耳語曰、「形勢大異、公宜速出。」隋文帝共逌等就坐、須臾辞出。後事覚、陥以謀反。其年秋、誅招及其子徳広公員、永康公貫、越携公乾銑、弟乾鈐、乾鏗等、国除。
招所著文集十巻、行於世。

《訓読》

趙僭王招、字は豆盧突《とうろとつ》。幼くして聡穎《そうえい》、群書を博渉《はくしょう》し、好んで文を属《つづ》る。〈1〉庾信の体を学び、詞に軽艶《けいえん》多し。魏の恭帝三年、正平郡公、邑一千戸《ゆういっせんこ》に封ぜらる。武成の初め、封を趙国公、邑万戸《ゆうばんこ》に進む。保定《てい》中、拝せられて柱国《ちゅうこく》と為り、出でて益州総管となる。建徳元年、大司空を授かり、大司馬に転ず。三年、爵を進めて王となり、雍州の牧に除せらる。四年、大軍の東討するや、招　後三軍総管《こうさんぐんそうかん》となる。五年、又高祖の東伐に従い、歩騎一万を率《ひき》いて華谷より出で、斉の汾州《ふんしゅう》を攻む。并州《へいしゅう》の平らぐに及んで、位を〈2〉上柱国に進む。東夏《とうか》定まるに底《いた》り、又　行軍総管として、〈3〉斉王と与に〈4〉稽胡《けいこ》を討ち、招　賊《ぞく》帥《すい》劉〈5〉没鐸《ぼったく》を擒え、これを斬る。胡寇平らぐ。宣政中、太師を拝す。大象元年五月、詔して洺州《めいしゅう》襄国郡・邑万戸を以て趙と為す。招　出でて国に就く。二年、宣帝不予あり、招及び陳、越、代、滕《とう》五王を徴《め》して闕に赴かしむ。招等の至る比《ころ》おい〈補注〉帝已に崩ず。隋の文帝輔政し、招等に殊礼を加え、入朝するに〈6〉趨せず、〈7〉剣履《けんり》して殿に上らしむ。

隋の文帝　将に〈8〉周鼎を遷さんと欲す、招　密かに之を図りて、以て〈9〉社稷を匡《すく》わんと欲す。乃ち隋の文帝を〈10〉邀《まね》きて〈11〉第に至らしめ、〈12〉寝室に飲む。招の子員《いん》、貫《かん》及び妃の弟魯封《ろほう》、親しむ所の人史冑《しちゅう》、皆先んじて左右に在り、佩刀して立つ。又　兵刃《へいじん》を〈13〉帷席の間に蔵し、〈14〉後院にも亦た壮士を伏す。隋の文帝の従者は多く閤外《こうがい》に在り、惟だ楊弘《ようこう》、元冑《げんちゅう》、冑の弟威《い》及び陶徹《とうてつ》のみ戸側に坐す。招屢《しば》しば佩刀を以て瓜を割り隋の文帝に啖わしむ、隋の文帝未だ之を疑わず。元冑　変を覚《さと》り、刀を扣《こう》して入る。招　乃ち大觴《だいしょう》を以て親しく冑に酒を飲ましめ、又冑に命じて厨中に向かいて漿を取らしむ。冑　之が為に動かず。滕王逌《とうおうゆう》　後れて至る、隋の文帝　階を降りて之を迎う。元冑　因りて耳語するを得て曰く、「形勢大いに異なり、公　宜しく速やかに出《い》ずべし」と。隋の文帝　逌等と共に坐に就き、須臾にして辞出す。後　事覚《あらわ》れ、陥《おと》しいるるに謀反を以てす。其の年の秋、招及び其の子徳広公員《いん》、永康公貫《かん》、越携《えっけい》公乾銑《けんせん》、弟乾鈴《けんれい》、乾鏗《けんこう》等を誅し、国除かる。

《通釈》

趙僭王招は、字を豆盧突といった。幼いころから賢く、様々な書物を広く読み、文章を書くことを好んだ。（南朝から流寓した）庾信の文体を学び、その文章表現は軽やかで艶やかなものが多かった。（西）魏の恭帝の即位三年（五五六）、正平郡公・食邑一千戸に封ぜられた。（周の）武成の初年（五五九）、趙国公・食邑一万戸に封を進められた。保定年間に柱国に任ぜられ、外任に出て益州総管となった。建徳元年（五七二）、大司空となり、大司馬に転任した。建徳三年（五七四）、爵位を進められ趙王となり、雍州の牧（長官）に任じられた。建徳四年（五七五）、周の大軍が東の北斉を討伐したとき、招は後三軍総管となった。建徳五年（五七六）、また周の高祖（武帝）が東のかた北斉を討伐する軍に従い、歩兵・騎兵あわせて一万をひきいて華谷を出て、斉の汾州を攻めた。斉の都だった并州が平定されると、（その軍功によって）上柱国の位に進んだ。中国の東部（旧北斉領）が平定されたため、また行軍総管となり、斉王憲とともに稽胡を討ち平らげ、賊の頭領劉没鐸を捕らえて斬り、稽胡の反乱は平定された。宣政年間に、太師を拝命した。大象元年（五七九）、詔があって、洛州襄国郡の一万戸の邑をもって趙国とした。招は都を出て趙国に赴いた。大象二年（五八〇）、宣帝が病いに陥ったため、招及び陳王、越王、代王、滕王の五人の王を召して皇宮に駆けつけさせた。招たち五人の王が都に着いた時には、宣帝は既に崩御していた。隋の文帝（楊堅）が皇帝（静帝）を輔弼し、招たちに対して特別な礼遇を与え、朝廷に入るときには小走りをせず、剣を帯び履をはいたまま殿上に上ることを許した。

隋の文帝は、周王朝を簒奪しようとしていた。趙王招は、密《ひそ》かに隋の文帝の暗殺を謀り、国家を救おうとした。そこでついに隋の文帝を自分の邸宅に招き、正殿で宴を開いた。その子の宇文員、宇文貫、妃の弟の魯封、日ごろ親しく交わっていた史胄を招きいれ、彼らは（隋の文帝の到着よりも前に）左右に居並び、刀を帯びて侍立した。また、刀剣をとばりや座席の間に隠し、正殿の後ろの庭にも武者を伏せておいた。隋の文帝の従者たちはほとんど正殿の外にいて、ただ楊弘、元胄、胄の弟の元威、および陶徹だけが入口の側に座った。招は、度々自分の佩刀で瓜を割き、隋の文帝に勧めた。隋の文帝はそれを（怪しいことだと）疑ってはいなかった。元胄は事態が急変してきたことに気づき、刀に手をかけて室内に入った。招はそこで大さかずきで親しく元胄に酒を飲ませ、また元胄に厨房から飲み物を持ってくるように命じた。しかし元胄は動こうとしなかった。滕王逌が遅れてやって来たので、隋の文帝は正殿の階段を下りて滕王を出迎えた。元胄はそこで隋の文帝に耳打ちすることができたので言った、「形勢がひどく怪しくなってきました。我が君、速やかに退出すべきです」と。隋の文帝は、滕王逌らとともに座席に就いたが、すぐに挨拶をして退出した。その後、事が発覚し、招は謀反の罪に陥れられることとなった。同年の秋、趙王招及びその子徳広公員、永康公貫、越携公乾銑、その弟の乾鈴、乾鏗らを誅殺し、趙国は除かれた。

《語釈》

1 **庾信**　南朝梁から北朝に流寓し、西魏・北周に仕えた詩人・文人。字は子山。梁朝を代表する著名な詩人だったが、梁の使者として西魏の都長安に赴いていたとき、西魏が梁都江陵（湖北省荊州市）を攻めてこれを陥落させたため帰国できなくなり、西魏・北周に仕えることとなった。西魏に仕えてからはその官僚として働くかたわら、西魏の実力者宇文泰（死後に北周王朝の始祖とされ、文帝と称された）の男子たちの教育をも依頼され、特に、幼かった宇文招、宇文逌らは強い影響を受けた。（五一三―五八一）

2 **上柱国**　官名。「柱国」は、国家の柱石の意。本来、戦国時代の楚の制度で、大きい軍功のあった人物に与えられる、大臣に匹敵する官。北周においては、柱国大将軍が軍事・政治の中核を担ったが、その中でも重要な皇族や実力者を上柱国とした。

3 **斉王憲**　斉王であった宇文憲。字は毗《ひ》賀突《かとつ》。趙王招の兄。宇文泰の第五子。英明、勇敢で、兄武帝を補佐して北周の軍事・政治を背負った。ことに北斉との戦闘では常に第一線に立ち、建徳五年（五七六）、北斉を滅ぼして華北を統一する際には、その中心となった。しかし、翌宣政元年（五七七）武帝が急逝し、その子の宣帝が即位すると、宣帝は斉王憲が皇位を奪うことを恐れ、これを誅殺した。このことにより、北周王朝は急激に崩壊に向かい、隋の文帝の簒奪につながって行った。（五四四―五七七）

4 **稽胡**　異民族の名。当時、北周の北方にいた部族。

5 **劉没鐸**　反乱を起こした稽胡の首領の名。（?―五七六）

6 **趨**　小走りする。宮中で皇帝の前に出るときには、進退に際して小走りすることが作法だった。それをしなくて良いというのは、特別の礼遇を意味する。

7 **剣履**　剣を帯び、履物をはいて上殿する。皇帝の前に出るときは、剣履をとることが必要だったが、それらをつけたままで上殿を許されることは、やはり特別の礼遇を意味する。

8 **周鼎**　周のかなえ。周王朝の体制。「鼎」は、神を祀るときに用いられる青銅の祭器。上古以来、王朝の支配権力を象徴してきた。「周鼎」は、周王朝の支配権力を言う。「遷周鼎」（周鼎を遷す）というのは、周王朝を滅ぼして、国家を奪おうとすること。

9 **社稷**　国家。「社」は、土地の神。「稷」は、穀物の神。両方ともに国家の基盤であるため、王朝は必ず都においてこれを祀った。このため、社稷は、国家そのものを意味するようになった。

10 **邀**　招く。呼び招いて待つ。

11 **第**　邸宅。屋敷。ここでは趙王自身の邸宅を指す。

12 **寝室**　正殿。邸宅の中の正殿を言う。最も格式の高い座敷。

13 **帷席**　垂れ幕や座席。「帷」は、室中にめぐらす垂れ幕。「席」は、飲食をする際に用いる座席。

14 **後院**　正殿の後ろの庭。「院」は、中庭。

《補注》

帝已崩　宣帝が崩じたとき、劉昉らが遺詔を偽造し、楊堅を丞相としようとした。その際、顔之儀《がんしぎ》が詔に連署することを拒否し、次のように言ったことが、『周書』巻四十「顔之儀伝」に記されている。「主上升遐、嗣子沖幼、阿衡之任、宜任宗英。方今賢戚之内、趙王最長。以親以徳、合膺重寄」（主上升遐《しょうか》し、嗣子沖幼《ちゅうよう》なれば、阿衡《あこう》（宰相）の任、宜《よろ》しく宗英に任ずべし。方今賢戚《けんせき》の内、趙王最も長たり。親を以てするも徳を以てするも、合《かなら》ず重寄に膺《あた》るべし)。楊堅ではなく趙王を丞相とすべきことを主張したのである。趙王を北周王朝を支える大黒柱として見ていたことが分かる。

Ⅲ　聖武天皇宸翰『雑集』「周趙王集」研究

第一章　北周趙王「道会寺碑文」と中国仏教の再興

はじめに

隋の煬帝《ようだい》の大業三年、日本の推古天皇即位十五年（六〇七）、倭国《わこく》（日本）の使者が隋に至った。聖徳太子が企画したとされる遣隋使である。そのときの「使者」、即ち正使小野妹子《おののいもこ》の口上を、『隋書』は次のように伝えている。

大業三年、其王多利思比孤、遣使朝貢。使者曰、「聞海西菩薩天子、重興仏法。故遣朝拝、兼沙門数十人来学仏法。」

〔大業三年、其（倭国）の王　多利思比孤《たりしひこ》、使を遣わして朝貢せしむ。使者曰く、「聞くならく　海西の菩薩天子、重ねて仏法を興すと。故に朝拝せしめ、兼ねて沙門数十人をして来たりて仏法を学ばしむ」と。〕

（『隋書』巻八十一、列伝第四十六。東夷・倭国）

隋において仏教が再興されたことを知り、その仏教を学ぶために数十人の僧侶を帯同した、というのである。仏教を介して中国との国際関係を成立させようとした倭国（日本）の意図は、この口上の中に明瞭に読みとることができる。逆に隋（中国）の側からするならば、仏教再興を成し遂げた王朝として自らを描き出すことによって、国内の統一だけでなく、国際秩序の安定をも創り出したと言えよう。

ところで、この仏教を再興した「菩薩天子」は当時の煬帝（楊広《ようこう》）ではなく、その亡父、文帝（楊堅《ようけん》・五四一—六〇四）を指していたとする説がある。〈1〉「菩薩天子」が煬帝を指していたとしても、少なくとも、そのイメージを先んじて形成したのは文帝だった。隋の高祖・文帝が、北周の武帝（宇文邕《うぶんよう》）によって弾圧されていた仏教の再興を果たし、隋・唐の仏教文化興隆の原点となったことは、周知の事実である。〈2〉北周武帝の廃仏は、歴代の仏教弾圧のなかでも、きわめて徹底的なものだった。仏教者、貴族、庶民を問わず、その廃仏への反感・抵抗は根深かった。北周武帝の逝去の後、急速に権力の中枢に登場してきた楊堅は、仏教の庇護者としてふるまうことにより、自己の権力基盤の強化に成功した。

その一連の過程が事実であったことは確かである。だが、その原点たる仏教復興を最初に意図し企画したのは、果たして隋文帝だったのだろうか。その最も根本的な問題に別の可能性を提起する資料が日本に残っている。聖武天皇宸翰『雑集』中の「周趙王集」であり、ことにその中の一篇「道会寺碑文」である。本章では、この「道会寺碑文」を資料として、北周末の仏教復興の動きの一端を解明し、その動きを担った人間の思索について、考察しようとするものである。

一　聖武天皇宸翰『雑集』「周趙王集」と趙王宇文招

聖武天皇宸翰『雑集』は、中国六朝・初唐の仏教関係の文章を、聖武天皇が天平三年（七三一）に筆写した文献である。天皇没後に正倉院に施入され、現在まで伝存している。〈3〉その中に、「周趙王集」七篇がある。これが北周の趙王宇文招の文集の一部分であると同時に、北周末の仏教再興に関わる重要な史料であることに注目したい。

第Ⅱ部で触れたとおり、趙王宇文招は、北周の事実上の創業者宇文泰《うぶんたい》（文帝）の第七子であり、北斉と北周に分かれて争っていた華北の再統一を為しとげた武帝宇文邕の弟である。華北再統一が為しとげられた直後の宣政元年（五七八）、武帝が急逝した。その子宣帝（宇文贇《うぶんいん》）が即位すると、宣帝は叔父や功臣たちへの猜疑心から、彼らを排除するようになった。かわって権力の中枢に登場してきたのは、宣帝の楊皇后の父、楊堅、つまり後の隋文帝である。宣帝が荒淫のために大象二年（五八〇）に急逝し、その幼子静帝（宇文衍）が皇位を継承すると、楊堅が政治の実権を握り、帝位をうかがうようになってきた。そのため趙王宇文招は、楊堅暗殺をくわだてるが失敗し、同年七月、一族もろともに誅殺された〈4〉。

趙王は若年のころから庾信（五一三―五八一）について詩文を学び、その強い影響を受けてきた。その文集は「十巻」だった（『周書』本伝）というが中国本土では滅び、その一部が、聖武天皇宸翰『雑集』中に生き残っていたのである。

二　「道会寺碑文」の問題点

まずこの「道会寺碑文」の内容を、要約しておきたい。碑文の原文等については、第Ⅰ部1（一一一）「道会寺碑文」に基づいている。碑文全体は六段落に分けることができると考えられる。その後に、六十句からなる銘がつづいている。銘については後に検討するが、本文の六段落の内容は以下の通り。

第一段落（1行「若夫」～6行「逾遠」）

中国固有の思想・信仰は暦数・陰陽に通じていて偉大だが、それよりも、仏教の教えははるかに深遠である。

第二段落（6行「昔者」～14行「江左」）

昔、インドにおいて釈迦が説法をすると、人々はみな各地より来聴した。釈迦が入滅すると、人々は仏像を製作し寺搭を建てた。そのため仏教への信仰が広まり、後漢の明帝、呉の孫権らのころ、中国各地にも及んだ。

第三段落（15行「皇帝」～32行「家*〔寂〕滅」）

「皇帝」が即位して数々の吉瑞があり、万国から朝貢があった。皇帝は聖神にして多才であり、儒教のみでなく仏教をも人々に勧めている。

第四段落（32行「乃逮」～52行「宝刹」）

この道会寺はかつて「天会」寺と呼ばれていた。この寺は以前「某官姓名」の建てたところだが、長く荒廃していた。今やそれが再興され荘厳された。「寺主」たる「比丘某甲」は、この寺をりっぱに守っている。

第五段落（53行「皇帝」～62行「断見」）

「皇帝」は再興されたこの寺の中をめぐり、「宝座」に登って説教した。小乗の説を論破し、大乗の義を明らかにした。人々はそれを聞いて喜悦した。

第六段落（62行「尓其」～71行「銘曰」）

この寺は都城（長安）に近い景勝の地にある。皇帝がこの寺を訪れ説法を行ったという「希有」なる慶事を記して碑にきざむものである。

おおよそ右のように、この文章を要約できると考える。ここには見逃せない問題がある。

第一に、この文章は筆写の誤脱が多く、文意が把握しにくい。しかしその点については、第Ⅰ部1（一一一）「道会寺碑文」訳注の中で述べたので、ここでは触れない。第二に、題名に見える「道会寺」の所在が分からず（第六段落にヒントはあるが）、また文中に出てくる「天会寺」との関係が分かりにくい。第三に、第三段落と第五段落に二度現れる「皇帝」が誰を指すのかが分からないために、全体の構成が見えにくい。

趙王が長く仕えてきたのは、兄武帝である。従って「皇帝」が武帝であるならば何の問題もない。しかし、それはあり得ない。なぜなら、武帝は、厳しい仏教弾圧を行った当事者だからである。また建徳三年（五七四）の廃仏令以前に、儒仏道三教の論争等を行わせたことはあるが、少なくとも武帝自らが仏寺に赴いて仏教を講説するということは無かった。

第二の問題点と、第三の問題点は、からみあっている。一言でいえば、「道会寺」なる寺の高座にのぼって仏教について説教した「皇帝」は誰か、という問題である。それが明らかにならなければ、この「道会寺碑文」の全体像は見えないのである。「道会寺碑文」は、趙王招の他の文章が個人の信仰に関わるものであるのと違い、「皇帝」に触れることからも分かるとおり、明確に公的な文章である。従って、具体的な政治的背景を持っていることを予想しなければならない。その背景をも含んで「道会寺碑文」の全体像を解明するために、道会寺の所在と「皇帝」について明らかにしなければならない。

「道会寺」という寺名自体は、他の資料に現在まで発見することができない。しかし、北周に「道会苑」という園林があったことは、確認できる。『周書』帝紀第五・「武帝上」に次のようにある。

（天和二年）三月癸酉、改武遊園為道会苑。

〔（天和二年・五六七年）三月癸酉（二日）、武遊園を改めて道会苑と為す。〕

このように、以前から存在していた「武遊園」を「道会苑」と改名したのである。武帝の治世の七年目のことだった。「武遊園」の位置については明確には分からないが、首都長安の近郊だったことは確かだろう。それを武帝が「道会苑」と改名したのである。従って、「道会寺」（の前身と考えられる「天会寺」）は、「道会苑」（もとの「武遊園」）の中または付近に存在していたのではないか、と想像できる。

この一例だけで「道会寺」と「道会苑」を結びつけるのは危険であろう。しかし、他にも例がある。この「道会苑」は、武帝の死後、宣帝の代になると、にわかにクローズ・アップされてくる。『周書』帝紀第七・「宣帝」にいう。

（宣政元年）十一月己亥、講武於道会苑、帝親擐甲冑。

〔（宣政元年・五七八年）十一月己亥（六日）、武を道会苑に講じ、帝　親しく甲冑《かっちゅう》を擐《かん》す。〕

道会苑で武術を講習し、宣帝自身が甲冑を「擐」した（身につけた）というのである。宣帝は、長安城内の父の代からの宮殿よりも、自分のオリジナリティを示せる場として道会苑を好んだのかもしれない。さらに同書宣帝紀に次のようにある。

（大象元年）冬十月壬戌。是日、帝幸道会苑大醮、以高祖武皇帝配。醮訖、論議於行殿。是歳〈5〉、初復仏像及天尊像。至是、帝与二像倶南面而坐、大陳雑戯、令京城士民縦観。

〔（大象元年・五七九年）冬十月壬戌（四日）。是の日、帝　道会苑に幸して大醮《だいしょう》し、高祖武皇帝を以て配す。醮訖《おわ》りて、行殿《あんでん》に論議す。是の歳、初めて仏像及び天尊像を復す。是に至り、帝　二像と倶に南面して坐し、大いに雑戯を陳《つら》ね、京城の士民をして縦《ほしいまま》に観《み》しむ。〕

宣帝は道会苑に幸し、神を祭り、父武帝をもあわせ祭った。それがすんでから、「行殿」（行宮の殿舎）で議論し、仏像と天尊像（道教の神像）の復活を認めたのであった。ここから分かるように、宣帝は、父武帝の廃仏令を、大象元年十月壬戌の日（四日）、事実上撤廃したと言える。そして、それは「道会苑」において行われたのである。またいささか異様ではあるが、宣帝は仏像・天尊像とともに南面して雑戯を見ることによって、それを示したのである。宣帝の行為は愚劣だが、良く解釈すれば、民衆に仏教の復興を強烈に印象づけるための演出だったとも言えよう。

　ともかく、先に提示した二つの問題、道会寺はどこにあったか、「皇帝」は誰かという問題は、これで明らかになったといえる。「武遊園」（またはその近辺）にあった天会寺は、おそらく武帝の廃仏令によって荒廃していたが、大象元年「道会苑」（もとの武遊園）において宣帝が仏教を復興するのと前後して「道会寺」と名をかえて再興された。従って「皇帝」とは、武帝でなく、宣帝を指していると考えられるのである。

　つまり、この「道会寺碑文」は、廃仏令の事実上の撤廃と仏教の再興を祝い、記念する文章だったと言えるのである。道会寺が道会苑の中にあったのか近隣にあったのかは、厳密には分からない。しかし、「道会寺碑文」53行目に、「皇帝」の行幸を「輦詣花園、輿廻香苑」（輦《れん》もて花園に詣《いた》り、輿《よ》もて香苑を廻る）と描く、その「花園」、「香苑」というのは、道会苑のことを指すだろう。「道会寺碑文」の描くこの「皇帝」の行幸が、『周書』宣帝紀に記された、右の大象元年十月壬戌のことを指すかどうかは分からない。しかし宣帝が道会苑を好んで訪れたことは確からしいので、別の行幸があったと考える方が妥当かと思われる。たとえば、『周書』宣帝紀には次のような記事もある。大象二年（五八〇）正月の記事である。

　二年春正月丁亥、帝受朝于道会苑。

〔二年春正月丁亥（一日）、帝　朝を道会苑に受く。〕

宣帝は、正月元旦の朝参を道会苑で受けたのだった。道会苑はそれほどに宣帝にとって気に入りの場所だったらしい。

　宣帝と道会苑との深いつながりは、宣帝紀に特に次のように記されていることからも分かる。

（宣帝）遊戯無恒、出入不節。羽儀仗衛、晨出夜還。或幸天興宮、或遊道会苑、陪侍之官、皆不堪命。

〔（宣帝は）遊戯すること恒《つね》無く、出入すること節せず。羽儀仗衛《うぎじょうえい》、晨に出でて夜に還る。或いは天興宮に幸し、或いは道会苑に遊び、陪侍《ばいじ》の官、皆　命に堪えず。〕

宣帝がしきりにおとずれた場所の代表として「天興宮」とともに「道会苑」が記されている。「道会寺」がその「道会苑」の中または近隣にあったのであれば、行幸は一度や二度のことではなかっただろう。「道会寺碑文」は、その多数の行幸の中の一つにおいて記されたと考えられる。

　また荒淫で身を持ちくずして死ぬような宣帝が、大乗仏教について説教などできるかという疑問も必要ない。実際には、「皇帝」は道会寺に行幸しただけだったとしても、趙王招はそれを理想化して描き出したのである。

四　「道会寺碑文」における皇帝の表現

「道会寺碑文」の特徴の一つは、「皇帝」の表現の圧倒的な質量にある。実際、第三段落、第四段落、第五段落は、全て「皇帝」その人や、それにまつわる表現で占められている。特に第三段落は、ほぼ全体が仏教と関係を持たず、世俗の権力者としての「皇帝」の表現に終止している。同段落冒頭にはこう言う。

皇帝沈璧握図、懐珠受暦。

〔皇帝　璧を沈めて図を握《と》り、珠を懐きて暦を受く。〕

堯帝が璧を河に沈めて「握河記《あくかき》」を得たという故事をふまえて、天より宝暦を受けて即位した「皇帝」を称賛する。次のようにも言う。

蓬莱羽客、棄神仙□（而）戻止、渭浜隠士、捨垂釣而来王。

〔蓬莱の羽客は、神仙を棄てて戻止《れいし》し、渭浜の隠士は、垂釣を棄てて来王す。〕

蓬莱山に住む仙人も、神仙であることを棄ててやって来るし、渭水の浜（みずべ）で釣りをしている隠者も、釣りばりを捨てて天子のもとにやって来る。「来王」は、天子のもとにやって来てお目通りすること。「神」字を、合田時江[6]は「袖」としているが、採らない。また「来王」を、小野勝年[7]は「来」で切り、「王」を下文に続けているが、これも採らない。世間とは異次元に住む仙人・隠者さえも、皇帝のもとに馳せ参じて来る、と言うのである。ここにも皇帝権の超越性を描き出そうとする意図が読み取れる。

こうした部分には、仏教の教義との関連性は全く無い。ひたすらに展開されているのは、皇帝権の強調であり、また人格的な皇帝への礼賛である。いわば仏教の教義とは無縁の、皇帝礼賛それ自体が目的となっている。

では、それは何故なのか。宣帝は、趙王をはじめとする叔父たちへの猜疑心から、即位直後に斉王宇文憲《うぶんけん》（趙王招の兄）を殺し、以後次々に王族・功臣を殺した。そのために北周王朝は不安定となり、楊堅の擡頭とその後の簒奪を許すことになる。趙王から見れば、宣帝はきわめて危険な「皇帝」であった。だが、だからこそ、趙王は皇帝権を強化するために力を尽くさねばならなかった。北周王朝を支えるためには、そして恐らく楊堅の権力介入を防ぐためには、皇帝権の強化が必要だったのだ。趙王は、自らを排斥しようとする「皇帝」のために「皇帝」礼賛をしなくてはならないという矛盾を、背負わなくてはならなかったのである。

第四段落で、荒れ果てていた「天会」寺を再興し「道会寺」と改名したのは、主語が明示されないために分明ではないが、恐らくは「皇帝」である。冒頭に、こう言う。

　乃逮斯刹、厥名天会。

〔乃ち斯の刹に逮ぶに、厥の名は天会なりき。〕

「逮」字を、小野勝年（注〈7〉参照）は「建」として、「すなわちこの刹を建てて、それ天会と名づく」と訓読するが、それでは文脈が通らない。なぜなら、この直後に「其寺蓋昔某官姓名所興也」（其の寺は蓋し　昔　某官姓名の興す所なり）と明記されているからである。皇帝はこの寺を「建」てたのではなく、あくまでも「天会」寺という名であったこの寺を訪問したのである。従って、「乃於旧所、経始荘厳」（乃ち旧所に於いて、経始し荘厳す）という行為を行ったのは、皇帝だったに違いない。第三段落で世俗の権力者としての皇帝が描かれていたが、ここでは、寺院の復興者としての皇帝が描き出されているのである。

第五段落では、そこから更に進み、「宝座」に登り「大乗」の法を説く皇帝が描かれる。

　法華窮子、始悟慈顔、火宅童児、方知離苦。足使提舎恥其頭燃、納衣慙其断見。

〔法華の窮子は、始めて慈顔に悟り、火宅の童児は、方《まさ》に離苦を知る。提舎《だいしや》をして其の頭を燃やすを恥じしめ、
　納衣をして其の断見を慙じしむるに足る。〕

皇帝の説教を聞いた人々は、いま「方《まさ》」に「離苦」（苦を離れる）を知った。「提舎」（仏弟子の一人、舎利弗《しゃりほつ》）は頭髪を燃やすなどの自己を傷つける苦行を恥じ、「納衣」（僧侶）たちは来世が無いなどという「断見」（誤った見方）を慙じることになった。

ここには、北周武帝の廃仏令によって絶望的な状況下にあり、自傷をくりかえしていた仏教徒たちの解放の喜びが語られている。それらは全て、「皇帝」の説教によっているのである。つまりそれらは全て、宣帝が道会寺を訪れて仏教を復興し仏教について講説したことと、それによって得られた解放の喜びを語っているのである。こうして、前段落までの皇帝への礼賛は、仏教復興者としての皇帝像の表現によって完結する。宣帝は、単に世俗の権力者なのではなく、仏教再興を実現し仏法を宣揚する「菩薩天子」として描かれているのである。

五　「道会寺碑文」の銘

「道会寺碑文」末尾72行～85行の銘の内容を検討したい。聖武天皇自身の筆写の脱誤、翻字の問題点についての検討はすべて第Ⅰ部1の訳注にゆずり、句毎に改行し、訓読を記す。（『広韻』により脚韻を示した。）

百非体妙　　百非《ひやくひ》　妙《みょう》を体し
万徳凝神　　万徳　神《しん》に凝る
空因相顕　　空《くう》は相《そう》に因りて顕《あき》らかに
理寄言申　　理は言に寄りて申ぶ
赴機曰応　　機に赴くを応と曰い
反寂称真　　寂《じゃく》に反るを真と称す
法身豈滅　　法身《ほっしん》　豈に滅びんや
世眼時淪　　世眼《せいがん》　時に淪《しず》むのみ
倶迷苦海　　倶に苦海に迷い
熟暁良津　　熟《よ》く良津を暁《さと》らん』（真韻・諄韻通用）
我皇御宇　　我が皇　宇を御し
超茲文武　　茲《こ》の文武を超ゆ
迹染俗塵　　迹を俗塵に染め
心標浄土　　心を浄土に標《しめ》す
道牙広潤　　道牙《どうが》　広く潤い
勝幢高竪　　勝幢《しょうとう》　高く竪《た》つ
静監有空　　静かに有空に監み
縁思愛取　　縁りて愛取を思う』（麌韻・姥韻通用）

是曰人王　是れを人王と曰い
兼称法王　兼ねて法王と称す
惟天隆祉　惟《こ》れ天　祉《し》を隆《たか》くし
□（惟）地呈祥　惟れ地　祥《しょう》を呈す
苗垂三穂　苗は三穂《さんすい》を垂れ
蓮開両房　蓮は両房を開く
鄷戸赤雀　鄷戸《ほうこ》に赤雀あり
殿庭白狼　殿庭に白狼あり
璧連朝影　璧は朝影を連ね
蓂瞻夜光　蓂《めい》は夜光《やこう》を瞻《み》る』（陽韻・唐韻通用）
儒童剪髪　儒童《じゅどう》　髪を剪《き》り
難提承露　難提《なんてい》　露を承く
水浄洛*〔珞〕池　水は珞池《らくち》に浄《きよ》らかに
花然宝樹　花は宝樹に然《も》ゆ
偈説多羅　偈《げ》は多羅《たら》を説き
経文妬路　経は妬路《とろ》を文《あや》にす』（暮韻・遇韻通用）
甘泉北接　甘泉　北に接《つらな》り
細柳南隣　細柳　南に隣りす

河橋鉄鎖　　河橋に鉄鎖あり
灞岸銅人　　灞岸《はがん》に銅人《どうじん》あり
雲低宝蓋　　雲は宝蓋を低《た》れ
花大車輪　　花は車輪より大いなり
天晴霧解　　天晴れ　霧解け
景落霞新　　景落ち　霞新たなり　』（真韻・諄韻通用）
糸縷共纏　　糸縷《しる》　共に纏《まと》い
灯光相続　　灯光　相い続く
水激珠泉　　水は珠泉に激し
沙流銀粟　　沙は銀粟《ぎんぞく》を流す
慢*〔幔〕□（飾）黄金　　幔には黄金を飾り
床雕青玉　　床には青玉を雕《きざ》む　』（燭韻）
鳳皇之閣　　鳳皇の閣
芙蓉之宮　　芙蓉の宮
雕欒婉転　　雕欒《ちょうらん》　婉転たり
鏤檻玲瓏　　鏤檻《ろうかん》　玲瓏《れいろう》たり
窓疎受電　　窓は疎《とお》りて電を受け
檐迴来風　　檐《のき》は迴《はる》かにして風を来たす

瀾生葉紫　瀾《さざなみ》は葉の紫なるを生じ
蓮吐花紅　蓮は花の紅なるを吐く
園成樹満　園成りて樹は満ち
渠開水通　渠《きょ》開きて水は通ず
禅永定智炬方融　禅は永く定まり智炬《ちきょ》は方に融《とお》らん
道成果果累尽空　道は果を成《じょう》じ果累《かかさ》なりて空を尽《きわ》めん』（東韻）

脚韻による段落で七段落、全体は六十句からなっている。一部の誤脱を補えば、四言句の整然たる銘であることが分かる。（59・60句のみ七言句。）

六　銘文の問題点

「道会寺碑文」銘の部分は多くの問題を含んでいるが、その中心は次の三点である。

第一に、庾信からの影響が顕著に見てとれることである。そこには多大な意味があると考えられるが、そのことは第三章で論じたい。

第二に、仏教が（兄武帝の弾圧によって）深刻な打撃を受け、末法的状況を現出したこと、そこから反転して仏教を再興することの論理が語られていることである。これを末法思想と呼ぶことはできないとしても、末法思想につながる面を持つことは事実だろう。冒頭1・2句に、

百非体妙　　百非は妙を体し
万徳凝神　　万徳は神に凝る

という。「百非」は、即ち全ての否定の意。仏教では、固定観念をのりこえるために、「非有」「非無」等の否定を重視した。だがその否定の中には、実は「妙」つまり仏の真理が、体現されている。否定の中に、実は真理が貫かれている。こうした論理から銘の文章をはじめることの中に、末法的状況下にあった仏教に対する認識が見える。廃仏によって現実は完全に悪におおわれている。だがその中に、仏の真理「妙」は貫れているという認識である。趙王は、それをこうとらえかえす。

法身豈滅　　法身　豈に滅びんや
世眼時淪　　世眼　時に淪むのみ

「法身」、つまり真理そのものである仏の本体は、滅んだりしない。ただ「世眼」、世間のまなざしの方が、時によっておとろえ、この世は闇と言ったりするだけなのだ。仏教禁圧と末法的状況を、このようにとらえているのである。末法的現実を逆説的に評価したものと言えよう。だからこそ、次のように言う。（9・10句）

倶迷苦海　　倶に苦海に迷いてこそ
熟暁良津　　熟く良津を暁らん

もろともに「苦海」に迷ってこそ、「熟」、よくよく、彼岸への良き渡し場を知ることができるのだ。敷延していえば、末法濁世をくぐりぬけてこそ真理に達することができる、というのである。

もちろん「苦海」という言葉は『法華経』寿量品にも、「我見諸衆生没在苦海」（我　諸衆生の苦海に没在するを見る）等と用いられている。また、敦煌文献の中にも次のような用例を見出せる。

勧化邑人共造無漏法船、願度苦海。
〔邑人を勧化して共に無漏の法船を造り、願わくは苦海を渡らん。〕
（ペリオ二〇八六・十地論浄通師等題記願文『敦煌願文集』八五三頁）

夫苦海波濤、四生以之漂没。
〔夫れ苦海の波濤は、四生これを以て漂没《ひょうぼつ》す。〕（スタイン三四三・願文範本等・亡妣文『敦煌願文集』六頁）

しかし、これらの例を見ると、「苦海」は単に「度《わた》」りこえるべき存在、人々が「漂没」（沈みただよう）するだけの存在である。これに対して「道会寺碑文」銘は、「苦海」に「迷」うことを意味付けていると言えるのである。仏教再興を慶賀する「道会寺碑文」全体のトーンの中で、こうした認識を銘の冒頭に打ち出す。ここには、華麗な美文の中に秘められた、重い認識が見える。

この銘の第三の問題点は、皇帝を賞賛し、その聖性をことさらに強調している点である。単に強調するだけではない。それを、仏教によって論理化しているのである。11・12句で、

我皇御宇　　我が皇　宇を御し
超茲文武　　茲の文武を超ゆ

というのは、皇帝のずばぬけた聖性の強調である。つづけて13・14句で、

迹染俗塵　　迹を俗塵に染め
心標浄土　　心を浄土に標す

というのは、心に悟りを抱きつつ俗衆を救うために、「俗塵」、汚濁にみちた世間に生きる者として、「皇帝」を描き出している。そういう生き方は、「菩薩」の生き方だから、菩薩として「皇帝」を描き出したものといえる。これは、

皇帝の聖性を、仏教の側から補強し、論理化しようとするものだろう。それを総括して、19・20句では、

是曰人王　是れを人王と曰い

兼称法王　兼ねて法王と称す

という。「人王」は、帝王をいい、「法王」は通常、仏をいう。「人王」が同時に「法王」であるというのは、直訳すれば、皇帝が同時に仏である、ということである。もちろん、「法王」は、高徳な僧侶をさす場合もあり、ここでは、仏法の中心となる王者ということだろう。13・14句からのつながりで考えれば、「皇帝」は菩薩であり、地上における仏法の中心「法王」である、という認識なのだ。これは「碑文」31行の、

豈止駆之仁寿、方且帰諸家*〔寂〕滅。

〔豈に止だに之を仁寿に駆るのみならんや、方に且に諸を寂滅に帰せしめんとす。〕

とあるのと対応する。歴史上、愚劣な天子の一人とされる宣帝だが、〈8〉趙王宇文招は、あえてそれを菩薩道を実践する皇帝として描き出しているのである。

七　「道会寺碑文」の位置——結びにかえて

『広弘明集』巻十「辯惑編」第二之六に、「前僧」王明広の宣帝（天元皇帝）への上書が収められている（「周天元立有上事者対衛元嵩」）。武帝をそそのかして廃仏を行わしめた衛元嵩《えいげんすう》への反論という形で、廃仏令の中止、仏教の復興を願い出たものである。その日付は、「大象元年（五七九）二月二十七日」と記されている。〈9〉それに対する宣帝の返答は、同年四月八日に示され、「今形服不改、徳行仍存。広設道場、欲行善法」（今　形服を改めず、徳行を仍《な》お存

せしめよ。広く道場を設け、善法を行わんと欲す）というものだった[10]。僧侶たちの姿形は今は庶民と同じままとして徳を積ましめ、道場を設けて善い法を行おうと思う――というのは、仏教復興の方向で検討するが、まだ完全な復興は認めない、ということだろう。

一方、『周書』帝紀第八・「静帝」によると、大象二年（五八〇）五月に宣帝が崩じた後、静帝が正式に仏教を復興したことを述べる。

六月庚申、復行仏・道二教。旧沙門・道士精誠自守者、簡令入道。

〔六月庚申、復た仏・道二教を行わしむ。旧沙門・道士の精誠にして自ら守る者を、簡《えら》びて道に入らしむ。〕

これらの仏教復興の動きを進めたのは、宣帝・静帝自身ではなく、実力者楊堅だったとする説がある[11]。しかしそれは「道会寺碑文」によって再検討を余儀なくされるだろう。宣帝・静帝に仏教復興を行わしめたのは、宗室の柱だった趙王宇文招だったと考えることができる。もちろん趙王一人の画策ではないだろうが、宗室の諸王たちは、宣帝からうとんじられながらも、北周王朝を守るために、仏教復興による皇室の支持基盤強化、「人王」と「法王」の結合による皇帝権強化をはかったのだ。

「道会寺碑文」は、王明広の上書（大象元年二月）と静帝による仏教復興令（大象二年六月）の中間に書かれたと考えられる。且つ、大象元年（五七九）十月、道会苑で宣帝が仏像・天尊象と並んで雑戯を見たという時よりも後の時期とするのが妥当であろう。この時期、趙王をはじめ宗室の諸王は長安にいなかった。宣帝によって遠ざけられて、領国に赴いていたのである。そこには実力者楊堅の影響、あるいは画策がみてとれよう。だからこそ趙王は、「道会寺碑文」を記して、これを長安近郊なる道会寺に建て、皇帝による仏教復興を格別に祝い、且つそれを皇帝権の強化と結びつけて描いたのであろう。

仏教復興によって権力基盤を強化しようとするこうした試みは、その後、敵対者である楊堅その人によって、いわば横取りされた。隋の大業三年、倭国から遣隋使が派遣されたことはすでに述べた。「使者」の口上にある「菩薩天子」は、煬帝を指すか、文帝か、両方の可能性が考えられるが、しかしその「菩薩天子」の像は、聖武天皇『雑集』に残された「周趙王集」によれば、楊堅に殺された趙王宇文招によって、すでに北周末に提示されていたのである。

注

〈1〉田村圓澄は、「仏法を重興した「海西の菩薩天子」は、煬帝ではなく、文帝をさしていたと解されます」と述べている（『仏教伝来と古代日本』講談社学術文庫、一九八六年、九二頁）。

〈2〉吉川忠夫『興隆・発展する仏教』第一章「隋唐仏教とは何か」、一「隋王朝における仏教再興」一四頁（沖本克己等編『東アジア仏教史』七巻、佼成出版社、二〇一〇年）。

〈3〉東京女子大学古代史研究会編『聖武天皇宸翰『雑集』「釈霊実集」研究』解題（汲古書院、二〇一〇年、解題執筆者　丸山裕美子・鉄野昌弘）に詳細な解説がある。

〈4〉『周書』列伝第五・文閔明武宣諸子「趙僭王招」条による。本書第Ⅱ部参照。

〈5〉「是歳」二字は、『北史』には無く、その方が良いと考えられる。

〈6〉合田時江編『聖武天皇『雑集』漢字総索引』（清文堂、一九九三年）。第Ⅰ部では、『合田索引』と略称。

〈7〉小野勝年「『宸翰雑集』所収「周趙王集」釈義（一）」（『南都仏教』四一号、一九七八年）。第Ⅰ部では、小野注と略称。

〈8〉『周書』巻七・宣帝紀に、「史臣曰」として、次のように宣帝について述べている。「善無小而必棄、悪無大而弗為。窮南山之簡、未足書其過。尽東観之筆、不能記其罪。」〔善は小《しょう》と無く必ず棄て、悪は大《だい》として為さざる無し。南山の簡を窮むるも、未だ其の過《か》を書するに足らず。東観の筆を尽くすも、其の罪を記す能わず。〕

〈9〉王明広「周天元立有上事者対衛元嵩」冒頭（『広弘明集』巻十）。

〈10〉王明広「周天元立有上事者対衛元嵩」末尾（『広弘明集』巻十）。

〈11〉野村耀昌『周武法難の研究』（東出版、一九七六年）に次のように言う。

（仏教復興は）すべて登位後の行状が淫乱で奢侈に終始した宣帝自身によるものではなく、また幼沖七歳で譲位された静帝によるものでもなく、事実は宣帝の岳父に当る楊堅が取りしきったものと考えられる。また、宣帝が崩じた直後に当る大象二年（五八〇）六月六日に行われた北周の仏道二教を復する詔も、当然その摂政であった楊堅の意志によるものであると考えられるべきである。（二五四頁）

第二章　北周趙王の思想

一　北周趙王と聖武天皇『雑集』

北周の趙王宇文招は、華北再統一をなしとげた北周武帝（宇文邕《うぶんよう》）の皇弟として、政治・軍事の両面にわたって重要な活動をした。若くして国家の柱石の一人となったが、武帝没後に楊堅《ようけん》（隋・文帝）の王朝簒奪をはばもうとして成らず、逆に殺される。そして他方、北周という文学的実りのあまり豊かでなかった――南朝から流入してきた庾信や王褒《おうほう》らを除けばほとんどかえりみられることのなかった――朝代にあって、重要な文人の一人とみなされてきた。だが趙王宇文招の詩文は、一篇をのぞいてすべて失われてしまい、実作に即して彼の文学や思想を分析することは全く不可能だった。しかし、わが国の正倉院に伝えられてきた聖武天皇宸翰『雑集』に含まれる「周趙王集」は、この北周趙王宇文招の文章の一部を保存したものであり、趙王招の文学と思想を検討するための資料とすることができる。

本章では、この「周趙王集」中の「平常貴勝唱礼文」を中心に、趙王招の思想について検討したい。趙王の思想の展開を知るためには、この文章の制作時期を明らかにしなければならないが、それは明瞭には決定できない。ただ若干の考察を後に行うこととする。まず趙王の思想・文学の背景となる北周の文壇の情況を概観しておきたい。

二　北周の文学動向と趙王

北周の文学は、西魏以来の復古主義的潮流と、南朝風の修辞主義的潮流がいりくんでいたと特徴づけられる。前者はおもに西魏・北周出身の士大夫層によって、後者はおもに南朝から流入した文人、特に滅亡した梁の遺臣たちによって担われていた。北周一代の正史である『周書』（唐・令狐徳棻等撰）巻四十二・庾信伝の末尾には、北周の文学状況を総括した論賛が付されている。そこには「史臣曰」として、次のように論じられている部分がある。

周氏創業、運属陵夷。纂遺文於既喪、聘奇士如弗及。是以蘇亮・蘇綽・盧柔・唐瑾・元偉・李昶之徒、咸奮鱗翼、自致青紫。然綽建言務存質朴、遂糠粃魏・晉、憲章虞・夏。雖属詞有師古之美、矯枉非適時之用。故莫能常行焉。
（周氏　創業して、運は陵夷《りょうい》に属す。遺文を既喪《きそう》に纂し、奇士を聘すること及ばざるが如くす。是《ここ》を以て　蘇亮・蘇綽・盧柔・唐瑾・元偉・李昶《りちょう》の徒、咸《みな》　鱗翼を奮《ふる》い、自《おのずか》ら青紫を致す。然して（蘇）綽　務めて質朴を存することを建言し、遂に魏・晉を糠粃《こうし》とし、虞《ぐ》・夏《か》を憲章す。詞を属《つづ》るに師古の美有りと雖も、枉《まが》れるを矯《た》めるに適時の用に非ず。故に能く常行する莫し。）

復古派である蘇綽の建言が明らかにしているように、その文章のめざすものは「質朴」だった。そのために「魏・晋」以来の修辞的傾向を否定し、「虞・夏」の古代を手本にしようとするものだった。だがそれは「師古之美」（古代を手本とする美風）を持ったとしても、「適時之用」（当時に適合する応用性）を欠いていて、大きな影響力を持たなかった。

　これに対して、南朝梁に流行した新しい修辞的文学を作った集団——主に梁から流入した文学者とその周辺の北朝人士——について、右の文章はこう言っている。

既而革車電邁、渚宮雲撤。爾其荊衡杞梓、東南竹箭、備器用於廟堂者衆矣。唯王褒・庾信奇士秀出、牢籠一代。是時世宗雅詞雲委、滕趙二王雕章間発。
〔既にして革車　電《いかずち》のごとく邁《すす》み、渚宮《しょきゅう》　雲のごとく撤す。爾して其の荊《けい》・衡《こう》の杞梓《きし》、東南の竹箭《ちくせん》、器用を廟堂に備うる者衆《おお》し。唯だ王褒・庾信のみ奇士秀出し、一代を牢籠《ろうろう》す。是の時　世宗　雅詞雲委《うんい》し、滕《とう》・趙二王　雕章《ちょうしょう》間発す。〕

　梁の承聖三年、西魏の恭帝即位元年（五五四）、西魏の軍勢の「革車」が進攻すると、「渚宮」のあった梁のみやこ江陵はあっけなく陥落した。そのとき江南から北に移された優れた人材「荊衡杞梓」「東南竹箭」で、西魏・北周の朝廷に用いられた者は数多い。なかでも王褒と庾信が傑出していて、その影響力は一代をおおうほどだった。世宗（北周第二代の天子、明帝、宇文毓《うぶんいく》）や滕王（宇文逌《うぶんゆう》）・趙王らはその強い影響を受けた。この『周書』の記述から、「質朴」「師古」をめざす動きに対して、「雅詞」「雕章」——典雅で修飾的な詞章——をめざす梁朝の遺臣たちの文学が北周貴顕の間に広く受けいれられたことが分かる。趙王招は、弟の滕王逌とともに、その代表だった。

　趙王は幼いころから聡明で文学を好み、ことに庾信について学び、その影響を深く受けた。庾信は梁朝から使節として西魏に来聘し、その外交交渉の間に西魏が梁都江陵を襲ったために帰国できなくなる。それは既述の通り西魏の恭帝元年（五五四）十一月だった。そのとき庾信は四十二歳。対して趙王招は九歳または十歳くらいの年齢だった。趙王が庾信の文学的影響を受けたのは、当然のことではあった。

他方、思想の面に問題を限ると、仏教を中心に、深刻な事態が進行していた。北朝における仏教は、北魏（三八六―五三四）に入って全盛期を迎えた。その間のありさまは、北魏の楊衒之《ようげんし》の記した『洛陽伽藍記』五巻によって伝えられている。国家の庇護のもと、首都洛陽を中心に、巨大な仏寺や仏像が作られ、膨大な数の僧尼が寺院に属していた。これが国家財政を疲弊させ、社会的混乱の一因にもなっていた。北魏が東魏と西魏に分裂し（五三四年）、やがて東魏が北斉に禅り（五五〇年）、西魏が北周に禅った（五五七年）後も、仏教寺院の様相は変化しなかった。北周の武帝は、北斉に対抗するためにも仏教寺院の勢力を抑え、多数の僧侶を還俗させ、労働力や軍事力の強化を企図したとされる。武帝の心中の企図については他にも説があるが、少くとも武帝が仏教及び仏教教団に疑念を持ち、その解体と禁圧を早くから決意していたのは事実である。そしてついに建徳三年（五七四）五月十七日、廃仏令（仏教を禁圧する命令）が出され、仏教だけでなく道教も禁圧された[1]。

こうして武帝は軍備を整え、建徳五年（五七六）には大挙して北斉を攻めた。趙王招も武帝に従って東伐し、歩騎一万をひきいて北斉の汾州を攻略した。六年、北斉を滅して武帝が華北統一を成しとげたとき、功によって上柱国となる。同年、兄斉王憲、弟譙王倹、滕王逌らとともに北伐して、稽胡《けいこ》を征討し、行軍総管となる。そして稽胡の首帥劉没鐸《りゅうぼったく》をとらえるという功をあげた。

武帝、斉王、趙王らの若い兄弟は、協力して内治につとめ外患に当たった。外患の最大の課題は北斉とのあらそいだったが、彼らはそれに勝利した。武帝は仏教禁圧によって北斉に勝利したと考えていた。少くとも勝利の重要な要因だったと考えていたであろう。彼は北斉に勝利した後も廃仏令を改めず、それどころか、旧北斉地域全体に廃仏令を徹底させた。[2]篤実な仏教徒だったと考えられる趙王招にとって、心中に抱えた矛盾は深刻だっただろう。だが北斉に勝ち華北を統一し安定させるためには、兄武帝に協力するほかなかった。ところが武帝が急逝し、その子宣帝（宇《う》文贇《ぶんいん》）が即位すると、事態は急変した。宣帝は叔父達への猜疑心から斉王憲を殺し、先代の功臣たちをも次々に殺した。その宣帝自身も、あまりにも常軌を逸した荒淫のためにまもなく死に、太子の静帝（宇文衍《うぶんえん》）が即位する。（実際には、前年に宣帝は帝位を静帝につたえ、自らは皇帝以上の存在となり、「天元皇帝」と称していた。）すると宣帝の外戚（楊皇后の父）の楊堅が実権をにぎり、帝位を奪う気配があらわになってきた。趙王招は、楊堅を暗殺して王朝を守ろうとしたが失敗し、逆に一族もろともに誅殺された。大象二年七月壬子の日だった。

無残な最期である。しかし趙王の行為は、その失敗にもかかわらず勇敢だった。大象二年の秋から冬にかけて、わずか数ヶ月の間に、趙王の弟たちのほとんどすべてが楊堅によって一族とともに誅殺された。『周書』巻十三の論賛に「遷亀鼎速於俯拾、殲王侯烈於燎原。悠悠邃古、未聞斯酷」（亀鼎《きてい》を遷すこと俯拾《ふしゅう》よりも速やかに、王侯を殲《ほろぼ》すこと燎原よりも烈し。悠悠たる邃古《すいこ》、未だ斯くも酷《むご》きものを聞かず）と言う。国家・帝王の権力を象徴する「亀鼎」を（北周から）奪いとることは落とし物を拾うよりも速く、（北周王朝の）「王侯」を殺すことは原野を焼く火よりも苛烈であった。はるかな上古以来、これほど酷いものを聞いたことがない。『周書』の編者がわざわざそう記すほど、隋・文帝の権力奪取は巧みだったし、北周王族への誅滅は徹底していた。とは言え敗者の側から言えば、趙王はその死に至るまで、英邁な兄弟たちとともに、つねに果敢な行為者であり、軍政の第一線で活躍しつづけたのだった。

趙王招が、兄武帝の仏教弾圧のもとでも仏教への信仰を保っていたことは確かである。彼が宣帝朝で仏教復興に力を尽くしたことは、前章で述べた通り、「道会寺碑文」によって見てとることができる。ただ廃仏令の時期に彼がどのような信仰を持ち、どのような矛盾を抱えていたかということまでは分からない。だが、後述するように「平常貴勝唱礼文」等は、廃仏令よりも前の時期に書かれたものと考えられる。そうであれば、後年の「道会寺碑文」につながる思想の要素を、「平常貴勝唱礼文」の中に見ることが可能だろう。

三　「平常貴勝唱礼文」の「法身凝湛」文

『雑集』中の「周趙王集」に収められた「平常貴勝唱礼文」は、四篇からなっていると考えられる。その冒頭の「法身凝湛」を中心にとりあげ、趙王宇文招の思想と表現について考察する。散文ではあるが、文章構造を明示するために毎句改行し、句頭に番号をつけて表記した。六十二句からなる文章を五段落にわけて考える。

1夫法身凝湛、　　夫れ法身は凝湛《ぎようたん》にして、
2似太虚而無際。　太虚に似て際《かぎ》り無し。
3妙理淵深、　　　妙理は淵深にして、
4同滄海而難測。　滄海に同じくして測り難し。
5但漚和拘舎、　　但だ漚和拘舎《おうわくしや》のみ、
6普應応十方、　　普く十方に応じ、
7毘盧遮那、　　　毘盧遮那《びるしやな》のみ、
8遍該万品。　　　遍く万品を該《つつ》む。

仏の本体、真理そのものとしての仏の本身である「法身」はまったく無色透明で、虚空のように無際限に広がっている。そしてそのたえなる真理「妙理」はあまりにも底深く、あおい海と同じようにその深さははかり難い。だからただ「漚和拘舎」すなわち方便の説法だけが十方の衆生の求めに応じて仏の真理を明らかにできるのであり、また真理が具体的なすがたとして顕現した「毘盧遮那」仏だけがこの世のあらゆる存在「万品」を包含できるのだ。

冒頭にくりひろげられるこうした論理は、六世紀後半の仏教思想の世界では必ずしも珍しいものではなかっただろう。仏の身体を三種に区別する「三身説」は既に知られていた。究極的な真理そのものである状態としての仏の本身「法身」が認識を超越し宇宙大に広がっていることは、新しい認識や発見に属するわけではない。ただ注目したいのは、7句の「毘盧遮那」である。この「毘盧遮那」仏は、1句の「法身」とは区別されているから、言うまでもなく「法身」ではない。しかも、自らの中に「万品」をつつみこむというから、「応身」即ち生身の釈迦でもない。いわゆる「報身《ほうじん》」としてとらえられているのである。仏の身体についての議論「仏身論」は、釈迦個人への人格信仰と仏理そのものへの真理信仰を整合するものとして展開された。この文章でも、「妙理」―「漚和拘舎」とつづく真理信仰の系列に対して、「法身」―「毘盧遮那」とつづく人格信仰の系列が、対比的に現れてくる。趙王が仏身論の展開の歴史をせおって思考していることが分かる。5・6句の中心となる「漚和拘舎」は3・4句の「妙理」を承け、7・8句の中心となる「毘盧遮那」は1・2句の「法身」を承ける形で展開している。「漚和拘舎」(巧みな方便の意)だけが「妙理」を具体的な救いに実体化でき、「毘盧遮那」(輝きわたるものの意の仏名)だけが「法身」の顕現としてすべての存在をつつむことができる。こうした展開は、さきだつ四句で、「法身」「妙理」がとらえられないと述べたことを承け、仏の真理と仏陀の人格の両方を希求する、篤実な思想と信仰を述べたものである。

二つの隔句対で構成された冒頭の八句は、修辞的な表現と言うことができる。ただその修辞は論理性にうらうちされている。必ずしも新しい認識や独創的な思想というわけではないが、仏教の哲理に深くわけいって思考していることは認められる。

ここに見えるのは、「法身」や「妙理」そのもののとらえ難いことに対する認識である。趙王は、「法身」や「妙理」の測り難さを強く意識する。但だ方便と毘盧遮那仏だけが、人間の認識と知覚でとらえられる対象となり、人間の求めに応じられる。「法身」「妙理」の把握の不可能性、それ故に強まる渇望、そこから流れ出る「漚和拘舎」「毘盧遮那」への希求がここには見えるのである。

つづく第二の段落では、仏陀の説法をたたえる。しかもただ説法をたたえるだけでなく、仏陀の具象的なすがたを重ねあわせて表現してゆく。

9 大慈雲起、　大慈　雲と起こるは、
10 等玉葉之重舒、　玉葉《ぎょくよう》の重なり舒《ひろ》がるに等しく、
11 甘露雨垂、　甘露　雨と垂るるは、
12 譬濯枝之交落。　濯枝《たくし》の交《こも》ごも落つるに譬う。
13 一音所唱、　一音の唱うる所は、
14 随聞各解、　聞くに随って各おの解し、
15 三転所詮、　三転の詮《と》く所は、
16 因機並悟。　機に因りて並びて悟る。

17或復散花含咲、　或いは復た　散花し咲《え》みを含み、
18倶証善生、　倶に善の生ずるを証し、
19動地放光、　地を動かし光を放ちて、
20咸標罪滅。　咸《み》な罪の滅ぶを標《しめ》す。
21故知福恵尊高、　故に知る　福恵の尊高にして、
22威神降重。　威神の重きを降すを。
23人天勝軌、　人天《にんでん》の勝軌にして、
24智断良田。　智断の良田なるを。

仏の大いなる慈悲が雲のようにおこるさまは、玉と輝く木の葉の茂るさまに等しい。その慈悲から発する仏陀の説法を、聞く者はそれぞれ聞くままに理解した。それ故に――仏の説法によって――知るのである。仏のめぐみの尊いことを、仏の神威の重々しく降ったことを。仏の説法こそ、人々と神々のすぐれた軌道であり、知恵をはぐくむよき土壌だということを。

9句から12句まで、仏のめぐみを描いている。そのめぐみを9句では「雲起」と言い、11句では「雨垂」と言う。さらにその9句の「雲」を承けて10句で「玉葉」と比喩しなおし、11句の「雨」を承けて12句で「濯枝」と比喩を重ねてゆく。技巧的な隔句対である。ことに10句で、雲のいろどりを「玉葉」と表現するのは、明らかに南朝文学からの影響であり、わけても庾信からの影響をみとめることができる。梁の簡文帝の「詠雲」詩に、

玉葉散秋影　　玉葉　秋影を散じ

金風飄紫煙　　金風　紫煙を飄わす

とあるのは前者の証明となる。庾信の「羽調曲」其三に、

雲玉葉而五色　　雲は玉葉のごとくにして五色に
月金波而両輪　　月は金波のごとくにして両輪たり

とあるのは後者の証明になる。

仏の「大慈」は、13句以下で仏の説法へと収斂してゆく。「一音」「三転」と表現される仏の説法こそが仏の最大のめぐみなのだとするのである。仏の身体と仏の理法は同一のものの違うありかただととらえる前段で見た論理が、この段では、仏の慈悲と仏の説法という異なる存在を同一のものととらえる論理になっている。

仏のめぐみは数かぎりなくあり得るのだが、現世利益でなく仏の説法に収斂してゆくところに、趙王の知性と篤実さが見える。17句以下で、「散花」や「動地」などの吉瑞が描かれるが、それらが示したものは聴衆の心の「善生」であり「罪滅」である。趙王が現世利益に無関心だったと言うことはできないが、より多く彼の関心が内面的救済に向かっていたと言うことができよう。

第三段落は一転して、今日の法会のありさまが具体的に描かれている。

25今日施主、　　今日の施主、
26弟子ム甲、　　弟子　ム甲《ぼうこう》は、
27乃是三多、　　乃ち是れ三多にして、
28久樹八恒。　　久しく八恒を樹《た》つ。

29慕須達之前蹤、　須達の前蹤を慕い、
30□（追）郁伽之後轍。　郁伽の後轍を追《した》う〈3〉。
31所以於茲広廈、　所以に茲の広廈に於いて、
32仍建*〔建〕道場。　仍《よ》りて道場を建つ。
33用此高因、　此の高因を用て、
34便開法席。　便ち法席を開く。
35宝幡飄颺、　宝幡は飄颺し、
36雑□（天）花而共色。　〈4〉天花に雑わりて色を共にす。
37法鼓鏗鏘、　法鼓は鏗鏘《こうしょう》として、
38帯梵音而倶響。　梵音を帯びて響きを倶にす。
39菓味甘美、　菓味　甘美にして、
40如在歓喜園中。　歓喜園の中に在るが如し。
41飯気紛馨、　飯気　紛馨にして、
42似出衆香国内。　衆香国の内より出ずるに似たり。

今日の施主である仏弟子の「ム甲」（某甲）は、三つの善徳を修め、八つの不変の善事を行ってきて、いまこの邸中に道場を作った。そして仏法のあつまりを開いたのである。仏法の尊さを伝える音楽はきよらかにひびく。くだもののの味わいは天界の歓喜園にひとしく、浄食のかおりは浄土の衆香国からとどいたかのようである。

法会の場の描写は、華麗にして装飾的である。平仄の配置にも意を尽くし堂々とした装飾美の空間をつくり出している。典型的なのは、27句から34句にいたる八句である。このたびの「施主」が「ム甲」であることを述べたあとの部分の平仄を例示してみよう。（○平声、●仄声）

乃是三多、　久樹八恒。
慕須達之前蹤、　追郁伽之後轍。
所以於茲広廈、　仍建道場。
用此高因、　便開法席。

一方、35句から後は、すべて四言句―六言句のくりかえし（36句は一字脱落しているものと考えられ、「天」字を仮に補って六言句とみなした）である。うねるように反復し重層してゆく言葉のつらなりは、それだけで現実を超越した美の秩序を感じさせる。しかもこの部分は、奇数句で現実の法会を描写し、偶数句でそれを浄土の世界にむすびつけてゆく。こうして現実の法会は、浄土の法会と重ねあわされ、重層化される。言葉によって構築されるこの幻視の空間を、むしろ趙王は求めていたのである。

第四段落は、仏の名を挙げ、慶福を祈願する部分である。

43大衆証明、　大衆は証明し、
44為礼寂滅種智、　礼を寂滅・種智、

45雄猛霊覚、　　雄猛・霊覚、
46能仁調御、　　能仁・調御、
47慈氏法王。　　慈氏の法王に為す。
48願施主乗斯福善、　　願わくは施主　斯の福善に乗じ、
49広沾九族、　　広く九族を沾《うるお》し、
50該彼六親。　　彼の六親を該《つつ》まんことを。
51沢遍昇□（降）、　　沢《たく》は遍く昇（降）〈5〉し、
52慶兼存没。　　慶は存没を兼ねんことを。

この法席につどう人々は証しを立てて信仰をちかい、寂滅・種智・雄猛・霊覚・能仁・調御・慈氏などの名の仏法の主に礼拝をおこなう。願わくは　仏の恩沢があまねく天地の間を昇り降りし、さいわいが生者にも亡者にもひとしくもたらされるように。

内容上は、前段の法会の場所に連続している。仏名を連呼してその来臨をあおぎ結縁をするのだろう。そして施主の一族が仏の恩沢にあずかることを祈る。それにとどまらず、生きとし生けるもの全て、さらにすでに亡くなった者も含む全ての存在に慶福が及ぶことを祈る。あるいは類型的な表現だろう。そうではあるが、〃利他〃をめざす大乗仏教の思想はここに集約されていると言える。

最後の第五段落十句は、ふたたび思索的な表現にもどる。あたかもそれは、冒頭第一段落の問題提起に呼応するものでもある。

53並使解窮七覚、　並びに解をして七覚を窮めしめ、
54識洞三明、　識《しき》をして三明を洞《つらぬ》かしめば、
55弊帛稍除、　弊帛《へいはく》稍《ようや》く除かれ、
56金体便現。　金体便ち現われん。
57灰炭斯尽、　灰炭《かいたん》斯に尽き、
58樹想不生。　樹想生ぜざらん。
59葉悩皆謝、　葉悩《ようのう》皆謝《さ》り、
60蓋纏永息。　蓋纏《がいてん》永く息《や》まん。
61禅恵日増、　禅恵《ぜんえ》日に増し、
62道如方具。　道如方に具《そな》わらん。

さらに、知恵が「七覚」つまり七覚分（仏法の七通りの修行）をきわめ、見識が三つの神通力「三明」をつらぬいたならば、よごれた布のような迷妄は除かれ、その奥から、仏の黄金の身体すなわち真理があらわれるだろう。迷いも消え、妄念も生まれなくなるだろう。心をおおいからめていた煩悩もとわにやむだろう。さとりのめぐみは日に増し、究極の真理「道如」が身にそなわるだろう。

法席の描写（第三段落）、仏への祈願（第四段落）から転じて、内面的な救済が語られる。「七覚」（七覚分）という修行や、「三明」という修行者の得た神通力によって、悟りへの道理が得られたならば、と言う。それらは、当然

ながら「解」や「識」、つまり見解や識見をとぎすませ高める修行である。それはまた、この法席の説法を聴き、この法席の仏陀を念ずること――それを出発点とすることだった。この法会を単に現世利益の場として描き出すのではなく、どこまでも「解」「識」を高める修行の場として描き出しているのである。

さて「七覚」と「三明」をきわめたならば、「弊帛」がのぞかれ、「金体」があらわれてくる、と言う。人間の迷妄を「弊帛」と表現するのは、ややめずらしい言いかたのように思われるが、敦煌文献「十万千五百仏名明勝題記願文」（大谷大学図書館蔵）[6]に「塵羅之弊、雲飛雨散」（塵羅の弊、雲と飛び雨と散る）とあるのを見ると、類似した表現はあったと考えられる。そしてその「弊帛」という迷いがのぞかれたとき、仏の黄金のからだ「金体」があらわれる。世界の真実のありかたが何ものにも邪魔されずに直接に見えてくる事態を、仏陀の「金体」があらわれると表現したのだが、これは冒頭1・2句の「夫法身凝湛、似太虚而無際」という認識と対応している。

同様に、末尾62句で真理そのもの「道如」がそなわるであろうと言うのは、冒頭3・4句の「妙理淵深、同滄海而難測」と対応していると言える。測り難い「妙理」が、いまや「道如」として身にそなわる。ここに一貫しているのは、世界の真相を「法身」と「妙理」という二面からとらえる論理である。それを一貫して末尾の「金体」と「道如」の拮抗にいたるまで持続させている点は注目すべきだろう。「法身」―「金体」は、世界の真相を仏の身体としてとらえる――いわば真理を仏陀の身体としてとらえる――視点である。また「妙理」―「道如」は、それを理法としてとらえる――真理を理法性の側からとらえる――視点である。先に述べたとおり、仏身論の流れをふまえて、仏陀の教えの真理性とその人格性とを、対比しつつ統一的にとらえようとしているのである。こういう一貫した論理性、同時にその論理性をささえる真率さが、趙王の文章には見えるのである。

四　趙王の文章の特徴

趙王の「法身凝湛」の文章は華麗な修辞を駆使した文章ではあるが、その修辞を介して、趙王の論理的性格と仏教へのひたむきな希求が見える。では、そこに見出した特徴が、他の作品にも見出せるのか。それを以下に考えたい。

第一に、「法身凝湛」にあらわれていた「法身」や「妙理」への渇望の真剣さは、やや異なる形で、趙王の諸作のなかにあらわれている。「法身」「妙理」への渇望は、存在の虚妄への恐れ、さらに「無常」つまり死への恐れを、前提としている。前者の例となるのは、「五陰虚仮」の冒頭である。

1夫五陰虚仮、　夫れ五陰は虚仮《こけ》にして、
2四大浮危。　四大は浮危なり。
3事等驚飆、　事は驚飆に等しく、
4有同聚沫。　有《う》は聚沫《しゅうまつ》に同じ。
5兼復八苦煎慮、　兼ねて復た八苦は慮を煎《い》り、
6九横催年。　九横は年を催《もよお》す。

人間を成りたたせている五つの要素「五陰」は実体の無い仮象であり、世界を成りたたせている地・水・火・風の四つの元素「四大」もはかない現象にすぎない。事象は疾風にひとしくたちまちに消え、存在はよりあつまった水泡

と同じで一瞬に消えてゆく。さらにまた、生・老・病・死などの八つの苦しみが思慮を煎り、九種の無残な死にかたが人の寿命をせきたてる。

「五陰虚仮」「四大浮危」と、人間と世界を成立させるすべての要素の仮象性を述べる。具体的な人間の生の苦しみや寿命について述べるのは、むしろその次である。「八苦煎慮、九横催年」という生の苦しみと死への恐れを語る言葉は、冒頭の認識の上に重ねあわされる。原理と実感が、かたく結び付いている。

死への恐れをより明らかに語る例もある。「無常一理」の冒頭はその例である。

1無常一理、　　無常の一理は、
2傷害似刀。　　傷害すること刀に似たり。
3有為三遷、　　有為《うい》の三遷は、
4改□（廃）如擲。　　改廃〈7〉すること擲《なげう》つが如し。
5所以日輪暁映、　　所以《ゆえ》に　日輪　暁に映じては、
6陽烏之羽不停。　　陽烏の羽　停まらず。
7月桂夕懸、　　月桂　夕べに懸かりては、
8陰菟*（兎）之光恒徙。　　陰兎の光　恒に徙《うつ》る。

「無常」すなわち死という理法は、人をそこなうこと刀剣のようである。「有為」すなわち因縁によっておこる現象が変化するさまは、すべてを改めてしまうこと、まるで物を投げすてるかのようである。

「無常」への恐れが、正面から語り出されている。それは時間への焦燥として語りなおされる。趙王招の文章の特質は、華麗な修辞の中にのっぴきならない自己の内面や生きる姿勢が現れ出てくるという点にある。教条としての仏教を語るのではなく、あくまでも仏教を必要とし現実と葛藤している自己の内面を語るところに特質がある。だから「五陰虚仮」では、「今段施主、衆多檀越、並皆生鍾嶮世、運属危時」（今段の施主、衆多の檀越、並びて皆　生は嶮世に鍾《あ》たり、運は危時に属す）と述べてもいる（25句～28句）。国家多難の時代を生きた王族の実感であって、現実を生きる自己の内的体験にもとづいて語ろうとするのである。

　趙王の文章の特徴としてもう一つ顕著なのは、道教への対抗意識だろう。「因果冥符」に次のようにある。

41躡金花而徒歩、　金花を躡《ふ》みて徒歩し、
42反咲乗龍。　反って龍に乗るものを咲《わら》わんことを。
43馮宝殿而遊安、　宝殿に馮《よ》りて遊安し、
44還嗤控鵠。　還って鵠《くぐい》を控《ひか》えるものを嗤《わら》わんことを。
45法喜為味、　法喜を味わいと為せば、
46詎仮餐霞。　詎《なん》ぞ霞を餐うを仮らん。
47慚愧是依、　慚愧して是に依れば、
48何待披霧。　何ぞ霧を披《き》るを待たん。

仏の浄土の「金花」を踏んで歩き、その「宝殿」に遊べば、龍や鵠に乗る仙人など笑いの対象にすぎない、と言う。

仏の真理を知る喜び「法喜」を味わい、仏法への感謝「慚愧」を抱けば、霞を食い霧をまとう仙人のくらしは無要である。

こうした発言が散見する。右の文章をよりどころにして趙王が道教に対してことさらに否定的だったとすることはできない。にもかかわらず、道教と区別して仏教の優秀さを語ろうとする趙王の真率な態度が見えることは、彼の仏教に対する認識の深さを示すだろう。

またここには時代の影もかすかに見える。それは「平常貴勝唱礼文」の記された時期について、ある示唆を与えるものでもある。兄の武帝が数次にわたる三教の公開論争をふまえて廃仏を断行するのは、建徳三年（五七四）である。廃仏令の後で趙王が仏教関係の文章を制作する、さらにはそれを公表することは難しいと考えられるから、現存する趙王の文章の多くは建徳三年よりも前に書かれたものと考えられる。「法身凝湛」の31句～34句において、「道場」を建て（32句）、「法席」を開く（34句）ことが述べられている。こうした仏教行事を皇族が公然と行うことは、建徳三年以後は全く不可能だった。「児生三日満月序」等の文章は、趙王招の私事にかかわり、いわば私邸の中で書かれ読まれる文章だから、廃仏令のもとでも制作され得た。もちろんそれも困難なことだったに違いないが、不可能とまでは言えない。だが少くとも「平常貴勝唱礼文」は、僧侶を招き、「大衆」（43句）とともに仏を祭る法会を描いている以上、建徳三年よりも前の作と言わなくてはならない。

それは三教の論争が進み、廃仏の影が濃くなりはじめていた時期である。結果的には道教も仏教とともに弾圧されるのだが、そこに至るまでの間、仏・道二教の関係は、互いに優劣を争わねばならず、おだやかではあり得なかった。そういう状況のなかで、趙王がやや急進的に、道教に対決するものとして仏教を求めたということはあり得る。時代の動きのなかで、趙王の真率な仏教への希求がより一層厳しく真摯なものとなった可能性がある。

趙王の文章のいま一つの特徴は、自己と他者の救済を追求する意欲の強さである。そしてそれは、自己と他者を見わたす視野の広さにもつながっている。「五陰虚仮」に次のように言う。

75当願国界安静、　当に願わくは国界安静にして、
76気序調和、　気序調和し、
77兵革不興、　兵革興らず、
78干戈無用。　干戈《かんか》用うる無からんことを。
79競修礼護、　競って礼護を修め、
80争習仁慈、　争って仁慈に習い、
81天下大同、　天下大同し、
82兆民慶楽。　兆民慶楽せんことを。
83下臨三途巨夜、　下は三途の巨夜と、
84四趣幽関、　四趣の幽関の、
85銅柱剣林、　銅柱・剣林と、
86刀峰鉄網、　刀峰・鉄網とに臨まん。
87凡諸惣*〔逼〕悩、　凡そ諸もろの逼悩《ひつのう》は、
88一時清浄。　一時に清浄とならん。
89絓是悲酸、　絓《つ》いで是の悲酸も、

90普皆済抜。　　普《あまね》く皆済抜《さいばつ》せられん。

「銅柱」以下に地獄の責め苦をなまなましく列挙する表現によって、「済抜」（90句）への強い希求が浮かび上がる。「天下大同」「兆民慶楽」（81・82句）という句も、趙王の王族としての、また政治的行為者としての視界をものがたる。それを定型的な表現と見ることも不可能ではないが、前の二句で「競」い「争」って仁・礼を修める人々のすがたが描かれているので、その生き生きとした活動にみたされた「天下」「兆民」として躍動的にとらえられる。定型的な表現の中に終始しているわけではないのである。

こうした〝利他〟の視点は、もとより大乗仏教の思想の根幹だから、趙王の文章の随所に見える。一例のみつけ加えておく。「因果冥符」に言う。

14今日施主、　　今日　施主、
15樹此洪基、　　此の洪基を樹《た》て、
16乃欲捨我為他、　　乃ち我を捨てて他の為《ため》にし、
17先人後己。　　人を先にして己を後にせんと欲す。

「先人後己」（17句）の語は、『礼記』の中に見える表現である。まぎれもなく儒教の用語であったが、それをここでは仏教の利他の思想を語る文脈に用いている。儒教の思想を仏教の側にとりこみ、仏教の思想を拡充しているとも言えるのである。同じ文章の末尾に、「通運一乗、度諸有識」（通く一乗を運らし、諸もろの有識を度《わた》さん）（51・52

句）と他者の救済を述べ、それと連動するものとして自己の救済を語るのを見ると、趙王の思索の深さが分かる。末尾は次の通りである。

53然智恵火、　智恵の火を然《も》やし、
54焼煩悩薪。　煩悩の薪を焼かん。
55泛涅槃□（津）、　涅槃の津《しん》[8]に泛かび、
56済生死海。　生死の海を済《わた》らん。

他者の救済と自己の救済をこのように連続させてとらえる視点を持ちつづけるところに、趙王の認識の深さが見える。趙王のこうした言葉は、現世利益を求める庶民の信仰とは、やはり距離のあるものだった。次の例は現世利益を求める傾向の強いものと言えよう。敦煌文献（スタイン五九五七）・開経文「願使家盈七宝、長承五品之栄。風送七珍、常値朝恩寵」（願わくは家をして七宝を盈《み》たしめ、長く五品《ごひん》の栄を承《う》けんことを。風をして七珍を送らしめ、常に朝恩《ちょうおん》の寵《ちょう》に値《あ》わんことを）（『敦煌願文集』四七一頁）。高い身分と財宝を代々得られるように祈るのである。[9]

趙王の文章の特質について、さきに「法身凝湛」の末尾に、自己の内面的救済への希求が見えることを述べたが、それは右の文章「因果冥符」の末尾にもあらわれている。そしてそれは他者の救済と表裏するものとしてとらえられていることが分かるのである。

五　趙王の思索態度

聖武天皇宸翰『雑集』に保存された「周趙王集」の七篇（十篇）の文章を見るかぎり、趙王宇文招の文学はたしかに南朝風の四六駢麗文によって記されて華麗な修辞にみたされている。同時に、仏教思想に対する深い理解の上に立った論理性を持っていると言えよう。ことに自己内面の葛藤と求道的な性格が垣間見られる。そこに、趙王の精神の姿勢や背負った内面的課題が見えてくる。

現実の場にあって果敢だった趙王は、しかし死や存在の虚妄への深い恐れを持っていた。その恐れに対して彼は真摯だった。彼は、表現の場にあっても自己の恐れにこだわり、それを超えようとする。だからこそ葛藤が生じたのだろう。それを良くものがたるのは、彼の文章のなかに度々あらわれる反語や詰問、自己への命令の言葉遣いである。実例の一部を列挙しておく。前二者は「無常一理」、後者は「五陰虚仮」の例である。

13唯当深樹徳本、　唯だ当に深く徳の本を樹《た》て、
14広植良基、　広く良き基《もとい》を植え、
15藉福蕩灾*〔災〕、　福を藉《か》りて災《わざわい》を蕩《はら》い、
16寄善消鄣、　善に寄りて鄣《さわり》を消し、
17冀望千秋永楽、　千秋の永楽と、
18万寿無量。　万寿の無量とを冀望《きぼう》すべし。

（「無常一理」）

61故知菩提之善、　故に知る　菩提の善は、
62常須懃発。　常に須らく懃《ねんごろ》に発すべし　と。
63弘誓之因、　弘誓の因は、
64何宜待廃。　何ぞ宜しく廃するを待つべけんや　と。（「無常一理」）

31若非妙善、　若し妙善に非ざれば、
32何以自安。　何を以てか自ら安んぜん。
33除此勝縁、　此の勝縁を除きて、
34熟*〔孰〕知請護。　孰《たれ》か請護を知らん。（「五陰虚仮」）

障害に向かって真正面から対決してゆく姿勢が、北周王族としての趙王宇文招の気風だったとさえ感じられる。状況に強いられて葛藤のなかに沈むというより、趙王招は自ら進んで葛藤をひきうけ、それを克服して行くのである。趙王の文章のもつ論理性は、高い地点に進もうとする果敢な姿勢によるのだろう。行動的な姿勢を彼は表現の場においても失わなかった。華麗な修辞を介して趙王のそのような姿勢が、『雑集』中の「周趙王集」から浮かび上がる。

こうした「平常貴勝唱礼文」の文章群が建徳三年（五七四）の廃仏令以前に制作されたとするなら、趙王招の二十歳台の文章ということになる。次第に迫る廃仏の危機の中で、彼が鋭く仏教への信仰を深めていたことがうかがえる。その真摯な姿勢が、第一章で述べたように、後に「道会寺碑文」に示された彼の仏教復興への営為を生むことになっ

たと、考えることができるのである。

注

〈1〉藤善眞澄『隋唐時代の仏教と社会――弾圧の狭間にて――』（白帝社、二〇〇四年）に、武帝の廃仏の経緯について詳しい記述がある。ことに第一章「北周の廃仏」に詳しい。その三七頁に「武帝の目的が、どれほど教団の腐敗堕落をならべたてようと、結局は富国、強兵の二句四文字につきる」と言う。

〈2〉藤善眞澄前掲書、四一頁に、建徳六年（五七七）「二月、（北周）武帝は鄴の太極殿において論功行賞を行ったあと、長安に凱旋した」、「北斉領域の教団が廃滅の運命に見舞われたのは、まさにこの時のことである」と言う。

〈3〉本文に一字欠字がある。前句との対応関係から「追」字を仮に補った。

〈4〉本文に欠字は無いが、38句と対応していると考えられるので、仮に「天」字の脱として文字を補った。

〈5〉本文に欠字は無いが、「降」字を仮に補った。

〈6〉『敦煌願文集』（黄徴・呉偉校注、岳麓書社、一九九五年）による。

〈7〉本文に欠字は無いが、「廃」字を仮に補った。

〈8〉本文に欠字は無いが、「津」字を仮に補った。

〈9〉敦煌文献に見える願文には、現世利益か物故者の福善を祈るものが多く、それに比べて趙王の視界の広さは強調されてよい。敦煌文献の例を追加するなら、次のようなものがある。敦煌文献（スタイン三四二七）・結壇散食迴向発願文「収弟子ム*〔某〕甲三災*〔災〕九横、遠送他方。除弟□（子）ム*〔某〕甲月厄年衰、転禍為福。生生世世、長為善品枝羅、世世生生、永保門興人貴。冥官自在、記録福因」（弟子某甲の三災九横を収め、遠く他方に送らんことを。弟子某甲の月ごとの厄と年ごとの衰えを除き、禍《わざわ》いを転じて福と為さんことを。生生《せいせい》　世世《よよ》、長く善品の枝羅と為り、世世《よよ》　生生《せいせい》、永く門の興り人の貴きを保たんことを。冥官《めいかん》　自在に、福因《ふくいん》を記録せんことを）（『敦煌願文集』五七五頁）。

第三章　庾信から趙王へ——文学的系譜

一　問題の所在

梁の承聖三年（五五四）、庾信が使節として北朝に入り、そのまま帰国できずに北地で文学活動をすることになったのは、文学の範囲に限っても、文化史的な意味においても、大きな事件だった。しかし、庾信の宮廷詩が北朝において歓迎されたことは明らかであるとしても、強いられた生存を生きる心中の葛藤や、それを表出する文学が北朝の士人に受け入れられたのかどうか、庾信の思想や彼の背負っていた南朝の文化がどのように受けとめられたのか、それらの問題は明瞭になってはいない。

本章では、北朝文学・文化に対する庾信の影響の実態を、右のような問題点に即して具体的に追究したい。具体的には、庾信の影響を最初に、直接に受けたことが確実ではあるが、その調査の可能性が失われていた北周趙王宇文招の文章を奈良正倉院に伝わる聖武天皇宸翰『雑集』所収の「周趙王集」に基づいて調査・検討するものである。

「周趙王集」に収められている十篇の文章のうち、一一一〈1〉「道会寺碑文」は、「周趙王集」だけでなく『雑集』全体を通じて最長の作品であり、庾信からの文学的影響を顕著に示していると考えられる。本章では、この「道会寺碑文」

を中心に調査し、他の文章についても考察するものとしたい。

二　趙王「道会寺碑文」の調査

本節では、「周趙王集」の文章と庾信の文章とを比較し、両者の中で一致または類似する語彙を示し分析する。但し、その全ての例を示すことは不可能でもあるので、多少とも影響関係が推測できる語に限定する。まず「周趙王集」一一一「道会寺碑文」中の特徴的な語彙を示し、それに対して影響を与えた可能性のある庾信の語彙を例示する。「A」は全て「周趙王集」の例を指し、「B」は全て庾信の文集である『庾子山集』〈2〉の例を指す。本節では、「A」は全て「道会寺碑文」からの引用なので、出典は「(趙王一一一)」のように示す。なお、引用文は句の構造を明示するため、韻文・散文を問わず、一句毎に改行して表示し、訓読を付した。

(1)「凝陰」

A若夫九成図*〔円〕蓋　若《も》し夫《そ》れ九成の円蓋は
則康陽垂日　則ち康陽日を垂れ
四柱方輿　四柱の方輿は
則凝陰載升　則ち凝陰載升す　(趙王一一一)

B観夫造作権輿　夫の権輿《けんよ》を造作するを観るに
皇王厥初　皇王厥《そ》れ初む

法凝陰於厚徳　凝陰に厚徳に法《のっと》り
仰沖気於清虚　沖気《ちゅうき》を清虚に仰ぐ　（庾信「象戯賦」）

(2)「測量」

A毛渧*〔滴〕海水　毛もて海水を滴《したた》らすは
竿*〔算〕数之理無方　算数の理方《くら》ぶる無し
塵折須彌　塵もて須彌を折するは
測量之情逾遠　測量の情逾々遠し　（趙王一一一）

B嘉石肺石　嘉石《かせき》・肺石《はいせき》
無以測量　以て測量する無く
舌端筆端　舌端・筆端
惟知縏擁　惟《た》だ縏擁《はんよう》を知る　（庾信「答趙王啓」）

(3)「銀甕」

A至如玉盤銀甕之祥　玉盤・銀甕の祥
赤獣白禽之瑞　赤獣・白禽の瑞の如きに至りては　（趙王一一一）

B銀瓮金船　銀瓮と金船と
山車沢馬　山車と沢馬と　（庾信「三月三日華林園馬射賦」）

(4)「双苗・三脊」

A双苗三脊　　双苗・三脊《さんせき》
　以表至孝之徴　　以て至孝の徴を表す　（趙王一一一）

B嘉苗双合穎　　嘉苗双《なら》びて穎《えい》を合し
　熟稲再含胎　　熟稲再び胎を含む　（庾信「和李司録喜雨」）

B′北里之禾六穂　　北里の禾《か》は六穂
　江淮之茅三脊　　江淮の茅《かや》は三脊　（庾信「羽調曲」其四）

(5)「双龍・葛陂」

A河漢双龍　　河漢の双龍
　朝遊葛陂之水　　朝に葛陂《かつひ》の水に遊ぶ　（趙王一一一）

B迎仙客於錦市　　仙客を錦市に迎え
　送游龍於葛陂　　游龍を葛陂に送る　（庾信「竹杖賦」）

(6)「金縄・銀函」

A若乃金縄玉字之書　　若し乃ち金縄・玉字の書あり
　石架銀函之部　　石架・銀函の部あり　（趙王一一一）

B可以玉検封禅　玉検《ぎょくけん》を以て封禅すべく
可以金縄探策　金縄を以て探策すべし　（庾信「羽調曲」其四）

B′雖復銀函東度　復た銀函東に度り
金氎南翻　金氎《きんちょう》南に翻すと雖も　（庾信「陝州弘農郡五張寺経蔵碑」）

(7)「驚猿・落雁」

A中臂＊〔贄〕凝柱之精　贄《し》に中《あ》て柱を凝《へだつ》るの精あり
驚猿落雁之巧　猿を驚かし雁を落とすの巧あり　（趙王一一一）

B莫不飲羽銜竿　羽を飲み竿を銜み
吟猿落雁　猿を吟ぜしめ雁を落とさざる莫し　（庾信「三月三日華林園馬射賦序」）

(8)「垂露・銀鉤」

A縁情則飛雲玉髄　情に縁りては則ち飛雲玉髄のごとく
落紙則垂露銀鉤　紙に落つれば則ち垂露銀鉤のごとし　（趙王一一一）

B文異水而湧泉　文は水に異なりて泉湧き
筆非秋而垂露　筆は秋に非ずして露を垂る　（庾信「謝趙王示新詩啓」）

B′銀鉤永固　銀鉤永く固く
金牒長存　金牒《きんちょう》長く存す　（庾信「陝州弘農郡五張寺経蔵碑」）

(9)「薬性・九転」

A白石紫芝　白石紫芝
懸諳薬姓＊〔性〕　懸かに薬性を諳《そら》んじ
四章九転　四章九転
遥識方名　遥かに方名を識る　（趙王一一一）
B問葛洪之薬性　葛洪の薬性を問いて
訪京房之卜林　京房の卜林を訪《と》う　（庾信「小園賦」）
B′蒲桃一杯千日酔　蒲桃一杯にして千日酔い
無事九転学神仙　九転して神仙を学ぶを事とする無し　（庾信「燕歌行」）

(10)「瑠璃・瑪瑙」

A月映瑠璃　月は瑠璃に映じ
帯春風而不堕　春風を帯びて堕ちず
雲連瑪瑙　雲は瑪瑙《めのう》に連なり
似秋雨而将垂　秋雨に似て将に垂れんとす　（趙王一一一）
B銜雲酒杯赤瑪瑙　雲を銜む酒杯は赤き瑪瑙
照日食螺紫瑠璃　日に照らさるる食螺は紫の瑠璃　（庾信「楊柳歌」）

⑾「空香」

A空香自吐　　空香自ら吐き

無労荀彧之衣　　荀彧の衣を労する無し　　（趙王一一一）

B霊駕千尋上　　霊駕千尋を上り

空香万里聞　　空香万里に聞こゆ　　（庾信「道士歩虚詞」其八）

⑿「慧灯」

A慧灯暫照　　慧灯暫く照らして

暗空方明　　暗空方に明らかなり　　（趙王一一一）

B願憑甘露入　　願わくは甘露より入るに憑り

方仮慧灯輝　　方に慧灯の輝きを仮らん　　（庾信「仰和何僕射還宅懐故」）

⒀「六龍・四校」

A六龍厳設　　六龍　厳そかに設けられ

四校広陳　　四校　広く陳なる　　（趙王一一一）

B皇帝翊四校於仙園　　皇帝四校を仙園に翊《わきぞえ》とし

迴六龍於天苑　　六龍を天苑に迴らす　　（庾信「三月三日華林園馬射賦」）

⑭「夜光」

A壁連朝影　　壁は朝影を連ね
　蓂瞻夜光　　蓂《めい》は夜光を瞻《み》る　（趙王一一一）
B夜光流未曙　　夜光流れて未だ曙《あ》けず
　金波影尚賖　　金波影尚お賖《はるか》なり　（庾信「望月」）

⑮「花然」

A水浄洛*〔珞〕池　　水は珞池に浄らかに
　花然宝樹　　花は宝樹に然ゆ　（趙王一一一）
B野鳥繁絃囀　　野鳥は繁絃のごとく囀り
　山花焔火然　　山花は焔火のごとく然ゆ　（庾信「奉和趙王隠士」）

⑯「窓疎・檐迴」

A窓疎受電　　窓は疎《とお》りて電を受け
　檐迴来風　　檐は迴かにして風を来たす　（趙王一一一）
B山危簷迴　　山危くして簷は迴かに
　葉落窓疏　　葉落ちて窓は疏《とお》る　（庾信「明月山銘」）

以上、趙王招の「道会寺碑文」に基づいて、庾信の詩文の語彙と一致または類似しているものをあげた。右の例につき、いくつかの特徴を指摘することができる。

1単語一語のレベルで、趙王の用語と庾信の用語には一致・類似が多く見られ、趙王が庾信の語彙を意識して用いたことが確認できる。

2趙王の文章の一句、または近接した句の中に、二単語以上の庾信の語を利用した例があり、庾信からの影響の大きさが分かる。同時に表現・修辞のレベルでの類似が見られ、趙王が「庾信之体」を学んだという史書の記述を具体的に裏付けることができる。

3趙王が用いたと見られる庾信の語彙は、庾信の公的作品群中のものが多く、宮廷詩人としての庾信の影響力が見える。しかし一部には、庾信の複雑な内面に関わる私的作品中の語彙と見られるものもあり、趙王と庾信の交流の深さを推測できる。

次節において、趙王の他の文章の例を含めて、右の論点に沿って考察する。

三　庾信と趙王の語彙の共通性

前節で示した三つの論点に沿って、趙王の他の作品の例にも触れて、庾信から趙王への文学的影響について初歩的な分析をし考察する。

1　単語一語のレベルの類似性

聖武『雑集』中の「周趙王集」は、全て仏教に関わる文章である。他方、現存する庾信の作品中には仏教に関連する詩文はきわめて少く、従って両者のあいだに共通する語彙も少いことが予想されて当然である。にもかかわらず、前節で見たとおり、両者の語彙・表現のあいだには、一致と類似が数多く見られる。特に単語一語のレベルで一致したり類似しているものは数多い。例文の中では⑴⑵⑶⑾⑿⒁⒂等が、それにあたる。

⑵「測量」は、庾信以前に使用例が無いわけではないが、多用されている語ではない。少くとも『文選』には一度もあらわれない。趙王がこの語を用いるにあたって意識したのは、やはり庾信Bの「嘉石肺石、無以測量」(嘉石・肺石、以て測量する無し)という表現だっただろう。庾信のこの文章の「答趙王啓」(趙王に答うる啓)という題名から、趙王その人にあてた文章であることが分かる。従って趙王がこの文章を読んでいたことは確実である。影響関係の確実性も高い。

また⑴「凝陰」の例では、「凝陰」という一語が一致しているだけでなく、その語を用いる文脈自体が近似している。趙王Aは「若夫九成円蓋」(若し夫れ九成の円蓋は)で始まる全文冒頭の部分にこの語を用い、天地のありかたを語る原理的な表現としている。この冒頭は庾信Bの「観夫造作権輿」(夫の権輿を造作するを観るに)で始まる「象戯賦」の冒頭に、似ている。

⒂「花然」は、趙王が庾信の表現に学んだことを示す顕著な例と言える。庾信Bの題名「奉和趙王隠士」(趙王の「隠士」に和し奉る)から、趙王がこの詩を見ていることは明らかである。庾信Bの「山花焰火然」(山花は焰火のごとく然ゆ)は、杜甫「絶句」の「山青花欲燃」(山青くして花燃えんと欲す)の典拠としてしばしば引かれるが、趙

王Aの「花然宝樹」（花は宝樹に然ゆ）は、杜甫より二百年前に、庾信の表現を学んだ例と言えよう。

単語一語を庾信と共有する例は、この他にも多数ある。「道会寺碑文」以外の作品の中から特徴的なもののみを例示する。

⒄「玉葉」

A大慈雲起　　大慈雲と起こるは
等玉葉之重舒　　玉葉の重なり舒がるに等し　（趙王「平常貴勝唱礼文」法身凝湛）
B雲玉葉而五色　　雲は玉葉のごとくにして五色に
月金波而両輪　　月は金波とともにして両輪たり　（庾信「羽調曲」其三）

趙王Aは、仏の慈悲が雲のようにわきおこるさまを、花木の美しい葉「玉葉」のひろがりにたとえている。それは明らかに、庾信B等から来ているだろう〈3〉。

⒅「白燕」

A官途隆顕　　官途の隆顕するは
非因白鷰*〔燕〕之祥　　白燕の祥に因るに非ず　（趙王「平常貴勝唱礼文」無常一理）
B宮観不移　　宮観移らず
故無労於白燕　　故に白燕を労する無し　（庾信「三月三日華林園馬射賦序」）

趙王Aは、瑞祥である「白燕」を必要としない、という文脈でこの語を用いている。つまり、庾信Bの、「白燕」の瑞祥を必要としない、という文脈と全く同じ構造である。その上、四言句—六言句という構成の六言句の方にこの語を配置している。そしてそれはそのまま庾信Bの文脈であり、構成である。

以上、単語一語のレベルで、趙王招が庾信の表現を学んでいたことは証明できる。また単に単語を借用したということだけではなく、文脈をふまえて庾信の語彙を用いている例が多いことも、見てとることができる。

2　単語二語以上の類似性

趙王招の文章中には、庾信の語彙を二語以上、近接して用いている例がいくつかある。(4)(5)(6)(7)(8)(9)(10)(13)(16)などが、それである。

(7)「驚猿落雁」は弓のたくみさを言う語である。「驚猿」は、『淮南子』に、「落雁」は『戦国策』に、それぞれ出典を持つが、〈4〉趙王はそれを『淮南子』『戦国策』から別個に引いたのではない。その両方をむすびあわせて一句をかたちづくる趙王Aは、庾信Bの例を学んだものである。つまり、趙王は、典故の用い方やその配置のしかたまで、庾信の体を学ぶところがあったのである。

(8)「垂露・銀鉤」は、それ自体としては、庾信の別個の文章中の語彙をよせあつめたものにすぎない。ただ少なくとも「垂露」は、明らかに庾信Bの「筆非秋而垂露」（筆は秋に非ずして露を垂る）によっている。注意すべきは、これも庾信が趙王に贈った文章の一つ「謝趙王示新詩啓」（趙王の新詩を示さるるに謝する啓）の中の表現だという点である。

⒃「窓疎・檐迴」の例は、もっともよく、趙王が庾信の文体を学ぼうとしたことを示すものと言えるだろう。趙王Aの表現は、視界のひらけた窓の外にいなずまがはしり、たかい檐に風が吹きよせる動的な瞬間を構成している。対して、その表現のもとになったにちがいない庾信Bは、きわめて感覚的な句で、また多義的である。「簷迴」は、「簷がたかい」ことを示しながら、山が「簷よりはるかに遠い」ことをもイメージさせる。「葉落窓疏」は、「窓からのながめがからりととおる」ことを示しながら、葉が「窓辺にまばらになった」ことをも意味する。庾信の中でも、こうした対句の構成は特異なものであり、それだけ庾信が注意して組み立てた表現だと言える。それをうけつぎながら、なおかつその静かな絵画的世界から歩み出て、趙王は動的な対句を構成している。そこに趙王の独自の工夫が、片鱗とはいえ、見える〈5〉。

⒀「六龍・四校」の例では、趙王Aが庾信Bのイメージをそのまま下地にとりこんでいる。そこに趙王の修辞的配慮を見ることが可能である。

二語を一致させる例は他にもあるが、次の二例のみを示す。

⒆「陽烏・陰菟」

A所以日輪暁映　　所以に日輪暁に映じては
陽烏之羽不停　　陽烏の羽停まらず
月桂夕懸　　月桂夕べに懸りては
陰菟*〔兎〕之光恒徙　　陰兎の光恒に徙る
（趙王「平常貴勝唱礼文」無常一理）

B陰兎仮道　　陰兎道を仮り

陽烏迴翼　　陽烏翼を迴らす　　（庾信「秦州天水郡麦積崖仏龕銘」）

⒇「法鼓・泗浜」

A法皷*〔鼓〕初鳴　　法鼓初めて鳴るや

浮泗浜之響　　泗浜の響きを浮かぶ　　（趙王「宿集序」）

B雷乗法鼓　　雷は法鼓に乗じ

樹積天香　　樹は天香を積む　　（庾信「秦州天水郡麦積崖仏龕銘」）

B′泗浜石　　泗浜の石

龍門桐　　龍門の桐　　（庾信「青帝雲門舞」）

⒆B、⒇Bは、庾信の「秦州天水郡麦積崖仏龕銘」の中の語彙であり、趙王招がことに注目した作品の一つだった可能性を示す。

以上、二語以上の庾信の語彙を利用したと見られる例からは、修辞のレベルでの影響までが見えてくる。趙王が「庾信之体」を学んだという史書の記述を、以上の例によって具体的に裏付けることができるのである。

3　趙王に影響をあたえた庾信の作品の性格

趙王が利用した庾信の語彙は、庾信の公的作品に含まれるものが多い。公的作品とは、公的な場で発表することを意図して作られた作品という意味であるが、具体的には、「三月三日華林園馬射賦」「象戯賦」など宮廷・国家の行事や儀礼に関わるもの、「陝州弘農郡五張寺経蔵碑」「道士歩虚詞」など道仏の行事や記録に関わるもの、あるいはまた王族・貴顕の墓誌等である。

趙王招が庾信の公的作品から影響を受けたことは、当然の帰結と言わなければならない。庾信と趙王との関係は、何よりもまず宮廷詩人と皇族との関係にほかならない。公人としての趙王が、庾信の公的作品の表現に注目し、そこに大きな意義を認めたことは当然である。ことに、庾信の仏教関係の文章に注意をはらっていたことは、さきに見た例から明らかだろう。趙王は一一二「平常貴勝唱礼文」の「法身凝湛」において「識洞三明」（識は三明を貫く）と言い、「因果冥符」において「観音極地」（観音の極地）と言うが、それはどちらも庾信「陝州弘農郡五張寺経蔵碑銘」の一句「三明極地」（三明の極地）という表現を分解して利用した形になっている。

さらに、もともと仏教用語ではないものを、仏教的文脈に転用した例もある。

(21)「洪基」

A自非久脩善業　　久しく善業を脩め
多樹洪基　　多く洪基を樹《た》つるに非ざるよりは
豈得子弟荘厳　　豈に子弟の荘厳にして
親理成就　　親理の成就するを得んや　　（趙王「児生三日満月序」）

B周之文武洪基　　周の文武の洪基は
光宅天下文思　　天下の文思を光宅す　　（庾信「羽調曲」其一）

庾信Bは「洪基」の語を、本来の文脈で用いている。「洪基」は、王朝の洪業の基礎を意味する。対して趙王Aは、これを仏教的な文脈に置き、洪大な福の基礎という意味で用いている。趙王はこの他に「平常貴勝唱礼文」の「因果冥符」でも、「今日施主、樹此洪基」（今日施主、此の洪基を樹つ）と、(21)Aと全く同じ用い方をしている。庾信が表現した王朝の「洪基」を、趙王は仏教の「洪基」に転用した、と言うことができる。雄偉な規模をもつ公的儀礼の用語や、華麗な宮廷詩の語彙などを趙王は庾信の公的作品を介して学び、それを自己の文章に様々な形で利用したことが分かるのである。『雑集』中の「周趙王集」が全く仏教関係の文章でありながら雄大な気風を示すのは、もとより王族としての趙王その人の人格によるだろうが、庾信の公的表現に学んだことも、理由の一端となるだろう。

他方、趙王が庾信の私的作品に学んだことを示す例は、少ないとはいえ存在している。さきの例の中では、(5)(9)などがそれにあたり、趙王をはじめとする特定の個人への贈答詩文の一部を強いて数えるとしても、(2)(15)などを加えられるにすぎないが、庾信の重い煩悶を趙王がともかくも理解し受けとめていたことを示している。

見やすいのは、(2)「測量」の例である。趙王Aは少くとも庾信B「答趙王啓」の用例を認知した上で表現している。ところで「答趙王啓」は、出征した趙王からの書信への返信とみられ、自分が「不学無術」であるにもかかわらず高位（司憲中大夫）に登用されていることを述べ、その上で、年老いて役に立たなくなったことを言う。「但年髪已秋、性霊久竭。嘉石肺石、以無測量、舌端筆端、惟知繁擁」（但だ年髪已に秋となり、性霊久しく竭《つ》く。嘉石・肺石、以て測量する無く、舌端筆端、惟だ繁擁を知る）。年老いたために私は「性霊」（心のはたらき）が尽きはててしまい、訴訟のときに「嘉石・肺石」（犯罪者を上に立たせて改心させるため裁判所に置いた石）で「測量」（人の心をはかる）することもなく、訴訟の弁論を聞いたり訴状を見たりしても、わずらわしい思いがつのるばかり。諧謔の気味を介して、「性霊」の尽きた自分への苦い認識が語られている。

「性霊」という語を庾信は多用した。そしてその「性霊」は多くの場合、傷ついていたり、尽きはてている。「擬連珠」其二三は、こう言う。「蓋聞性霊屈折、鬱抑不揚、乍感無情、或傷非類」（蓋し聞く 性霊屈折し、鬱抑して揚がらざれば、乍ち無情を感じ、或いは非類を傷む）。「性霊」がくじけ、心が「鬱抑」されてしまうと、人はふいに自己が「無情」であることを感じてしまい、あるいは自己が「非類」であることを傷む。こうした知覚は、単に痛々しいというだけでなく、安定した自己認識を打ちこわしてしまうものである。ところでこの「性霊」という語を介して、庾信は趙王の文学観について独自の発言をしており、それは趙王の文学姿勢に大きなかかわりを持つ。しかし、それについては第五節の結論で述べる。

(5)「双龍・葛陂」の例は、『後漢書』方術伝の費長房のものがたりに基づいている。だが表現の様相から見て、費長房のものがたりを直接下敷きにしたのではなく、庾信B「竹杖賦」を明らかにふまえている。しかしこの「竹杖賦」は、庾信が西魏、北周王朝への出仕を拒絶する思いを描いた作品である。趙王は「竹杖賦」の表現を作品全体の文脈とは無関係に利用したのであろう。だがそのためにも、趙王は「竹杖賦」の文脈を理解していなければならない。

右のほかにも、「周趙王集」には庾信の個人の内面を表現する作品として知られる「擬連珠」「枯樹賦」「思旧銘」等の語彙と一致するものが見られる。

(22)「芬芳」

A如栴檀之囲遶　　梅檀の囲遶するが如く

譬蘭桂之芬芳　　蘭桂の芬芳あるに譬う

（趙王「児生三日満月序」）

B五歩之内　　五歩の内
芬芳可録　　芬芳録すべし　（庾信「擬連珠」其三一）

㉓「霜露」
A霜露薄愆　　霜露の薄愆は
因恵日而消蕩　　恵日に因りて消蕩せられん　（趙王「平常貴勝唱礼文」無常一理）
B或低垂於霜露　　或いは霜露に低垂し
或撼頓於風煙　　或いは風煙に撼頓《かんとん》す　（庾信「枯樹賦」）
B′駸駸霜露　　駸駸たる霜露
君子先危　　君子先んじて危し　（庾信「思旧銘」）

庾信には「霜露」の用例が十四例もある。その多数の用例の基本的な色調は、B「枯樹賦」、B′「思旧銘」と同じである。B′は、『礼記』祭義篇の「霜露既降、君子履之必有悽愴之心」（霜露既に降る、君子これを履《ふ》めば必ず悽愴の心有り）をふまえていると見られるが、「霜露」の語のなかにことさらに「悽愴」の感をかかえこんでいるところに、庾信の特徴がある。趙王Aは、そうした語感をひきつぎながら、「恵日」にたとえられる仏のめぐみによって「霜露薄愆」が消えることを祈願しているのである。

とはいえ、『雑集』所収「周趙王集」には、庾信の内面の煩悶を受けとめたと見られる表現は、多くない。「周趙王集」がどこまでも仏教の真理を語る文章である以上、それはやむをえないとも言える。庾信の個的内面を表出する作品は、仏理に収まらない、あるいは仏理と接点を持ち得ない煩悶を語っているからである。

しかし、問題はそこで尽きてはいない。趙王の文章表現に対する姿勢が、どのようなものだったかが、問われなければならない。それは本章の結論にかかわるので第五節で述べるとして、その前に次節で、趙王と南朝の仏教とのかかわりの一端を見ておこう。

四　梁簡文帝から北周趙王への影響

前節で見た通り、「周趙王集」は庾信の文学的影響の深さと多面性を示している。と同時に「周趙王集」は、庾信の影響を、文学をこえた文化史的な視点で考えることをも可能にした。言うまでもなく、その中心は仏教思想の側面である。

庾信が仏教に対する理解を持っていたことは、まちがいない。在梁時代の「奉和同泰寺浮屠」詩、北周時代の「秦州天水郡麦積崖仏龕銘」「陝州弘農郡五張寺経蔵碑」等の作は庾信の仏教に対する知識の深さを示している。とはいえそれらは知識の深さを示しながら、どこまでも言葉に執していて、信仰の深さを示しているとは必ずしも言えない。だが、個人の自己認識の範囲をこえて、彼の背負っている文化が他者に影響を与えることはある。庾信の背負ってきた南朝の文化が、庾信の自意識をこえて趙王招に影響をあたえた過程を「周趙王集」に見ることができる。一例を挙げる。

「道会寺碑文」の53行目以後は、道会寺に皇帝が行幸し、仏教について講説をする場面である。ところが56行目「然後」から59行目「在忘相」までは、途中に本文の混乱があると考えられ、解し難い部分だった。しかし、その中

心部分である57行目「法勝」から58行目「等膏」は次のように読めるであろう。（第Ⅰ部1訳注参照）

法勝毘日雲〔曇〕　法勝の毘曇《びどん》は
義均廃疾　義廃疾に均しく
呵梨成実　呵梨《かり》の成実《じょうじつ》は
事等□（金）膏　事金膏に等し

法勝の著した『阿毘曇心論』の論理は、（あまりにも煩瑣で）まるでなおらぬ病いのようだが、呵梨《かり》（訶梨跋摩《かりばつま》）の著した『成実論』の説くことがらは、（大乗・小乗を兼ねていて）あたかも万病にきく仙薬のようだ。小乗の論書である『阿毘曇心論』を排斥し、訶梨跋摩の『成実論』を高く評価しているのである。

ところで、『成実論』をこのように格別に讃仰したのは、梁の簡文帝蕭綱である、その「荘厳旻法師成実論義疏序」には、次のように述べられている。[6]

欲令毘曇外道、二途皆廃、如来論主、両理兼興。若夫龍樹馬鳴、止筌大教、旃延法勝、縈縛小乗。兼而総之、無踰此説。

（毘曇外道をして、二途を皆廃せしめ、如来論主をして、両理を兼ね興らしめんと欲す。夫の龍樹《りゅうじゅ》・馬鳴《めみょう》の若きは、止《た》だ大教を筌《せん》するのみにして、旃延《せんえん》・法勝は、小乗に縈縛せらるるのみ。兼ねてこれを総ぶるは、此の説に踰ゆる無し。）

題名にいう「荘厳旻法師」とは、梁朝を代表する成実論師だった僧旻《そうびん》を指す。この序は、僧旻の著『成実論義疏』のために書かれた文章である。『成実論』が、小乗・大乗の教えを総合した優れた論書であり、「龍樹馬鳴」の論書よりも優れていると讃めている。そしてその文脈において、「毘曇外道」「旃延法勝」を排斥している。南朝梁における

『成実論』の盛行をよく示す文章である。

趙王招が、梁簡文帝蕭綱の「荘厳旻法師成実論議疏」をふまえて「法勝毘日雲*（曇*）、義均廃疾」「呵梨成実、事等□（金）膏」と記していることは、疑いようがない。法勝の『阿毘曇心論』を強く排斥し、その対極において訶梨跋摩の『成実論』を称揚するという論の展開は、全く蕭綱の論述と同じである。そしてその蕭綱の文章を紹介したのは、庾信であろう。

そうした例をもう一つ提示しよう。趙王招の仏教思想は多岐にわたる内容をもつが、そのなかで『華厳経』への知識があったと思われる〈7〉。

「周趙王集」の一一二「平常貴勝唱礼文」の「法身凝湛」の7句目には、「毘盧遮那」という仏名が記されている。「毘盧遮那」（盧舎那）は『華厳経』にえがかれた世界の教主であり、「法身」が衆生の求めに応じて現前した、諸仏の根源・中心となる仏である〈8〉。

また一一二「平常貴勝唱礼文」中の「無常一理」には、「三宝諸尊」と並んで「応現法身」に敬礼することが述べられている。「応現法身」と言うのは、衆生の求めに応じて世間に現れた毘盧遮那仏に特別の地位を与えたものと思われる。この他にも散見する『華厳経』に関わる記述を見ても、趙王の信仰と理解は相当に深かったと思われる。

ところで、庾信にも『華厳経』の理解のあとが見える。庾信の「陝州弘農郡五張寺経蔵碑」は、彼が北周の弘農郡守に任じられていたときの作であるが、そこには「七所八会、三清*（請）四説、皮紙骨筆、木葉山花、象負之所未勝、龍蔵之所不盡」（七所八会、三請四説、皮紙骨筆、木葉山花、象負の未だ勝《た》えざる所、龍蔵の尽くさざる所なり）との表現が出てくる。七ヶ所の地で八回の集会をひらいて仏陀が説法したという「七所八会」の教説は、『華厳経』の全体構成そのものである。

また「秦州天水郡麦積崖仏龕銘」には「水声幽咽、山勢崆峒。法雲常住、慧日無窮」（水声は幽咽し、山勢崆峒たり。法雲は常に住まり、慧日は窮まること無し）と言う。この部分も、『華厳経』の「不壊法雲、偏覆一切」（不壊《ふえ》の法雲は、偏く一切を覆う）等の表現をふまえるだろう。[9]「陜州弘農郡五張寺経蔵碑」にも「法雲深蔵」という語が出ている。[10]これらの語彙から、少なくとも庾信が『華厳経』を知り、理解していたことは推測できる。もちろん庾信が同経だけを信仰していたということではなく、多くの経典・論書を知っていたのだろうが、『華厳経』の理解もその中で大きな位置を占めていたに違いない。

先に触れた通り、趙王が庾信の「陜州弘農郡五張寺経蔵碑」や「秦州天水郡麦積崖仏龕銘」をよく見ていたことは確かである。従って、趙王招の『華厳経』への関心は、その一部分は、庾信からの刺激による部分があったと言えよう。それを庾信からの影響とは言えないにしても、趙王が持っていた『華厳経』理解に様々な刺激をあたえることになったことは推測できる。

五　結論

本章では主に、趙王が庾信から受けた影響について検討してきた。その中で、趙王が庾信の公的な作品から多くの影響を受けていたと見られることを述べた。言いかえれば、庾信の抱えた「性霊屈折」（「擬連珠」其二三）というような個人的煩悶からの影響を、必ずしも明瞭には示さない。しかしそれが庾信の内面への無関心ではないことも、これまでに述べた通りである。ではなぜ趙王は、庾信の私的内面を知りつつその公的作品を主にふまえるのか。それを検討しておきたい。

庾信には「趙国公集序」の文章がある。趙王招がまだ趙国公だった時期、それは武成元年（五五九）から建徳三年（五七四）までの時期にあたり、趙王招が十五歳頃から三十歳になる頃までの時期だが、その時期に一度編集された趙王（趙国公）の文集のために書かれた序文である。その冒頭にこう言う。

竊聞平陽撃石、山谷為之調、大禹吹筠、風雲為之動。与夫含吐性霊、抑揚詞気、曲変陽春、光迴白日、豈得同年而語哉。柱国趙国公発言為論、下筆成章、逸態横生、新情振起、風雨争飛、魚龍各変。

（竊《ひそ》かに聞く「平陽に石を撃てば、山谷之《これ》が為《ため》に調《ととの》い、大禹《だいう》筠《たけ》を吹けば、風雲之が為に動く」と。夫《か》の性霊を含吐し、詞気を抑揚し、曲は陽春を変じ、光は白日を迴《めぐ》るものと、豈に同年にして語るを得んや。柱国《ちゅうこく》趙国公は言を発すれば論と為り、筆を下せば章と成り、逸態《いったい》横《ほしいまま》に生じ、新情振い起こり、風雨は争って飛び、魚龍各おの変ず。）

舜が都した平陽で石磬《せきけい》が鳴れば山や谷が呼応しておだやかになり、禹が笛を吹けば風や雲が自然に動いたという。それは「性霊」を述べたり、言葉の調子を抑揚させたり、楚の宋玉の「陽春白雪」の曲を作りかえたりするような細々とした文学とは一緒に論じることのできない（ほど雄大な）芸術なのだ。そして趙国公の文学も、舜や禹の音楽と同様に、「論」となり「章」を成すや、「風雨」を起こし、「魚龍」をも変化させる力を持つのだ。そのように、庾信は趙王の文学を賞賛する。重要なのは、「性霊」を「含吐」するような細々たる文学ではなく、舜や禹の音楽のように天地と交感する雄大さを趙王の文章は持っているとしている点である。庾信は自分の文学を「性霊」を「含吐」するものだと考えていただろう。それをはるかに超えた王侯の視野と気宇を、趙王の文学の中に感じ、またそれを期待したのだと思われる。庾信は自らを超えることを趙王に期待し、趙王もそれに応えたのだと言いかえることもできる。庾信の私的内面への理解を持ちながら、庾信の公的な文章に主に依り、かつ独自の論理と雄大な視野を持つ「道会寺碑文」等の文章は、こうして成立したのであろう。

聖武天皇宸翰『雑集』所収「周趙王集」の初歩的な調査を通じて、庾信から趙王への文学的影響の一部が明らかになったと思われる。北周趙王が庾信の語彙・修辞を学んだ様態が具体的に明瞭になり、「庾信体」を学んだという『周書』等の史書の記載を証明し得ただろう。また趙王が庾信の公的な文学を学んだだけでなく、流寓の詩人である庾信の内面的煩悶に関わる詩文にも目を向けていたことが、部分的にではあるが跡付けられた。且つ、庾信の「趙国公集序」を見ることによって、趙王の目指した雄大な文学の意味付けが分かると思われる。

さらには、庾信が背負っていた南朝の思想・文化が庾信を介して趙王に影響してゆく場面、趙王の持つ仏教思想と庾信のそれとが接点を持つ場面等も見ることができた。『雑集』所収「周趙王集」は、従来埋もれていた文化的接触の様相の一端を、確かに伝えているのである。

注

〈1〉合田時江編『聖武天皇『雑集』漢字総索引』（清文堂、一九九三年）による作品番号。

〈2〉庾信の文集には数種類あるが、最も通行しており、かつ信頼できる『庾子山集』十六巻（倪璠《げいはん》注、中華書局、一九八〇年）を用いる。

〈3〉このような表現が全て庾信にだけ見られるわけではない。梁簡文帝「詠雲」詩にも「玉葉散秋影、金風飄紫煙」の句がある。第Ⅰ部2⑴「平常貴勝唱礼文・法身凝湛」注10参照。

〈4〉「驚猿」は、『淮南子』巻十六・説山訓の養由基の故事による。「落雁」は、『戦国策』巻五・楚策の更羸の故事による。

〈5〉なお、庾信Bの出典「明月山銘」は、庾信の在梁時代の作である。現在の庾信の文集のもとになっているのは滕王逌が編集した二十巻本だが、その序文に、庾信在梁時代の作は「一字無遺」（一字も遺るもの無し）と言っている。にもかかわらず、趙王は庾信在梁時代の作品の一部を知っていたことになり、滕王編の文集にははじめから庾信在梁時代の作が含まれていたと考えられる。

〈6〉『梁簡文帝集校注』（肖占鵬・董志広校注、南開大学出版社、二〇一五年）巻十一に拠る。

〈7〉ここでいう「『華厳経』への信仰」は、広い意味で用いている。同経には、一部を独立させた単行経が多数あり、それらに基づく信仰をも含んでいる。

〈8〉『華厳経』には六十巻本と八十巻本があり、前者は東晋・仏駄跋陀羅訳、後者は唐・実叉難陀訳である。当然、趙王が読み得たのは前者である。ところが、同じ華厳世界の教主の仏の名を前者は「盧舎那」仏とし、後者は「毘盧遮那」仏としている。趙王が後者の名を用いたのは、既に「毘盧遮那」という仏名が知られていたからである。古い単行経の中にこの仏名を用いているものはある。西秦・聖堅訳とされる『仏説羅摩伽経』三巻がそれである。これは西秦の太初年間（三八八―四〇七）に訳出されている。南朝にもこの仏名の現れる論書等があるので、両方の仏名が趙王の時代には知られていたと考えられる。第Ⅰ部2(1)「平常貴勝唱礼文・法身凝湛」補注参照。

〈9〉直接には、梁・沈約の「謝斉竟陵王示華厳・瓔珞啓」に「廕法雲於六合、揚慧日於九天」（法雲を六合に廕《おお》い、慧日を九天に揚ぐ）等の表現をふまえているだろう。

〈10〉「法雲」は、また『華厳経』においては、菩薩の最高位「法雲地」（第十地）を意味する語でもある。

第四章　隋・唐仏教から日本仏教へ

──聖武天皇『雑集』と「大仏建立詔」

一　聖武天皇と『雑集』

聖武天皇〈1〉の思想をよく伝えるものは、天平十五年（七四三）に発せられた大仏建立発願の詔である。一方、その漢文の教養を伝える資料として最も注目されるのは、天平三年（七三一）に筆写された宸翰『雑集』である。両者の成立時期を見比べるなら、『雑集』は大仏建立発願詔（以下「大仏建立詔」と略称する）の十二年前に筆写されている。それそうであれば、『雑集』から得られた思想が大仏建立詔に多少とも影響していると推測することが可能である。それがどのような内実を持っていたかを探ることが、本章の課題である。

『雑集』の全体像については、丸山裕美子・鉄野昌弘『聖武天皇宸翰『雑集』「釈霊実集」研究』解題に詳述されている。〈2〉いま必要なことのみ記せば、全体は一四四篇（または一四五篇）からなり、中国六朝から唐代にかけての仏教関係の漢詩文を集めたものである。そのなかには「周趙王集」「鏡中《きょうちゅう》釈霊実集」のように標題を付して、原本からまとまった数の文章を抜き出しているものも多い。「周趙王集」は、北周の趙王宇文招（五四五？―五八〇）の文集であり、『雑集』中では比較的古い時代の文献ということになる。また「鏡中釈霊実集」、略して「釈霊実集」は、越州（現紹興）の僧侶釈霊実の文集から三十篇を筆写したもので、『雑集』の中でもっとも新しい――八世紀に記された――部分である〈3〉。

このように、時代も性格もさまざまな文章群が『雑集』一巻にまとめられている。それらを選択し収録したのが誰なのか、聖武天皇自身なのか、僧道慈のような側近なのか、それは分からない。しかしいずれにしても日本で編集され、聖武天皇の関心と指向を強く反映していると考えて良いだろう。

二　大仏建立発願の詔

大仏建立詔は、『雑集』筆写の十二年後、天平十五年（七四三）に発せられた。『華厳経』（大方広仏華厳経）の主尊たる盧舎那仏を建立する決意を述べたものである。

大仏建立詔は、『続日本紀』巻十五、天平十五年十月辛巳条に、「冬十月辛巳（十五日）、詔して曰わく」として記されている。詔の本文を訓読によって示せば、次の通りである。（本文は、青木和夫・稲岡耕二・笹山晴生・白藤禮幸校注『続日本紀』二（岩波書店、新日本古典文学大系13、一九九〇年）によった。表記は現代仮名遣いに従い、適宜段落を区切り段落番号を付した。）

〈Ⅰ〉朕　薄徳《はくとく》を以て　恭《いやいや》しく大位を承け、志　兼済《けんさい》に存して勤めて人物を撫《な》づ。率土の浜　已に仁恕に霑《うるお》うと雖も、普天の下《もと》　法恩洽《あまね》くあらず。誠に三宝の威霊《いりょう》に頼《よ》りて乾坤相い泰《ゆた》かにし、万代の福業を脩《おさ》めて、動植《どうしょく》咸《ことごと》く栄えむとす。

〈Ⅱ〉粤《ここ》に天平十五年　歳《ほし》　癸未に次《やど》る十月十五日を以て、菩薩の大願を発《おこ》して、盧舎那仏《るしゃなぶつ》の金銅像一軀を造り奉《まつ》る。国の銅《あかがね》を尽くして象《かたち》を鎔《い》、大山を削りて堂を構え、広く法界に及ぼして、朕が智識《ちしき》とす。遂に同《おな》じく利益を蒙りて共に菩提を致さしめむ。

〈Ⅲ〉夫《そ》れ、天下《あめのした》の富を有《たも》つ者は朕なり。天下の勢《いきおい》を有つは朕なり。此の富と勢とを以てこの尊き像を造らむ。事成り易く、心至り難し。但だ恐るらくは、徒《ただ》に人を労《つから》すことのみ有りて、能く聖《しょう》に感《かま》くること無く、或《ある》は誹謗を生《おこ》して反りて罪辜《ざいこ》に堕《おと》さむことを。

〈Ⅳ〉是の故に智識に預かる者は懇《ねむごろ》に至れる誠を発《おこ》し、各々介《おおき》なる福を招きて、日毎に三たび盧舎那仏を拝むべし。自ら念《おもい》を存《そん》して各々盧舎那仏を造るべし。（以下略）

右のように堂々とした文章である。この詔文のいくつかの問題点に即して、大仏建立詔の内容を、『雑集』との比較のなかで検討したい。

三　「智識」をめぐる思考

まず、「智識」の語について考えてみたい。この語は二度にわたって、〈Ⅱ〉「朕が智識とす」、〈Ⅳ〉「智識に預る者」という形で詔中に用いられている。

「智識」は「知識」とも表記する。「知っている人」、「友」の意である。仏教用語として、サンスクリット語 mitra の訳語に用いられ、「友」の意を表す。さらに、自己の労働力や財物を仏事――ときには公共的事業――に提供し功徳にあずかろうとする人、その集団をも意味した[4]。大仏建立詔において聖武天皇は、主にその最後の意味で「智識」の語を用いている。

天皇がこの語を重視した理由は、大仏発願の原点にかかわるからである。前掲『続日本紀』三（九七頁）天平勝宝元年（七四九）十二月丁亥（二十七日）条に、宇佐八幡神が大仏建立を助けてくれたことを謝する宣命が記されていて「去《い》にし辰の年（天平十二年）、河内の国　大県郡の知識寺に坐す盧舎那仏を礼《おろが》み奉りて、則ち朕も造り奉らむと思えども」とある。

つまり、盧舎那大仏建立は、天平十二年（七四〇）河内の智識寺（知識寺）を訪れたときに、すでに決意されていたというのである。大仏建立詔に先立つこと三年である。「智識寺」という寺名が象徴的に示すように、この寺とその本尊盧舎那仏は、多くの人々の寄進と協力によって作られたと考えられる。これについて『続日本紀』の注釈は「氏《うじ》の範囲をこえた多くの人々が盧舎那信仰を共にし結縁する知識造営という在り方が天皇の心を引いたのであろう」と述べている（前掲『続日本紀』二、六一二頁）。また同書は、大仏建立詔の四日後に、僧行基《ぎょうき》[5]が詔に応じてこの事業に参集したことについても、「これまで政府の迫害を受けながら、摂津・河内・和泉や都の近辺で、信者の集団を結び、道場を建て、池溝を築くなどの布教を行ってきた行基も、天皇の知識結集に呼応したことを示している」と述べる（前掲『続日本紀』二、六一二頁）。つまり、大仏建立の事業の根底には、「智識」（知識）の思想があったのである。

だが聖武天皇は「智識」の思想を、天平十二年、智識寺をおとずれたときに、急に知ったのだろうか。当然そうではないと考えられる。少なくとも天皇は「智識」という語を知っていた。『雑集』がそれを証明する。作者不明の「早還林」（早に林に還らん）十首の其二の末尾には、次のようにある。

如何久滞諸煩悩　如何《いかん》ぞ久しく諸《もろもろ》の煩悩に滞り
詐親知識強相侵　詐《いつわ》りて知識に親しみて強いて相い侵さん
還林去　林に還り去き
長養菩提心　長く菩提心を養わん

「早還林」十首は、作者不明の韻文であり、世間を捨てて山林に入り、悟りを得ることを勧めるものである。「如何久滞諸煩悩、詐親知識強相侵」という二句は、「どうしていつまでも煩悩うずまく俗世間にとどまり、無理をして知識（友人）とつきあって相手を侵すようなことをしているのか——そんなことはもうやめよ」という意であろう。「知識」は、友人であり、知人であるが、さらに広く、社会的関係のなかにある全ての人々と見ることができよう。

いずれにしても、『雑集』「早還林」十首の思想は、出世間と自己救済を勧めるものである。大乗仏教の側からは小乗として批判されるものであるが、釈迦の遺風に従おうとする本来の仏教の姿勢ともいえる。社会的関係を断ちきり、山林に還ることをすすめるものである。そこには、出世間の道を選ぶ生き方が示されている。天平三年、『雑集』を書写したころの聖武天皇が、なぜ「早還林」のような文章に関心を寄せたのか。

『雑集』筆写の三年前の神亀五年（七二八）、天皇は光明皇后とのあいだに生まれた皇子を亡くしている。その苦悩が、こうした世間虚仮の思いへの共感を生んだとも考えられる。また神亀六年（七二九）に起きた長屋王の乱のような政治的大事件も、聖武天皇の心に暗い影をおとしたと言える。さらに直接的な背景をさぐるならば、〈補注〉天平二年（七三〇）九月庚辰（二十九日）の詔（前掲『続日本紀』二、二三九頁）のような事態を指摘できよう。

京と諸国とに多《さわ》に盗賊有り。（中略）また、京に近き左側の山の原に多くの人を聚め集《あつ》え《つど》、妖言して衆を惑す。多きときは万人、少なきときも乃《なお》し数千。此の如き徒深く憲法《のり》に違えり。（中略）今より以後、更に然らしむること勿かれ。

この集団は行基らの集団だったと考えられる。〈6〉行基らの集団であれば、「知識」的結合の集団だった。だが詔においては、このような政府の統制のきかない徒党は、「盗賊」に近い存在と見られている。「知識」的結合の集団に対する聖武天皇の否定的認識がにじみ出ている。

ともかく、『雑集』「早還林」の「知識」という語が、離脱すべき社会的関係としてとらえられていたのは事実であろう。「如何久滞諸煩悩、詐親知識強相侵」（如何ぞ久しく諸の煩悩に滞り、詐りて知識に親しみて強いて相い侵さん）という二句は、孤独を人間が背負うほかないものと自覚した、また「知識」と厭うべき世間とを同じ意味でとらえた表現である。『雑集』の中には、こうした文章がしばしば見られる。内憂外患の中で、聖武天皇が「早還林」のような文章に救済を求め、現実の「知識」に対して悲観的なまなざしを持っていたことは、想像に難くない。

大仏建立詔が、そうした認識とは異なる立場に立っていることは、明らかであろう。〈Ⅱ〉で、「広く法界に及ぼして、朕が智識と為さん」という。全ての民衆を「智識」として、協力して大仏建立の事業を行おうとする姿勢は、「早還林」の「知識」の使い方とは大きな隔たりがあるといえる。信仰をもって社会事業にもとりくむような民間の集団を「知識」と見る見方への転換が、ここにはあった。それは同時に「知識」という言葉そのもののとらえ方の転換でもあった。「早還林」は、早くこの世の無常を悟り、出家隠遁の道を選ぶことを勧める、自己救済のための文章だった。大乗仏教の側から言えば、小乗的な文章とも見られる。こうした文章が『雑集』の中に相当数含まれるのは、やはり個人的救済が聖武天皇自身にとって大きな関心だったからであろう。もちろん『雑集』には、大乗仏教の側から言う利他行を説く文献も多数ある。その両方を聖武天皇は見たわけである。その思索の中で、「知識」の語もふりかえられたであろう。人間の集団を忌避または拒否すべき対象とのみとらえることはできない。「知識」は捨てられるべき人間社会なのか、社会救済をめざす共同体なのか。いわば小乗と大乗の葛藤を自己内面の課題としたのである。一庶民の心の問題としても重いものではあるが、天下に君臨する帝王にとっては、あまりにも重大なテーマだっただろう。そうしたとき、『雑集』「周趙王集」の「道会寺碑文」銘文中の次のような語句は、天皇の目にとまったと考えられる。

我皇御宇　　我が皇　宇を御し
超茲文武　　茲の文武を超ゆ
迹染俗塵　　迹を俗塵に染め
心標浄土　　心を浄土に標す

「我皇」、我らの皇帝は俗世間に身を置いたまま、心は浄土にある。これは菩薩の生き方と考えられていただろうが、それを「我皇」、皇帝その人のあり方に敷衍しているところに、「道会寺碑文」の重要な意味がある。聖武天皇は趙王招のこうした認識も取りこみながら、人間の救済について考え、かつ行基らの「知識」的集団について考えたものと思われる。その思索の積みかさねの上に、「知識」についての認識の転換と天平十二年の智識寺行幸のことがあり、大仏建立詔の公布があったのではないか。

後に聖武天皇は出家し「太上天皇沙弥《しやみ》勝満《しようまん》」と名乗る。天平二十一年（七四九）閏五月二十日である。日本で最初に天皇位を退き出家した例とされる。天皇の出家というのは、前例の無い大事件だった。そしてそれを遠く準備したのは、『雑集』中の「早還林」等の諸篇だったとする認識が鉄野昌弘「聖武天皇の出家と宸翰『雑集』」（『天皇の歴史』月報二号、講談社、二〇一一年一月）によって示されている。その中で、次のように言う。

宗教界に生きようとする聖武の背中を押したものの一つとして、『雑集』の詩文を数えることは、荒唐無稽でもないだろう。（中略）自分の保つ天下も所詮は「他郷」に過ぎない。そう認識することは、男子を相次いで失い、また数多の政争・政変を経験してきた天皇にとって、一つの救いではなかったか。

この見方に同意するものである。なおつけ加えれば、それは、「知識」についての考察をふまえ、「道会寺碑文」等に示されるような、仏教の社会性を十分に認識した上で到達した思想によるだろう。

四　盧舎那仏造立の思想

次に、聖武天皇がなぜ盧舎那仏を造立したのかについて、考えたい。

八世紀の日本人は、すでに様々な仏を知っていた。だからどのような大仏を建立することも可能だっただろう。盧舎那仏への信仰が東アジアに広まりつつあったとはいえ、弥勒仏への信仰も広く見られた。「釈霊実集」が『雑集』中でもっとも新しい大陸の情報を伝えた部分であることはすでに述べたが、そこにはむしろ弥勒信仰の方が強く見られるともいえる。「釈霊実集」の冒頭は「画弥勒像讃一首并序」である。この作品は、越州刺史楊祇本《ようしほん》が亡妻柳氏の供養にえがかせた弥勒像の讃と、その経緯を記した序文からなっている。『嘉泰会稽志』巻二によれば、楊祇本が越州刺史だったのは、景龍二年（七〇八）七月から三年（七〇九）六月までの一年間だったので、この文章が書かれたのもこの一年間に特定できる。そして彼が描かせたのは「濮州聖弥勒像」だったとある。それは、釈慧雲が神龍二年（七〇六）濮州で描いたものだった。楊祇本はそれを模写したのである。遠い濮州で描かれた弥勒像が、その二年後に越州で写されていた。〈7〉

つまり、『雑集』「釈霊実集」の「画弥勒像讃」によって、我々は八世紀初頭の唐における弥勒信仰の熱気を知ることができるのである。聖武天皇はそれを同時代的に知ったのだった。

一方、『雑集』「釈霊実集」には、「盧舎那像讃一首并序」も収められている。これは岑某が亡考（亡き父）のために盧舎那仏像を描いたことを述べる讃と序である。序の冒頭は次の通り。

夫法身非色、為物而形。百億閻浮、咸蒙示見。
〔夫れ法身は非色なれども、物の為に形《あらわ》る。百億の閻浮《えんぶ》、咸《み》な示見を蒙る。〕

真理そのものである仏の本体「法身」は「非色」であって見ることができないが、衆生の救済のために（盧舎那仏として）姿をあらわす。すると無数の世界は、みなそのあらわれを見ることができる。そのことによって仏は様々な場で人々を真理に誘えるとして、超越的な真理そのものであると同時に全世界に姿をあらわす盧舎那仏のあり方を示した文章である。

このように『雑集』書写の時点で聖武天皇は、唐の弥勒仏信仰についても盧舎那仏信仰についても知っていたということになる。従ってどちらの大仏でも造り得た。ではそれから十年ほど後に、なぜ聖武天皇は弥勒仏像ではなく盧舎那仏像を選んだのだろうか。

おそらくそれは、遠い未来に地上に降臨する未来仏としての弥勒よりも、今ここに遍在している盧舎那仏の方を、聖武天皇が求めたためだろう。盧舎那仏が、究極的な真理でありながら、「百億閻浮、咸示見」（百億の閻浮、咸な示見を蒙る）という遍在性と普遍性を持っていたためだろう。盧舎那仏は超越的な真理であると同時に、宇宙全体に満ちていて、全ての世界、全ての人々の前に現れる。

このことについては、森本公誠が次のように述べている。〈8〉

（聖武）天皇が華厳思想の顕現として打ち出したのが天平十五年（七四三）十月の盧舎那大仏造立発願の詔であった。すでに全国には『金光明最勝王経』にもとづく国分寺を建立し、その本尊には釈迦仏像を置くことが決定している。しかし首都の国分寺は、日本国土全域の護持を目的としなければならないが、国家という観点からすればそれだけで十分とはいえず、世界全体をも視野に入れたものでなければならない。その点、釈迦仏像は本尊としてふさわしくなく、普遍的世界観をもった盧舎那仏像でなければならない。

盧舎那仏の普遍性というものが、聖武天皇にとって大きな意味を持っていたことが分かるのである。そしてそうであれば、『雑集』「周趙王集」の「平常貴勝唱礼文」法身凝湛の一文は天皇にとって重要だったと考えられる。同文は、「法身」と「妙理」はとらえ所がないことを述べた後でこう言っている。（数字は句の番号。以下同じ）

5但漚和拘舎　　但だ漚和拘舎《おうわくしゃ》のみ

6普応十方　　普く十方に応じ

7毘盧遮那　毘盧遮那のみ
8遍該万品　遍く万品を該《つつ》む

毘盧遮那（盧舎那）仏の普遍性を明瞭に描き出している。「普応」「遍該」という語がそれをよく示す。「周趙王集」の重要な意味を、ここにも見ることができよう。

さらに全ての人々の前に平等に現れるという盧舎那仏の性格は、「智識」のあり方と対応する。あらゆる人々の前に平等に現れるという点だけをとり出せば、それは水平的なあり方といえよう。弥勒仏がただ一人天上から降りてくる垂直的なあり方をしているのと、ちょうど対極にある。現在において「物」（衆生）のために姿をあらわす盧舎那仏の特性が、「智識」という水平的な結合に結合しやすかったと考えられる。

この点について、森本公誠はこう述べている。[9]

> （大仏建立）詔の中で、聖武天皇はみずからを『華厳経』にいう「菩薩」と位置づけ、造像の大事業の趣旨に賛同する者をみずからの知識、すなわち友と呼び、ともに迷いのない悟りの境地に到達しようではないかと呼びかけておられる。このような「知識」の概念も『華厳経』「入法界品」に説くところである。現神《あきつかみ》たる天皇とオオミタカラ（公民）としての民とは隔絶した上下の関係にあるが、菩薩と知識との関係はまさしく水平の関係、平等の関係にあることを意味する。帝王学から学んできた天皇像とはまったく異なる行動理念であった。

聖武天皇の行動理念、より端的に言えば政治理念そのものの新たな展開として「知識」を位置付け、その水平性を指摘したものである。

盧舎那仏信仰は『華厳経』（大方広仏華厳経）による。[10]『華厳経』の思想の特質の一つは、一毛孔のような微小な場にも無数の世界があり、その全ての世界に盧舎那仏が無数の仏陀として顕現する、というものである。極小のなかに極大が存在する、あるいは「一」がそのまま「多」であるという思想が、『華厳経』の思想の柱の一つである。

広大な世界に偏在し、そのどこにでも「物の為に」あらわれる盧舎那仏。そのような仏への信仰が「智識」観の展開と表裏して聖武天皇の中に強まったことを、『雑集』と大仏建立詔との比較によって推測できるのである。『雑集』筆写時以来、聖武天皇は盧舎那仏のこのような性質について知っており、それが「智識」観の展開――仏教の社会性の認識――に裏打ちされて大仏建立詔を準備することになったと言えるであろう。

五　儒教と仏教

次に、大仏建立詔〈I〉に見られた儒教的文脈と仏教的文脈の相克について考えたい。その部分を再度引いておこう。

> 率土の浜　已に仁恕に霑《うるお》うと雖も、普天の下《もと》　法恩に洽《あまね》くあらず。誠に三宝の威霊《いりよう》に頼《よ》りて乾坤相い泰《ゆた》かに、万代の福業を脩《おさ》めて、動植《どうしよく》咸《ことごと》く栄えむとす。

この文章の最後の部分を、『続日本紀』二では、「動植咸く栄えむとす」と読み、「欲」を、事態の動向・傾向を示す助動詞ととっている。あるいはそれは古訓にもとづいているかもしれないが、この「欲」は、意志を表す動詞として読むべきではないだろうか。つまり、聖武天皇の強い意志を表す文章だと考えるべきではないだろうか。原漢文は

「誠欲」（誠に欲す）とあり、心から「三宝」（仏・法・僧）の「威霊」によって天下を安んじ、生きとし生けるもの全てが栄えるようにしたい、との意思を示す文章であろう。「三宝の威霊に頼」って、儒教の力ではなく、仏教の力によって、「乾坤」「動植」を栄えさせたい、栄えさせようと思う、という文脈ではないか。

それが恣意的な読み方でないことは、その前の文章から分かる。「率土の浜　已に仁如に霑うと雖も、普天の下法恩に洽くあらず」と言う。それは、「率土之浜」（大地のはて）まで儒教の「仁恕」にはうるおっているが、「普天之下」（天が下）すべてが仏教の「法恩」にうるおっているわけではない、との文意である。だからこそ、「三宝」の「威霊」によって「動植」を栄えさせよう、と述べている。儒教の権威を一応認めた上で、その儒教の「仁恕」を超えるものとして仏教の「法恩」を提示しているのである。

『雑集』「周趙王集」中の「道会寺碑文」は、そのような文脈を理解する上で重要である。「道会寺碑文」では、儒教の理念を認めた上で、仏教のさらに高い理念を述べるという構造を一貫して守っているからである。しかもそれを「皇帝」の具体的な姿を通じて描き出している。「道会寺碑文」には「皇帝」の語が二度、「我皇」の語が一度、現れる。仏教を奉ずる天皇が何を為すべきかという問題意識を聖武天皇が持ったとするなら、まさしくその端的な解答を示す文章だっただろう。これを聖武天皇が筆写したことによって、仏教を外護し、仏教によって国家を保つ天子の像そのものを学んだであろう。「道会寺碑文」では、「皇帝」のすがたを様々に述べている。特に儒教の立場から努力する皇帝を、「服絺葛而継百王」（絺葛《ちかつ》を服して百王を継ぐ）、「衣鹿裘而朝万国」（鹿裘《ろくきゅう》を衣《き》て万国を朝せしむ）等と堂々と描き出す。その上で、こう言う。

汲亥群迷、紹隆釈典。豈止駆之仁寿、方且帰諸家*〔寂〕滅。[11]

〔群迷を汲亥し、釈典を紹隆す。豈に止だに之を仁寿に駆るのみならんや、方に且に諸を寂滅に帰せしめんとす。〕

衆生の迷妄を救い、仏教を尊ぶ天子は、ただ単に儒教の「仁寿」に人々を進ませるだけではなく、その人々を「寂滅」（悟り）へと帰着させるのだ、というものである。

大仏建立詔には、「率土の浜　已に仁恕に霑うと雖も、普天の下　法恩に洽くあらず」とあった。儒教的な「仁恕」だけでなく、仏教の「法恩」に人々が浴するようにしたいという聖武天皇の意志の表現は、儒教的な「仁寿」だけでなく、仏教の「寂滅」に人々を進ませようとする、趙王の描いた北周皇帝の意志の表現と全く同じ構造である。その表現と論理の構造を、大仏建立詔は継承している。

それにとどまらず、「周趙王集」には、儒教と仏教の利他行とを結び付ける思考が見られる。「平常貴勝唱礼文」の「因果冥符」には、こうある。

14今日施主　　今日　施主

15樹此洪基　　此の洪基を樹《た》て

16乃欲捨我為他　　乃ち我を捨てて他の為《ため》にし

17先人後己　　人を先にして己を後にせんと欲す

「捨我為他」（我を捨てて他の為《ため》にす）というのは、明瞭に大乗仏教の重んじる利他の立場である。それを17句では「先人後己」（人を先にして己を後にす）と言いかえているが、これは『礼記』坊記第三十に見える語であり、れっきとした儒教の用語である。その儒教の用語、従って儒教の概念を大乗仏教の精神の根幹の表現に用いているのである。儒教の理念を仏教の中に取りこんだと言うこともできるし、また大乗仏教が持っていた精神を儒教の用語で解明したとも言える。さらにそれは、次のように展開していた。

53然智恵火　　智恵の火を然やし
54焼煩悩薪　　煩悩の薪を焼かん
55泛涅槃□（津）　　涅槃の津に泛《うか》び
56済生死海　　生死の海を済《わた》らん

他者の救済をひとしきり述べた後で、最後にこのような自己の救済について語っている。趙王の文章の流れは、他者の救済を通じて、自己の救済に達しようとする論理を示すのである。こうした論理展開は、「知識」をめぐる聖武天皇の思索にも影響を与えた可能性があるだろう。他者の救済を経て自己も救われようとする思索が、大仏建立詔〈Ⅱ〉に「遂に同じく利益を蒙り」と言うように、天皇の中にあったのではないか。儒教的世界観と対峙し、それを肯定した上で、それを超えたものとして仏教的世界観の優越性を語る論理と修辞は、『雑集』「周趙王集」の「道会寺碑文」に典型的にあらわれていた。こうした表現が大仏建立詔の思想を直接に準備する力の一つとなったと言えよう。

六　『雑集』の位置

『雑集』は、なぜ「雑」なる「集」と名付けられたのかと考えるとき、『聖武天皇宸翰『雑集』「釈霊実集」研究』解説に「仏教をめぐる様々な局面に不可欠な文章を、中国の具体例から学び取ろうとするもの」（同書九頁）と述べているのは、正しいであろう。なおそこにつけ加えるとすれば、内政・外交の困難が重なり、私人としても内的苦難を抱えていた聖武天皇が、その多岐にわたる課題にこたえ得る、あるいはこたえられるかもしれない文章を選んだ、と考えることができる。自ら直接選んだのか、側近が天皇の意向を反映させつつ選んだのか、その事情は不明であるが、それが一見雑然とした「雑」「集」であるのは、公的・私的に多数の重大な課題を抱えた一人の君主の懸命な探求を示すのではないか。

聖武天皇が中国の古典を筆写し学んだ、その刻苦の跡として『雑集』を理解できよう。『雑集』は、主に隋・唐仏教の多様な思想を伝えたものである。そこから聖武天皇が汲みとったものの全体像は、現時点では示し得ないが、大きな広がりを持っていただろう。本章で考察できたのは、北周の廃仏令の前後に記された「周趙王集」の思想を中心として、それが聖武天皇にどのように受けとめられたかという問題にすぎない。ただそこには、儒教と仏教との関係、廃仏等の困難をくぐりぬけて救済をどうとらえるかという問題等、重大なテーマが含まれていた。それらの問題に向きあった隋・唐仏教の集積を、聖武天皇は学んだのだった。大仏建立詔は、日本仏教の進展にとって重要なものだった。『雑集』の諸篇は、その詔の思想につながるものとして重要な意味を持っただろう。もとよりそれは複雑な課題と複雑な思考を示すものだった。『雑集』の理解は必ずしも安易には行い得なかったに違いない。しかし、聖武天皇が『雑集』に収められた隋・唐仏教の思想を受けとめ、しかも「周趙王集」に示された北周仏教の思想をも認識し、自己内面の問題にひきつけて思索したことが、後に大仏建立詔を生む基底となったと言えるのである。

注

〈1〉第四十五代天皇（在位七二四―七四九年）。文武天皇の第一皇子。

〈2〉『聖武天皇宸翰『雑集』「釈霊実集」研究』（東京女子大学古代史研究会編、汲古書院、二〇一〇年）五頁以下。

〈3〉「釈霊実集」中の「祭文為桓都督祭禹廟文」（祭文　桓都督の為に禹廟を祭る文）冒頭に、これが開元五年（七一七。日本、養老元年）九月に記されたことが明示されていることから分かる。

〈4〉「教えを説いて衆人をみちびく人」という意味にも用いられ、高僧を指すこともある。

〈5〉僧侶の名。俗姓、高志氏。和泉の人。民間遊行僧の指導者で、道路の修理、堤防の築造などの社会事業を民衆とともに行ったとされる。（六六八―七四九）

〈6〉前掲『続日本紀』二、二三八頁に、詔の「多くの人を聚め集へ」に注して、「行基の集団か」と述べている。本書はそれに従った。しかし、吉川真司『聖武天皇と仏都平城京』（『天皇の歴史』二、講談社、二〇一一年）では、これを「長屋王と関係する動きなのかもしれない」としている。

〈7〉『聖武天皇宸翰『雑集』「釈霊実集」研究』六九頁「濮州聖弥勒像」補注を参照。

〈8〉森本公誠「聖武天皇――その出家への道――」一六二頁（奈良国立博物館編『正倉院宝物に学ぶ』思文閣出版、二〇〇八年）。

〈9〉森本公誠前掲書、一六二頁。

〈10〉『華厳経』には、旧訳（六十巻本）と新訳（八十巻本）があるが、ここでは東晋・仏駄跋陀羅訳の旧訳六十巻本によっている。

〈11〉本文「家滅」とあるが、「寂滅」の誤と判断できる。

補注

天平二年　天平二年（七三〇）にはまた、八月辛亥（二十九日）、遣渤海使引田虫麻呂らが帰国している。その事情について、渡辺晃宏は次のようにいう。

日本が激動しつつある東アジア情勢について認識を新たにし始めるのは、引田虫麻呂が七三〇年（天平二）八月に帰国してからのことである。彼がもたらした新羅と唐の接近という報告は驚愕に値するものであった。

（『日本の歴史』第四巻「平城京と木簡の世紀」一八〇頁。講談社、二〇〇一年）

唐と新羅の接近という情報は、天智二年（六六三）の白村江の悪夢を思いおこさせただろう。唐帝国の強大な圧力を、聖武天皇とその政府は否応なしに感じざるを得なかった。注目すべきは、それが『雑集』筆写の直前だという点である。『雑集』は、国内の不安の増大と、唐帝国との関係の緊迫化とが進む中で、筆写されていた。

そうしたとき、『雑集』の中に、『華厳経』と盧舎那仏への信仰を語る文章が見られることには、注目される。その信仰の意味が多義的だったことが考えられるのである。「釈霊実集」「盧舎那像讃一首并序」の讃の冒頭にはこういう。

蓮蔵世界　蓮蔵世界の
舎那如来　舎那如来
因円果満　因は円かにして果は満ち
端坐苑台　苑台に端坐す

これは東大寺大仏のすがたそのものといえよう。「蓮蔵世界」（蓮華蔵世界）は、『華厳経』の描き出す仏の世界であり、盧舎那仏を中心に無数の仏が現出し荘厳する世界である。旧訳六十巻本『華厳経』「盧舎那仏品」等に詳しい。

この蓮華蔵世界の構想によれば、世界には無数の仏国土があり、従って無数の国家が並存し、無数の君主・帝王が存在する。事実、新訳『華厳経』（八十巻。唐・実叉難陀訳）世界成就品第四には、「一一塵中微塵衆、悉共囲遶人中主」（一一の塵中の微塵の衆は、悉く共に人中の主を囲遶す）とある。『雑集』筆写の時点で、「蓮蔵世界」についての知識を得たことは、中国（唐）王朝に対して、対等とは言えぬまでも相対的に自立して行く外交方針の論理的根拠を得ることにもつながったと考えられる。

おわりに

聖武天皇宸翰『雑集』「周趙王集」の検討を行ってきた。その中心となる点を集約し、またいくつかの補足を添えて結論に代えたい。第Ⅰ部と第Ⅱ部は訳注であるので、第Ⅲ部の四つの研究に即して述べることとしたい。

一

第一章では、主に「周趙王集」中の「道会寺碑文」を対象として、その中国仏教史上の意義を論じた。「道会寺碑文」は、中国固有の思想である儒教の価値と、儒教を基礎とした皇帝の権威を認めながら、それを超えるものとして仏教思想と、仏教を奉戴し実践する皇帝像を打ち出している。北周・武帝による廃仏（仏教禁圧）と儒教一尊主義に対して、趙王招が提示した新しい皇帝像だった。小野注では、この文章が「世尊を讃え、仏教東漸におよび、その間、中国の伝統思想との折衷と融和がうかがえる」（六二頁）としているが、儒教と仏教の「折衷と融和」は説かれていない。

武帝は、建徳六年（五七七）、北斉を滅ぼして廃仏令を旧北斉地域に拡大するとき、浄影寺の慧遠（五二三—五九二）との論争において、こう述べたと言う。（『続高僧伝』巻八・「隋京師浄影寺釈慧遠伝」）

仏経外国之法、此国不須、廃而不用。
（仏経は外国の法なり、此の国には須いず、廃して用いざれ。）

慧遠の答えは省略するが、武帝のこうした論理に対して、儒教と中国皇帝の権威をいったんは認め、その上で仏教の優位性と、仏教を奉戴する皇帝像を示した趙王招の論理は、この時代状況の中で重要な意味を持ったと考えられる。武帝の廃仏令により、強大な皇帝権力に従わざるを得なかった仏教教団は、宣帝朝に入ると細々と仏教復興のための努力を始めていた。その状況の中で、趙王招は、儒教と皇帝権の強大さを承認した上で、仏道を実践して民衆を救済する皇帝像を提示した。「道会寺碑文」の銘の中で、

是曰人王　　是れを人王と曰い
兼称法王　　兼ねて法王と称す

と述べているのは、重要な発言だった。儒教に基づき地上世界を統治する「人王」が、同時に仏教に基づいて浄土にまで民衆を導く「法王」でもある。こうした皇帝像を示して、皇帝権の強化と、仏教再興の可能性を開こうとしたのであろう。「皇帝即菩薩」とする認識は、南朝・梁において既に見られた。しかし南朝では北朝にくらべて皇帝権が弱く、皇帝は仏教教団に対して劣位に立つような関係であったと言う。これに対して趙王の論理は、地上世界を統治する皇帝の権限・権威を承認し、それを前提とし、「兼」ねて、皇帝を「法王」と称するというものである。仏教の優位性を説きつつ、現実的には「人王」と「法王」の一人格における並立を唱えているのである。梁・武帝のような、仏教教団に対する皇帝権の弱さを意味するものではなかった。

これまでの一般に共有されている認識では、仏教復興の動きを進めたのは、隋・文帝（楊堅）だったとされてきた。しかしそれは「道会寺碑文」によって再検討を余儀なくされる。これまでも、宣帝朝において若干の仏教再興が進め

られたことは既に知られているが、「周趙王集」によって、その宣帝に仏教復興を行わしめたのは、宗室の柱だった趙王宇文招だったと考えられること、その仏教復興の動きは相当本格的なものだったこと等が理解できる。もちろん趙王一人の画策ではないだろうが、宗室の諸王たちは、宣帝との軋轢を抱えながらも、北周王朝を守るために、仏教再興による皇室の支持基盤強化、皇帝の権威の強化をはかったと考えられる。

一方また、趙王招の思弁は真剣だった。末法濁世を生きることの意味を深く考えたのであろう。「道会寺碑文」の銘に、

倶迷苦海　倶に苦海に迷いて
熟暁良津　熟《よ》く良津を暁らん

と言うのは、それをよく伝える。「苦海」を単純に否定してそこからの離脱を説くのではなく、そこに「迷」うことによって彼岸への「良津」を見出せるとするのである。「苦海」を生きる意義の発見と言えよう。もちろんそうした認識の最初の発見者ということではないが、廃仏令の後の仏教再興を企図する公的な文章の中に、人間が濁世を生きる意味を積極的に位置付けたことに注目しなくてはならない。小野注は、趙王招の文章のそのような面をあまり認めていないように思われる。そこには次のように述べられている。

さて「道会寺碑文」についてみると、撰者は自らの文藻を誇り、文辞をもてあそび、ややもすると徒に華美な修飾を事としているといった憾みがないではない。（中略）文章は通じて抽象的で繁褥であるが、思弁そのものは単純である。

だが、困難な時代状況のもとで、公的かつ政治的な性格の強い碑文のなかで、人間が個として向きあわなくてはならない問題を取り込んで述べていることは、重視されるべきだろう。こうした真摯な姿勢に発する思弁こそが、「道

会寺碑文」の特徴だと思われる。

二

第二章では、「平常貴勝唱礼文」を中心に、趙王招の思想について検討した。

ここでは、四篇から成る「平常貴勝唱礼文」が、趙王招の比較的若い時期の作であることを述べた。その上で、この文章においてもやはり真摯さと論理的構成が見られることを指摘した。特に大乗仏教の思想を儒教の語彙によって位置付けようとする姿勢が見える。たとえば、「因果冥符」に、

乃欲捨我為他、　乃ち我を捨てて他の為にし、
先人後己。　人を先にして己を後にせんと欲す。

と言う。この「先人後己」という語は、儒教の経典である『礼記』「坊記」第三十の「君子貴人而賤己、先人而後己」（君子は人を貴んで己を賤くし、人を先にして己を後にす）によっている。『礼記』は儒教の立場から礼譲の意義を語っているのであるが、それを利用して、大乗仏教の「為他」（利他）の精神を説明したのである。儒教との関係が常に問題になっていた時代状況が背景にあるが、仏教の思想を、身にしみついた儒教の語で確実にとらえようとする趙王招の姿勢もうかがえる。

こうした姿勢が、後に武帝の廃仏令のもとでの体験と思索を経て、「道会寺碑文」を制作する力になったと考えられる。「苦海」に沈むことを意味付ける「道会寺碑文」の思想は、「平常貴勝唱礼文」に示された若き趙王招の認識とは径庭があると言えるが、現実に対処して論理をつきつめて行く真摯な姿勢という点では一貫していて、後の「道会

寺碑文」の思想を準備したのだと言えるのである。

三

第三章では、再び「道会寺碑文」を中心に、趙王招が庾信から受けた文学的影響について考察した。その結果、趙王が主に庾信の公的性格の強い文章から、語彙においても文章構成においても強い影響を受けていることが明らかになった。『周書』趙王伝の「学庾信体」（庾信の体を学ぶ）という記述の正しさを証明できたのである。

しかも、趙王は、庾信の複雑な内面についても、相当立ち入った理解を持っていたことが見える。若き王族と、流寓の詩人との深い交流の一端が垣間見える。

だが重要なことは、趙王招の文章が、個人の心情の表現とは、質を異にしているという点である。王族としての広い視野と高い見識とを保った文学を、趙王自身が追求していたであろうこと、庾信もそのような文学を趙王に求めていたであろうことが、「道会寺碑文」の検討から見えてくる。

庾信が趙王に対してどのような文学を求めていたか、その点について、庾信の「趙国公集序」を検討した。これは、まだ趙国公の身分であった若き宇文招の文集に寄せた序文である。そこでは、趙国公（趙王）の文章は抒情とはレベルを異にする、公的な場に自ら立ち、公的な思想を自ら明示する王族の文章であることが述べられている。それはまた庾信から趙王への期待でもあった。趙王は早くから、それを意識していただろう。

趙王招が、「倶迷苦海、熟暁良津」という言葉を「道会寺碑文」の銘の中で発したとき、その心に浮かんだのは、もちろん何よりも廃仏の苛烈な体験だったに違いない。だが、この「苦海」に「迷」う存在として趙王の心に浮かんだ像の一つは、庾信その人であっただろう。救いようのない悩みの中で生きた庾信の心の世界を、趙王宇文招は知っていた。「道会寺碑文」そのものが、庾信の用語・表現を数多く利用していることが、それを物語る。だが重要なのは、庾信の表現を用いながら、趙王招がその先に進もうとしている点である。「趙国公集序」によって、庾信自身がそれを求めていたことが理解できるのである。

四

第四章では、『雑集』からの聖武天皇への影響の一端について検討した。『雑集』のなかでも、主に「周趙王集」に触れ、聖武天皇の文章の中では「大仏建立詔」を中心に、検討した。

『雑集』の中で、崇仏の皇帝がどのように具体的な行動をしたかを記すものは、何と言っても「道会寺碑文」だった。「皇帝」「我皇」という言葉が登場する文章は、『雑集』の中では「道会寺碑文」だけである。聖武天皇がこれを自らの手本として特に注意したということは、十分に考えられる。特に、地上世界の「人王」でありつつ、仏教世界の「法王」でもあるという「皇帝」の像は、聖武天皇にとって重要な意味を持っただろう。

また「平常貴勝唱礼文」等に現れる「盧舎那仏」「毘盧遮那仏」への信仰は、当然、その後の東大寺大仏（盧舎那仏）造立の企図に結びついたと考えられる。この仏への立ち入った理解を示すのは「平常貴勝唱礼文」であり、この文章は特に論理的にこの仏の重要さを明示しているのである。盧舎那仏への信仰を、聖武天皇はもちろん『華厳経』によって理解しただろうが、そのきっかけの一つになったのは『雑集』、中でも「周趙王集」だったと言える。

聖武天皇が大仏建立詔を発するにあたって、特に深く意識したのは「知識」・「智識」という理念だった。仏道を共にする人、仏教信仰を共にして社会事業を行う共同体を意味する語である。『雑集』中の「早還林」では、「智識」は捨て去るべき世間とほとんど同意義で用いられていた。「智識」をどうとらえるかということが、聖武天皇にとっては早くからの課題だったと言えよう。そうした課題を投げかけたのも『雑集』だった。逆にそれは仏教の社会性を強く意識する逆説的なきっかけともなり、大仏建立詔の重要な思想的根拠となった。またさらに進んで、「早還林」等の文章は、後の聖武天皇の出家に関わるとも考えられる。

日本仏教の複雑な色合いは、聖武天皇の思索の中にすでに胚胎していた。「智識」をめぐる認識の推移を見ると、聖武天皇の仏教理解と、それ故に内在化した葛藤が伝わってくる。

五

「道会寺碑文」の銘には、次のような一節があった。

赴機曰応、　　機に赴くを応と曰い、

反寂称真。　　寂に反るを真と称す。

具体的な機縁に向かって対処することを応と言い、寂滅という究極に帰ることを真という、との意である。もちろんこれは仏が人々を救済する姿を描いたものであるが、趙王招の思考の特徴をも示していると思われる。具体的な機縁に対応しようとする認識の広さ、究極の真理に返り行こうとする真摯さが併存し対峙しているという特徴である。六世紀後半の廃仏という事件の中で、あるいは廃仏に収斂して行く困難な時代状況の中で、趙王招は自らのそうした思考法を貫いたと言えよう。彼の思考経路を可能な限り追究したとき、彼の中に体現された中国文学と思想の大きな動きを見ることができると考えられる。聖武天皇宸翰『雑集』「周趙王集」は、北周王族の一人である趙王招の文学の営みを介して、六世紀後半の中国仏教史・思想史・文学史に新たな光を当てるものである。

北周の最末期に仏教復興が試みられたこと、その試みが趙王宇文招を中心とする北周王族らによるものだったこと、そこには「倶迷苦海、熟暁良津」という言葉に代表される思想、末法汚濁のこの世界を生きる意味の開示があったこと、これらのことは全て忘れ去られてきた。北周王朝を簒奪した隋の文帝は、恐らく趙王の功績を意図的に抹殺したであろう。しかし「周趙王集」の一部分は日本にもたらされ、聖武天皇の読み写す所となり、現代まで伝えられた。そのことの持つ意味は大きいと言わなければならない。

初出一覧

Ⅰ

・聖武天皇『雑集』所収「周趙王集」訳注〈Ⅰ〉(『東京女子大学日本文学』第九三号、二〇〇〇年三月)

・聖武天皇『雑集』所収「周趙王集」訳注〈Ⅱ〉(『東京女子大学日本文学』第九四号、二〇〇〇年九月)

・聖武天皇『雑集』所収「周趙王集」訳注〈Ⅲ〉(『東京女子大学日本文学』第九六号、二〇〇一年九月)

・聖武天皇『雑集』所収「周趙王集」訳注〈Ⅳ〉(『東京女子大学日本文学』第一一一号、二〇一五年三月)

Ⅱ

・初掲載

Ⅲ

・北周趙王「道会寺碑文」について——聖武天皇『雑集』の示す仏教再興——(『中国文化』第七一号、二〇一三年六月)

・北周趙王の文学(『六朝学術学会報』第二集、二〇〇一年五月)

・北周趙王の文学と庾信の影響——聖武天皇宸翰『雑集』所収「周趙王集」に基づいて——(『日本中国学会報』第

五六集、二〇〇四年一〇月）

・聖武天皇の思索と漢文——宸翰『雑集』と大仏建立の詔について——（『新しい漢字漢文教育』第五〇号、二〇一〇年五月）

あとがき

奈良についての専門的な知識は無いが、ただこの地を歩くことが好きで、奈良歩きの年功だけは積んできた。そのために、正倉院の御物の中に「聖武天皇宸翰『雑集』」というものがある、ということは知るようになった。しかし自分自身がそれを読むことになるとは、夢にも考えたことが無かった。

東京女子大学の教壇に立つようになったころ、東京女子大学古代史研究会の方々が『雑集』を読んでいて、その研究会に加わらないかという誘いをいただいた。同研究会は、主に東京女子大学史学科の日本古代史を専門とする教員と卒業生による研究会で、『雑集』を本格的に読み進めていたところだった。その中心となっていた東京女子大学教授勝浦令子氏（日本古代史）と鉄野昌弘氏（日本古代文学。現在、東京大学教授）より誘いをいただき、研究会に加えていただいた。

その研究会の成果は、『続日本紀研究』（三二五～三六一号、二〇〇〇～二〇〇六年）に掲載され、その後、東京女子大学古代史研究会編『聖武天皇宸翰『雑集』「釈霊実集」研究』（二〇一〇年）として汲古書院より刊行された。『雑集』中の最も新しい部分とされる「釈霊実集」三十篇に詳細な訳注を施したものである。毎月のように旧史学科図書室に集まって重ねた研究会のこと、メンバー一人一人の刻苦勉励の姿等を、もう二十年も前のことなのに、まるで昨日のように思い出す。

研究会で「釈霊実集」の研究が進められているころ、同じ『雑集』中の「周趙王集」の訳注を行ってみたいと思うようになった。「周趙王集」は早く散逸していて、中国側には全く残っておらず、貴重な資料であることは明らかだった。だが趙王はあくまでも武人であり王族であって、仏教思想について考える対象となるとはなかなか思えず、細々と読みながら、道に迷ったような印象を長く持ち続けた。文章の難解さも、大きな壁になった。小野勝年氏の訓注からは多大な恩恵を受けたが、それを参照してもなお、文意の把握が困難な箇所が数多く残った。

しかし「周趙王集」を読み進めるうちに、その語彙がしばしば六世紀末を代表する詩人庾信の語彙に重なることが分かってきた。それは当然予想されたことではあったが、当然のことがまぎれもなくここに現れているという事実の重要さを実感した。庾信から学んだであろう華麗な修辞によって自己の仏教思想を語ろうとする趙王の態度に、独特の厳しさを感じるようになった。こうして「周趙王集」の価値に、自分なりに触れ得たと思ったのである。

それでも趙王の仏教関係の文章は全て、兄武帝による廃仏令以前に書かれたものと、漠然と考えていた。廃仏令の下で、皇弟たる趙王が仏教信仰を語る文章を記すことはできなかったに違いない。従って「周趙王集」の文章は全て、廃仏令以前のものと考えていた。そこに流れている一種のリゴリズムは、若き趙王の理想主義的傾向を語るものであり、「周趙王集」中の諸篇は、若い時代の趙王の思想をいわば「共時的」に、つまり同時期のものとして示すと考えたのである。武帝の急逝の後に多少の仏教再興の動きがあったことは『弘明集』等によって承知していたが、それに趙王が関わったとは考えなかった。武帝急逝から暗転した政治状況の中で、趙王は二年後には隋の文帝によって殺されてしまっている。その直後には、北周王朝そのものが滅亡してしまった。このわずかの時間に趙王が仏教に関わる文章を記したとは想像しなかった。だが「道会寺碑文」を読み進めると、この文章がまさにその多難の時期に、仏教再興を描いたものであることが分かってきた。つまり、「周趙王集」に収められた文章は、若き趙王の思索を示すだけでなく、晩年の——と言っても三十代前半の若さだが——趙王の思索をも示すことが分かったのである。本書第Ⅲ

部の第一章は、その晩年の趙王招の思索について考察したものである。以上の点を言い換えれば、「周趙王集」中の諸篇は、「共時的」に理解するだけでなく、「通時的」に把握することが可能になったのである。

北周武帝の仏教禁圧、即ち廃仏令を否定的契機として隋唐仏教が開花したことは、知られている。そのことを仏教哲学、仏教教理の発展として考察することには、もちろん十分な意義がある。また、実際にそうした面からの膨大な研究成果が堆積してもいる。だがそのプロセスを一人の王族の側から見ることにも、一方の大きな意義があろう。その王族が廃仏を断行した皇帝の実弟であれば、なおさらである。こうして「周趙王集」の検討を通じて、廃仏令前後の趙王招の思索の展開を解明する可能性が開けてきただけでなく、「周趙王集」の存在意義の大きさも見えてきたのである。本書第Ⅲ部の第二章、第三章は、かつての論考に、そのような視点からの新たな考察をつけ加えたものである。

とは言え、「周趙王集」だけでなく『雑集』の研究は、ようやく緒についたばかりと言うべきであろう。特に、聖武天皇を介して、日本仏教が『雑集』から何を受け止めたのかを解明する課題は、今後に残されていると言うほか無い。本書第Ⅲ部の第四章は、その課題に糸口を付けようとしたものである。これからの研究の展開に期待したい。

本書を見返すと、反省が頻りに湧いてくる。訳注にしても、小野勝年氏の注釈に異を唱えた所が数多くあったにもかかわらず、これで十分とはとても言えない。今後、本書の訳注が訂正されることも、数多いに違いない。注釈の仕事とは、本質的にそういうものなのだろう。本書は小野勝年氏、合田時枝氏の業績の基礎によって成り立ったものである。お二人の学恩に改めて感謝したい。お二人の業績に比べるべくもないが、本書がこれからの『雑集』研究に少しでも役立つことを祈りたい。またそのために本書へのご批正をいただければ幸いである。

本書の刊行までには、多くの方々からご援助をいただいた。何よりもまず、東京女子大学古代史研究会の諸氏にお礼を申し上げなければならない。『雑集』について、長きにわたって様々なご教示をいただいた。わけても鉄野昌弘氏には、同じ学科（専攻）に在籍していた心安さから多くのことを伺い、ご教示いただいた。今も聖武天皇の時代と文学について、教えていただいている。また同研究会の日下部真理氏には、出典についてご教示いただいた。

二〇一五年冬には、東アジア仏教研究会において、「周趙王集」について発表する機会を得た。発表に際して、熱心なご質問とご教示をいただいた。同研究会会長蓑輪顕量氏をはじめ、会員各位に感謝申し上げたい。

本書の刊行に際して、入稿のために須田知穂氏のお力を借りた。また、入稿と索引の作成について、作山愛氏のお力を借りた。心より感謝申し上げる。

不十分な点の多い旧稿に目を停め、本書の刊行を引き受けて下さった汲古書院社長三井久人氏に感謝申し上げたい。本書の計画から刊行まで、汲古書院編集部の飯塚美和子氏に、一貫してお世話になった。飯塚氏の丁寧な指示と忍耐強い対応が無ければ、本書はとても刊行できなかったに違いない。改めて深く感謝申し上げたい。

二〇一八年一月

安藤　信廣

〈付記〉　本書の刊行にあたっては、平成二十九年度日本学術振興会科学研究費補助金（研究成果公開促進費）の交付を受けた。

著者略歴

安藤　信廣（あんどう　のぶひろ）

1949年、東京都に生まれる。東京教育大学大学院文学研究科中国古典学専攻修士課程修了。法政大学教授、東京女子大学教授を経て、現在、東京女子大学特任教授。博士（文学）。

主要著書：『漢詩入門はじめのはじめ』（東京美術）、『中国文芸史』（法政大学通信教育部）、『庾信と六朝文学』（創文社）（以上、単著）。『陶淵明——詩と酒と田園——』（東方書店）、『聖武天皇宸翰『雑集』「釈霊実集」研究』（汲古書院）（以上、共著）

聖武天皇宸翰『雑集』「周趙王集」研究

平成三十年二月二十六日　発行

著　者　安藤信廣

発行者　三井久人

整版印刷　富士リプロ㈱

発行所　汲古書院

〒102-0072 東京都千代田区飯田橋二-五-四

電　話　〇三（三二六五）九七六四

FAX　〇三（三二二二）一八四五

ISBN978-4-7629-6611-8　C3098

KYUKO-SHOIN, CO., LTD. TOKYO.

語釈・補注一覧

・この一覧は、第Ⅰ部及び第Ⅱ部の語釈・補注でとりあげた語句を作品番号、句番号（「道会寺碑文」、付録、趙王伝については注番号）を付して列記したものである。

例：愛取　　1〈作品番号〉−141〈注番号〉
一音　　2(1)〈作品番号〉−13〈句番号〉
遼東　　付〈附録〉−1〈注番号〉
上柱国　伝〈趙王伝〉−2〈注番号〉

・題注には、句番号「0」を付した。
・語句の配列は音読み・五十音順とした。ただし仏教用語、慣用的な読みはそれに従った。
・同じ語句は作品番号順に配列した。
・本文に誤記・欠字等がある場合は、訂正または補った語句を記した。
・作品番号と作品名の対照のため、第Ⅰ部と第Ⅱ部の目次を以下に示す。

あ

い

う

え

お

か

き

く

し

す

せ

そ

な

に

ね

の

は

ひ

ふ

ゆ

よ

ら

り

れ

ろ

わ